Zu diesem Buch

Manfred Kyber, geboren am 1. März 1880 in Riga, wuchs auf einem Gut im Baltikum auf. Er studierte Philosophie in Leipzig und zog später nach Berlin, wo er zehn Jahre lebte und seine ersten Werke veröffentlichte. Neben Gedichten, einem Roman, Dramen, Theaterkritiken und einer «Einführung in das Gesamtgebiet des Okkultismus» schrieb er vor allem heiter-ernste Märchen und Tiergeschichten, die, an La Fontaine anklingend, von den Empfindungen der Kreatur und philosophischen Fragen des Lebens erzählen. Berühmt wurde er durch seine Erzählungen «Unter Tieren». Manfred Kyber starb am 10. März 1933 in Löwenstein / Württemberg.

In der Reihe der Rowohlt Nachttischbändchen liegen vor: «Ambrosius Dauerspeck und Mariechen Knusperkorn – Unter Tieren mit Manfred Kyber», «Das patentierte Krokodil und andere Tiergeschichten» sowie «Das Manfred Kyber Buch» (Rowohlt 1985).

Manfred Kyber

Schloß Elmenor

und andere Märchen

rororo

Rowohlt

19.–22. Tausend Februar 1987

Veröffentlicht im Rowohlt Taschenbuch Verlag GmbH,
Reinbek bei Hamburg, Oktober 1983

Die Märchen sind dem Band
«Das Manfred Kyber Buch» entnommen

Umschlagentwurf Roswitha Quadflieg
Satz Bembo (Linotron 404)
Gesamtherstellung Clausen & Bosse, Leck
Printed in Germany
780-ISBN 3 499 15195 2

Inhalt

Himmelsschlüssel

Es war einmal ein großer und gewaltiger König, der herrschte über viele Länder. Alle Schätze der Erde gehörten ihm, und er trieb sein tägliches Spiel mit den Edelsteinen von Ophir und den Rosen von Damaskus. Aber eines fehlte ihm bei all seinem großen Reichtum: das waren die Schlüssel zu den Toren des Himmels.

Er hatte tausend Sendboten ausgesandt, die Schlüssel des Himmels zu suchen, aber keiner konnte sie ihm bringen. Er hatte viele weise Männer gefragt, die an seinen Hof kamen, wo die Schlüssel des Himmels zu finden wären, aber sie hatten keine Antwort gewußt. Nur einer, ein Mann aus Indien mit seltsamen Augen, der hatte die Edelsteine von Ophir und die Rosen von Damaskus, mit denen der König spielte, lächelnd beiseitegeschoben und ihm gesagt: alle Schätze der Erde könne man geschenkt erhalten, aber die Schlüssel des Himmels müsse ein jeder selber suchen.

Da beschloß der König, die Himmelsschlüssel zu finden, koste es, was es wolle. Nun war es zu einer Zeit, in der die Menschen noch sahen, wo der Himmel auf die Erde herabreichte, und alle noch den hohen Berg kannten, auf dessen Gipfel die Tore des Himmels gebaut sind. Der König ließ sein Hofgesind zu Hause und stieg den steilen Berg hinauf, bis er an die Tore des Himmels gekommen war. Vor den Toren, um deren Zinnen das Sonnenlicht flutete, stand der Engel Gabriel, der Hüter von Gottes ewigem Garten. «Glorwürdiger», sagte der König, «ich habe alle Schätze der Erde, viele Länder sind mir untertan, und ich spiele mit den Edelsteinen von Ophir und den Rosen von Damaskus. Aber ich habe keine Ruhe, ehe ich nicht auch die Schlüssel zum Himmel habe. Denn wie sollten sich sonst einmal seine goldenen Tore für mich öffnen?»

«Das ist richtig», sagte der Engel Gabriel, «ohne die Himmelsschlüssel kannst du die Tore des Himmels nicht öffnen, und wenn du auch alle Künste und Schätze der Erde hättest. Aber die Himmelsschlüssel sind ja so leicht zu finden. Sie blühn in lauter kleinen

Blumen, wenn es Frühling ist, auf der Erde und in den Seelen aller Geschöpfe.»

«Wie?» fragte der König erstaunt, «brauche ich weiter nichts zu tun, als jene kleine Blume zu pflücken? Die Wiesen und Wälder stehen ja voll davon, und man tritt darauf auf all seinen Wegen.»

«Es ist wahr, daß die vielen Menschen die vielen Himmelsschlüssel mit Füßen treten», sagte der Engel, «aber so leicht, wie du es dir denkst, ist es doch nicht gemeint. Es müssen drei Himmelsschlüssel sein, die dir die Tore des Himmels aufschließen, und alle drei sind nur dann richtige Himmelsschlüssel, wenn sie zu deinen Füßen und für dich aufgeblüht sind. Die vielen tausend anderen Himmelsschlüssel, die auf der Erde stehen, sollen die Menschen nur daran erinnern, die richtigen Himmelsschlüssel zum Aufblühen zu bringen, und das sind die Blumen, die alle Menschen mit Füßen treten.»

In dem Augenblick kam ein Kind vor die Tore des Himmels, das hielt drei kleine Himmelsschlüssel in der Hand, und die Blumen blühten und leuchteten in der Hand des Kindes. Als nun das Kind die Tore des Himmels mit den drei Himmelsschlüsseln berührte, da öffneten sich die Tore weit vor ihm, und der Engel Gabriel führte es in den Himmel hinein. Die Tore aber schlossen sich wieder, und der König blieb allein vor den geschlossenen Toren stehen. Da ging er nachdenklich den Berg hinunter auf die Erde zurück, und überall standen Wiesen und Wälder voll der schönsten Himmelsschlüssel. Der König hütete sich wohl, sie zu treten, aber keine der Blumen blühte zu seinen Füßen auf.

«Sollte ich die richtigen Himmelsschlüssel nicht finden», fragte sich der König, «wo ein Kind sie gefunden hat?» Aber er fand sie nicht, und es vergingen viele Jahre.

Da ritt er eines Tages mit seinem Hofgesinde aus, und ein schmutziges, verwahrlostes Mädchen, das weder Vater noch Mutter hatte, bettelte ihn an, als er mit seinem glänzenden Gefolge an ihm vorüberkam.

«Mag es weiterbetteln!» sagten die Höflinge und drängten das Kind beiseite.

Der König aber hatte in all den Jahren, seit er von dem steilen Berge gekommen war, viel über die Himmelsschlüssel nachgedacht und trat sie nicht mehr mit Füßen. Er nahm das schmutzige Bettelkind, setzte es zu sich aufs Pferd und brachte es nach Hause.

Dort ließ er es speisen und kleiden, er pflegte und schmückte es selbst und setzte ihm eine Krone auf den Kopf.

Da blühte zu seinen Füßen ein kleiner goldener Himmelsschlüssel auf. Der König aber ließ die Armen und die Kinder in seinem Reich als seine Brüder erklären.

Wieder vergingen Jahre, und der König ritt in den Wald mit seinem Hofgesinde. Da erblickte er einen kranken Wolf, der litt und sich nicht regen und helfen konnte.

«Laß ihn verenden!» sagten die Höflinge und stellten sich zwischen ihn und das elende Tier.

Der König aber nahm den kranken Wolf und trug ihn auf seinen Armen in seinen Palast. Er pflegte ihn selbst gesund, und der Wolf wich nie mehr von ihm. Da blühte ein zweiter goldener Himmelsschlüssel zu des Königs Füßen auf. Der König aber ließ von nun an alle Tiere in seinem Reich als seine Brüder erklären.

Wieder vergingen Jahre – aber nun schon nicht mehr eine so lange Zeit, wie sie vor dem ersten Himmelsschlüssel vergangen war –, da ging der König in seinem Garten umher und freute sich an all den seltenen Blumen, die, kunstverständig gehütet und gepflegt, seinen Garten zu einem der herrlichsten in allen Ländern machten. Da erblickte der König eine kleine unschöne Pflanze am Wegrand, die am Verdursten war und die verstaubten Blätter in der sengenden Sonnenglut senkte.

«Ich will ihr Wasser bringen», sagte der König.

Doch der Gärtner wehrte ihm. «Es ist Unkraut», sagte er, «und ich will es ausreißen und verbrennen. Es paßt nicht in den königlichen Garten zu all den herrlichen Blumen.»

Der König aber nahm seinen goldenen Helm, füllte ihn mit Wasser und brachte es der Pflanze, und die Pflanze trank und begann wieder zu atmen und zu leben.

Da blühte der dritte Himmelsschlüssel zu des Königs Füßen auf, und das Bettelmädchen mit der Krone und der Wolf standen dabei. Der König aber sah auf dem steilen Berge die Tore des Himmels weit, weit geöffnet, und im Sonnenlicht, das um die Zinnen flutete, sah er den Engel Gabriel und jenes Kind, das damals schon den Weg zum Himmel gefunden hatte. Die drei Himmelsschlüssel blühen heute noch, und sie leuchten heute noch heller und schöner als alle Edelsteine von Ophir und alle Rosen von Damaskus.

Vom kleinen Teufelchen und vom Muff, der Kinder kriegte

Ich will euch eine Nacht aus dem Leben eines Dichters erzählen. Das Leben eines Dichters ist anders als das Leben der anderen Menschen. Es sind andere Tage und andere Nächte, und meist sind sie traurig. Es sind auch schöne Tage und Nächte darunter, Tage voll Sonne und Nächte voll Rosen. Aber davon will ich heute nicht erzählen, denn das sind keine Märchen für Kinder, und heute seid ihr alle Kinder im Märchenland, die ihr dieses Buch lest.

Ich will euch heute von einer Nacht erzählen, wie sie ein Dichter oft erleben kann – die ist weder besonders schön noch besonders traurig, sie ist nur sehr vergnügt und ganz, ganz anders, als die anderen Menschen sich das denken.

Ihr müßt aber alles glauben, was ich euch sage, denn was ich euch erzähle, ist ein richtiges Märchen, und alle Märchen sind wahr und wirklich. Man kann sich das gar nicht ausdenken – nur der Teekessel in meinem Zimmer denkt, daß es keine Märchen gibt und daß ich mir das alles ausdenke, und so wie der Teekessel denken sehr viele Menschen. Seid also nicht so wie der Teekessel, wenigstens heute nicht. Damit ihr nun wißt, wie ihr nicht sein sollt, will ich euch sagen, wie mein Teekessel ist. Er ist dick und groß und von glänzendem Kupfer. Er hat eine große Schnauze, und es ist gar nichts in ihm drin, denn er wird schon lange nicht mehr benutzt. Er tut nichts, und auf seinem kupfernen Leibe setzt sich ein feiner grüner Ton an, den die Gelehrten Patina nennen und der sehr vornehm ist. Er hat auch eine schöne Linie, und zwar gerade bei der Schnauze. Bloß Feuer hat er nicht mehr in sich. Findet ihr nicht auch, daß viele Leute so sind wie mein Teekessel?

Was ich euch aber heute erzählen will, das ist nichts für Teekessel.

Also die Sache fing so an, daß ich in meinem Bett lag und an gar nichts dachte. Ich wollte gerne schlafen, aber der Mond schien zum Fenster herein, besah sich in meinem Spiegel und behauptete, ich hätte jetzt kein Recht zu schlafen, ich sollte lieber aufpassen. Das tat ich denn auch, und das erste, was ich sah, war ein kleines Teufelchen, das auf meinem Bettrand saß und Turnübungen machte. Es war ein sehr niedliches kleines Teufelchen, sozusagen ein Teufelchen in den besten Jahren, so groß wie ein Zeigefinger, und es hatte einen sehr langen Schwanz – alles ganz schwarz natürlich. Nur ein Ohr war rot – es hatte überhaupt nur ein Ohr, und das war dafür auch rot. Recht hatte es! Warum soll man zwei Ohren haben? Das ist ganz überflüssig, und außerdem ist es Geschmackssache.

«Ich komme gerade aus der Hölle», sagte das Teufelchen und turnte.

«Das ist mir gleichgültig», sagte ich, «ich habe schon viele schöne Hexen gekannt. Da stört mich ein kleines Teufelchen gar nicht, auch wenn es eben aus der Hölle kommt und turnt.»

Das Teufelchen machte Kopfsprung und schlang den Schwanz graziös um die Beine.

«Ich habe auch eine Tante, die hexen kann», sagte es, «meine Tante nimmt nichts dafür, sie tut es aus lauter Liebe zur Sache.»

«Die Hexen, die ich kannte, waren nicht meine Tanten», sagte ich, «aber das ist ja einerlei.»

Das Teufelchen erwärmte sich bei der Unterhaltung, wenn man überhaupt sagen kann, daß sich jemand erwärmt, der aus der Hölle kommt, wo es ja an sich schon sehr warm ist.

«Ich habe auch einen Onkel», sagte das Teufelchen eifrig, «mein Onkel röstet die sündigen Seelen. Er röstet sie so lange, bis sie ganz knusprig sind.»

«Pfui», sagte ich, «Sie haben ja eine scheußliche Verwandtschaft. Im übrigen will ich Ihnen etwas sagen: Halten Sie Ihren Schwanz ruhiger, wenn Sie turnen. Sonst werden Sie sich den Schwanz noch einmal klemmen. Sie sehen, ich gebe Ihnen noch gute Ratschläge, obwohl Ihr Herr Onkel andere Leute röstet, bis sie knusprig sind.»

Das kleine Teufelchen zog den Schwanz ein und schämte sich.

«Ich habe auch sehr nette Verwandte», sagte es, «meine Schwester, die schleicht sich unter die Liebespaare der Menschen und setzt ihnen Dummheiten in den Kopf. Dann kommen sie nachher in die Hölle.»

Das Teufelchen rieb sich die Hände vor Vergnügen.

«Seien Sie nicht so albern», sagte ich. «Wenn zwei sich lieben, dann kommen sie nicht in die Hölle, sondern in den Himmel. Und die Dummheiten haben sie auch so schon im Kopf – die braucht ihnen kein Teufelchen mehr in den Kopf zu setzen. Das weiß ich nun einmal besser als Sie.»

Wenn man anfängt, von der Liebe zu sprechen, so ist das eine sonderbare Sache: Es ist, als ob es heimlich Mitternacht schlägt in allen Seelen. Die Dinge sind keine Dinge mehr, es fängt alles an zu leben, und es geht wie ein innerliches Weinen und wie ein innerliches Jubeln durch alles, was es überhaupt gibt. Bloß durch die Teekessel nicht.

Die anderen Gegenstände aber wurden sehr lebendig. Ganz zuerst natürlich das Äffchen und die kleine Kolombine, die auf meinem Tisch standen und beide aus Porzellan waren. Denn die liebten sich schon lange, und es ist kein Wunder, daß sie gleich lebendig wurden, als das geschwänzte Teufelchen und ich anfingen, von der Liebe zu sprechen. Warum das Äffchen und die Kolombine auf meinem Tisch standen, werde ich euch nicht sagen, denn das ist mein Geheimnis, und das geht niemand etwas an.

«Mein Äffchen», sagte die Kolombine und küßte das Äffchen auf den Mund. Es war sehr rührend.

Der strenge bronzene Buddha nebenbei lächelte. Es war ein verstehendes und verzeihendes Lächeln. Er dachte an die schlanken Glieder der braunen Mädchen in Indien und an die Blumen in ihrem Haar. Er dachte auch an ein anderes Mädchen, das auch «mein Äffchen» sagte zu dem, den es lieb hatte, obwohl das gar kein richtiger Affe war. Aber der bronzene Buddha verstand das alles sehr gut. Nur der Teekessel verstand das nicht, denn der hatte kein Feuer im Leibe, sondern bloß eine Schnauze und die vornehme Patina.

Es geschah aber noch viel mehr, was der Teekessel nicht verstand, denn wenn man von der Liebe spricht, dann geschehen die sonderbarsten Dinge. Aus einer großen kristallenen Schale, die hinter dem Buddha stand, kamen lauter kleine kristallene Geisterchen hervor. Das waren die Kristallgeisterchen, die immer aufgeweckt werden, wenn man von der Liebe spricht. Die kleinen Geisterchen fingen an zu tanzen, und es wurden immer mehr und mehr – immer wieder kamen welche aus der tiefen kristallenen Schale hervor und erfüllten das ganze Zimmer. Es gab einen leise singenden Ton, wenn sich die Kristallgeisterchen berührten, wie von feinen gläsernen Glocken. Der bronzene Buddha lächelte, die kleine Kolombine sagte «mein Äffchen!», und die Blumen in den Vasen neigten ihre Kelche im Mondlicht. Die Kommode sperrte vor Staunen ihren Schiebladenmund ganz weit auf, und das kleine Teufelchen setzte sich auf den Mund der Kommode, um besser sehen zu können. Das war doch interessanter als der Onkel in der

Hölle, der die sündigen Seelen knusprig röstete, oder als die Tante, die hexen konnte.

Es war schon sehr schön, und es war so schön, daß ein Muff, den ein kleines Mädchen in meinem Zimmer vergessen hatte, bis ins letzte Haar davon gerührt wurde. Warum das kleine Mädchen den Muff bei mir vergessen hatte, weiß ich selbst nicht zu sagen. Ein Muff ist ein so sehr nützlicher und auch sehr, sehr vielseitiger Gegenstand – das hatten das kleine Mädchen und ich schon oft erfahren. Wie gefällig hatte er uns zum Beispiel die Hände gewärmt, und zwar immer unser beider Hände zusammen. Aber wir hatten wohl sehr viel Wichtiges miteinander zu besprechen, und bei wichtigen mündlichen Verhandlungen kann man sich so sehr vertiefen, daß man sogar einen Muff vergißt.

Wie der Muff nun alle die vielen Kristallgeisterchen sah und bis ins letzte Haar gerührt wurde – er neigte so schon zur Rührung, weil er so viel erlebt hatte –, da kam er auf mein Bett gekrochen, seufzte tief auf und kriegte Kinder. Lauter kleine, süße, weiche Muffkinderchen ... Und ihr alle seid Teekessel, wenn ihr das nicht glaubt.

Der Teekessel glaubte das auch nicht und sah es auch nicht, denn er machte die große Schnauze auf und begann zu reden, lauter langweiliges Zeug von seiner vornehmen Patina, von seiner schönen Linie und dem kupfernen Leibe, in dem kein Feuer mehr war. Das war sehr schade. Denn wenn ein Teekessel mit seiner großen Schnauze zu reden anfängt, dann verkriechen sich alle die Kristallgeisterchen der Liebe, und alle Märchen gehen schlafen. Die Kristallgeisterchen gingen in die kristallene Schale zurück, aus der sie gekommen waren, der Buddha sah ernst und verdrießlich aus, und nur die Kolombine seufzte noch einmal «mein Äffchen!» – dann stand sie steif und still da, und niemand sah mehr, wieviel Liebe und Leben sie eigentlich im Leibe hatte. Die Kommode machte den Schiebladenmund so schnell und ärgerlich zu, daß sie dem Teufelchen fast den Schwanz abgeklemmt hätte. Der Muff steckte besorgt und behutsam alle die süßen, kleinen, weichen Muffkinderchen wieder in sich hinein. Denn für einen Teekessel hatte er diese Kinder nicht zur Welt gebracht!

Ich selbst aber schlief ein, denn ich weiß es aus Erfahrung, daß es unsagbar langweilig ist, wenn ein Teekessel mit seiner großen Schnauze zu reden anfängt.

– – –

Am andern Morgen war alles so wie immer. Nur das kleine Teufelchen saß auf dem Rande meines Wasserglases und kühlte sich den geklemmten Schwanz. Da nahm ich es und steckte es ganz ins Wasser hinein. Vielleicht wäre es gut, wenn man alle die kleinen Teufelchen ins Wasser steckte und sie abkühlte. Dann würde die Welt am Ende ein bißchen besser werden. Wir wollen es aber lieber nicht tun. Denn die großen Teufel würden wir dadurch doch nicht los, und ohne die kleinen Teufel würde die Welt wohl ein ganz klein wenig besser werden – aber dafür auch sehr, sehr viel langweiliger, und die Leute würden am Ende alle Teekessel.

Nein, ich will das Teufelchen wieder aus dem Wasser nehmen und es dem kleinen Mädchen in den Muff setzen. Freilich wird das Teufelchen dem kleinen Mädchen dann sagen, daß es in die Hölle kommt, wenn es mich lieb hat. Aber das tut nichts. Das kleine Mädchen weiß es besser, und es weiß, daß man durch die Liebe nicht in die Hölle kommt, sondern in den Himmel. Und der Muff wird das ganz gewiß bestätigen, denn er ist oft mit uns zusammengewesen – und er wird dem kleinen Mädchen erzählen, daß er Kinder gekriegt hat, lauter kleine, süße, weiche Muffkinderchen. Und es schadet gar nichts, wenn er ihm das erzählt!

Der Giftpilz

Es hatte mal geregnet, und dann hatte es aufgehört, und als es aufgehört hatte, da saß was auf dem grünen Moosboden im Walde – klein und dick und unangenehm –, und das war ein Giftpilz. Giftpilz kommen immer so etwas unvermittelt ans Tageslicht; sie sind eben da, und wenn sie da sind, gehen sie nicht mehr weg, ganz gewiß nicht. Sie sitzen im Moos und sehen furchtbar geärgert und giftig aus. Es sind eben Giftpilze.

Der Giftpilz saß auch so da und ärgerte sich und hatte einen roten Hut mit weißen Tupfen und mit einem ganz schrecklich breiten Rande. Was unter dem Rand war, war eigentlich nichts, und das war zu vermieten.

Zuerst zog eine Mausefamilie darunter ein: eine graue Mama und sehr viele kleine schlüpfrige Mausekinder. Wieviel es waren, wußte der Giftpilz nicht; sie waren stets so lebendig und beweglich, daß er immer eins statt zweier zählte oder zwei statt eines. Aber es waren sehr viele. Und wenn die Mausemutter, wie meistens, nicht zu Hause war und Futter suchte, dann spielten die Kleinen Fangen und sausten auf ihren weichen Pfötchen wie toll um den Giftpilz herum, und das sah riesig niedlich aus. Aber der Giftpilz ärgerte sich furchtbar darüber, er stand da und ärgerte sich den ganzen Tag und sogar nachts, wenn die Mausefamilie schlafen ging. Er wurde immer giftiger, und schließlich, als er mal ganz giftig wurde und es vor lauter Gift nicht mehr aushalten konnte, da sagte er zur Mausemama:

«Ich kündige Ihnen! Sie haben Kinder! Das ist ekelhaft! Sie müssen ziehn!»

Die Mausemama weinte und barmte, und die Kleinen piepsten und rangen die Pfoten, aber der Giftpilz war unerbittlich. Und so zog die arme Mausegesellschaft traurig von dannen, sich eine neue Wohnung zu suchen, der Giftpilz aber nahm sich's ganz giftig vor, nie und nie wieder an eine Familie zu vermieten, höchstens an einen einzelnen Herrn.

Es dauerte auch gar nicht lange, da kam ein junger, alleinstehender Frosch und zog beim Giftpilz ein. Zuerst war er sehr angenehm und still, er schlief nämlich bis zum Abend. Als aber der Mond schien, wachte er auf und ging zum nahen Teich in den Gesangverein. Das war ja soweit alles ganz gut, aber es wurde spät und später, und der Frosch kam nicht wieder. Endlich, gegen Morgen, erschien er, mit gräßlich großen Augen, und sang laut und tat dabei den Mund so weit auf, daß man bequem einen Tannenzapfen hineinwerfen konnte. Er sang das Leiblied des Gesangvereins:

Immer feucht und immer grün,
vom Geschlecht der Quappen,
hupfen wir durchs Leben hin –
Füße wie die Lappen!

«Brüllen Sie nicht so!» keifte der Giftpilz, «das ist Ruhestörung, und zwar nächtliche. Haben Sie gar keine Moral?»

«Füße wie die Lappen!» sang der Frosch noch einmal, und dann legte er sich höchst fidel und ungeniert unter den giftigen Giftpilz, schlug die feuchten Beine übereinander, daß es klatschte, und schlief ein.

Der Giftpilz ärgerte sich furchtbar, er ärgerte sich die ganze Nacht und den ganzen Tag, und als es Abend wurde und der Frosch aufstand, um in den Gesangverein zu gehen, da wurde ihm gekündigt.

«Ich kündige Ihnen!» sagte der Giftpilz, «Sie gehen in den Gesangverein! Das ist ekelhaft! Sie müssen ziehn!»

Der Frosch machte Vorstellungen, der Gesangverein sei durchaus einwandfrei – lauter feine, feuchte Leute –; aber es half nichts, der Giftpilz blieb dabei.

Da wurde der Frosch böse: «Sie sind ein ekelhafter Kerl!» sagte er, «glauben Sie vielleicht, daß Ihr lächerlicher Hut mit seinen weißen Tupfen die einzige Wohnung ist? Ich miete mir ein Klettenblatt, das ich persönlich kenne, Sie albernes Geschöpf!» Damit drehte er sich um und ging, die Hände auf dem Rücken, in den Gesangverein. Und nachts schlief er schon unterm Klettenblatt, das er persönlich kannte.

Der Giftpilz aber nahm sich vor, von nun ab an niemand mehr zu vermieten.

Eine Weile blieb's auch still, auf einmal aber saß was unter ihm, und das war ein Sonnenscheinchen. Ein Sonnenscheinchen ist ein verirrter Sonnenstrahl, der eigentlich in den Himmel gehört, aber auf der Erde geblieben ist – und da ist ein süßes kleines Mädel draus geworden mit goldnen Haaren und Augen wie lauter Sonnenschein. Als nun der Giftpilz das Sonnenscheinchen sah, war er sehr unangenehm berührt und sagte giftig:

«Ich vermiete nicht mehr!»

Das Sonnenscheinchen lachte.

«Ich vermiete nicht!» schrie der Giftpilz noch einmal, «machen Sie, daß Sie hinauskommen!»

Das Sonnenscheinchen lachte wieder und streckte sich ganz behaglich unterm Giftpilz aus, so daß ihr Haar in tausend goldnen Fäden übers dunkle Moos huschte. Der Giftpilz war eine Zeitlang sprachlos, dann aber raffte er sich auf, nahm all sein Gift zusammen und sagte:

«Ich kündige Ihnen! Sie sind ein Sonnenscheinchen! Das ist ekelhaft! Sie müssen ziehn!»

Das Sonnenscheinchen blieb aber sitzen und lachte so sonnenhell und vergnügt, daß der Giftpilz ordentlich zitterte vor Wut. Aber es war nichts zu machen, und es ging auch so weiter: der Giftpilz kündigte und schimpfte, und das Sonnenscheinchen lachte und blieb.

Endlich, eines Nachts, war der Giftpilz so giftig geworden, daß ihm's selbst unheimlich wurde vor lauter Gift – und da hat er sich mit einem Ruck auf seine kleinen Füße gestellt und ist vorsichtig und ängstlich weggewackelt. Das Sonnenscheinchen aber lachte hinter ihm her und streckte behaglich die feinen Gliederchen, daß ihr Haar in tausend goldnen Fäden übers dunkle Moos huschte. Der Giftpilz wackelte weiter, halbtot vor Wut, und als er um die Ecke bog, sah er die Mausefamilie in ihrem neuen Heim, und es waren schon wieder Junge angekommen! Und die ganze Gesellschaft piepste ihm schadenfroh nach. Und als er um die nächste Ecke bog, da wanderte der alleinstehende Frosch übern Wiesenhang; er kam vom Gesangverein und ging zum Klettenblatt, das er persönlich kannte, und sang dazu ganz laut und voller Heiterkeit:

Immer feucht und immer grün,
vom Geschlecht der Quappen,
hupfen wir durchs Leben hin –
Füße wie die Lappen!

Da ist der giftige Giftpilz ganz weit fortgegangen und ist niemals wiedergekommen. Und wenn heute noch soviel im Walde stehen, so kommt es daher, daß es so viele Giftpilze in der Welt gibt und sehr, sehr wenig Sonnenscheinchen.

Maimärchen

Es war einmal ein Maikäfer, der war, wie alle Maikäfer, im Mai auf die Welt gekommen, und die Sonne hatte dazu geschienen, so hell und so goldlicht, wie sie nur einmal im Jahre scheint, wenn die Maikäfer auf die Welt kommen. Dem Maikäfer aber war's einerlei.

«Das Sonnengold kann man nicht fressen», sagte er sich, «also was geht's mich an!»

Dann zählte er seine Beine, erst links und dann rechts, und addierte sie zusammen. Das schien ihn befriedigt zu haben, und nun überlegte er, ob er einen Versuch machen solle, sich fortzubewegen, oder ob das zu anstrengend wäre. Er dachte drei Stunden darüber nach, dann zählte er noch einmal seine Beine und fing an, sich langsam vorwärtszuschieben, möglichst langsam natürlich, um sich nicht zu überanstrengen, Bequemlichkeit war ihm die Hauptsache.

Da stieß er plötzlich an was Weiches, an etwas, was so weich war, daß er sich's unbedingt ansehen mußte. Es lag im Grase und sah aus wie eine schwarze Samtweste, hatte vier kleine Schaufeln und keine Augen. Den Maikäfer, der noch keinen Maulwurf gesehen hatte, interessierte das fabelhaft, er überzählte noch schnell einmal seine Beine, und dann ging's mit wütendem Eifer mitten in die schwarze Samtweste hinein. Der Maulwurf fuhr empört auf.

«Sind Sie verrückt?» schrie er den Maikäfer an, «so eine Rücksichtslosigkeit!»

Der Maikäfer lachte. Es war zu komisch, wie sich die Samtweste aufregte.

«Wissen Sie», sagte er vorlaut, «wenn man aus nichts weiter besteht als aus einer Samtweste und vier kleinen Schaufeln und auch keine Augen hat, soll man lieber ruhig sein.»

«Reden Sie nicht so blödes Zeug», kreischte der Maulwurf, atemlos vor Wut, «Sie sind ein ganz verrohtes Subjekt!»

Und damit kroch er in die Erde, der Maikäfer aber setzte angenehm angeregt und erheitert seinen Weg fort. Schließlich, als es Abend wurde, kam er an einen Teich, da saß ein großer alter Frosch auf einem Stein, ganz grün und ganz feucht, der las beim Mondlicht die Zeitung, das «Allgemeine Sumpfblatt». Den frechen Maikäfer reizte der breite Rücken des vertieften Lesers, und er kitzelte ihn ganz leise und boshaft mit den Fühlhörnern. Der Frosch fuhr mit seinen langen Fingern herum und kratzte sich, ohne von der Zeitung aufzusehen, denn das «Allgemeine Sumpfblatt» ist sehr lehrreich und sehr schön geschrieben, und dabei läßt man sich nicht gerne stören. Aber der Maikäfer kitzelte beharrlich weiter, bis der Frosch sich schließlich geärgert umdrehte und den Störenfried vorwurfsvoll betrachtete. Da er aber alle Tage das

«Allgemeine Sumpfblatt» las und also sehr gebildet war, so erkannte er in dem respektlosen Wesen sofort einen Maikäfer.

«Heut ist der erste Mai», sagte er ruhig, «es steht in der Zeitung, da kommen diese merkwürdigen Geschöpfe. Dagegen läßt sich nichts machen.»

Und dann las er weiter und kratzte sich geduldig, wenn ihn der Maikäfer kitzelte. Der arme Frosch hätte sich noch lange kratzen müssen, wenn der Maikäfer nicht plötzlich was gehört hätte, was ihm noch übers Kitzeln ging; es klang, als ob's mit vielen feinen Stimmchen singt, und das war ein Elfenreigen: viele kleine Elfchen in weißen Hemdchen und mit goldnen Krönlein im goldnen Haar hatten sich bei den Händen gefaßt und schlangen den Ringelreihn und sangen dazu. Der Frosch sah gar nicht hin, das stand ja alles im «Allgemeinen Sumpfblatt» unter «Lokales», aber der Maikäfer kannte so was nicht und kroch, so schnell er konnte, um sich das Seltsame zu betrachten, das so seltsam mit vielen feinen Stimmchen sang. Die Elfen flohen entsetzt auseinander, nur eine blieb stehen und sah sich den komischen Gesellen an.

«Du hast ja sechs Beine!» rief sie, «du bist gewiß ein verwunschener Prinz, und ich warte schon lange auf einen, um ihm mein Krönlein zu schenken.»

Der Maikäfer sah auf seine sechs Beine, bewegte verlegen die Fühlhörner und sagte nichts.

«Es ist ganz gewiß ein verwunschener Prinz», dachte das Elfchen, «er hat doch sechs Beine und sagt nichts!»

Und dann fragte es ihn: «Willst du mich heiraten?»

Der Maikäfer verstand nur, daß er gefragt wurde, ob er was wolle, und da sagte er: «Fressen will ich», und legte sich auf den Rücken.

«Er muß sehr stark verwunschen sein!» dachte das Elfchen und gab ihm zu essen, lauter schöne Sachen, wie man sie nur im Elfenreich hat.

Als er satt war, setzte sich das Elfchen neben ihn und beschloß, geduldig zu warten, bis sich der verwunschene Prinz entpuppt. Und als die Glockenblumen Mitternacht läuteten, da dachte das Elfchen, jetzt müßte es sein, und wollte ihm sein Krönlein schenken; aber der Maikäfer hörte weder die blauen Glockenblumen noch sah er das goldene Krönlein, er lag auf dem Rücken und schlief. Das war so schrecklich langweilig, und so ging's alle Tage und Nächte weiter: er fraß gräßlich viel, und wenn die Glockenblumen läuteten, schlief er ein – und das arme Elfchen wartete und wartete.

Da, eines Nachts, geschah etwas Wunderbares: der Maikäfer rührte sich, streckte seine sechs Beine, bewegte die Fühlhörner und bekam plötzlich Flügel.

«Jetzt entpuppt sich der verwunschene Prinz», dachte das Elfchen und freute sich furchtbar.

Und grad wie es sich so furchtbar freute – flog der Maikäfer davon und zerbrach noch dabei mit seinen plumpen Beinen das goldene Krönlein, daß es in tausend Scherben ging. Die Elfenkrönlein sind ja so zerbrechlich! Da saß nun das arme Elfchen und hatte keinen verwunschenen Prinzen bekommen und hatte auch kein Krönlein mehr, es ihm zu schenken – und so stützte es das Gesichtchen in die Hände und weinte bitterlich. Das klang so traurig, daß der Frosch vom «Allgemeinen Sumpfblatt» aufsah und sich das Elfchen mitleidig betrachtete.

«Ja, ja», sagte er seufzend, «heut ist der letzte Mai, es steht in der Zeitung, da gehen diese merkwürdigen Geschöpfe wieder. Dagegen läßt sich nichts machen.»

Und dann schlug er nachdenklich eine Seite um – das Umblättern ist für einen Frosch sehr leicht, weil er so feuchte Finger hat – und las weiter. Auch der Maulwurf kam aus der Erde heraus und sagte: «Es war ein ganz verrohtes Subjekt!»

In Wirklichkeit aber war der Maikäfer weder ein verrohtes Subjekt noch ein verwunschener Prinz, sondern eben nur ein ganz gewöhnlicher Maikäfer, und von dem soll ein Elfenkind keine Märchen erwarten und soll ihm sein Krönlein nicht schenken.

Und was aus dem Elfchen wurde? Das hat der liebe Gott in den Himmel geholt und hat ein Englein draus gemacht mit zwei kleinen Flügeln und hat ihm einen Heiligenschein für das zerbrochene Krönlein gegeben.

Der Schneemann

Es war einmal ein Schneemann, der stand mitten im tiefverschneiten Walde und war ganz aus Schnee. Er hatte keine Beine und Augen aus Kohle und sonst nichts, und das ist wenig. Aber dafür war er kalt, furchtbar kalt. Das sagte auch der alte griesgrämige Eiszapfen von ihm, der in der Nähe hing und noch viel kälter war.

«Sie sind kalt!» sagte er vorwurfsvoll zum Schneemann.

Der war gekränkt. «Sie sind ja auch kalt», antwortete er.

«Ja, das ist etwas ganz anderes», sagte der Eiszapfen überlegen.

Der Schneemann war so beleidigt, daß er fortgegangen wäre, wenn er Beine gehabt hätte.

Er hatte aber keine Beine und blieb also stehen, doch nahm er sich vor, mit dem unliebenswürdigen Eiszapfen nicht mehr zu sprechen. Der Eiszapfen hatte unterdessen was anderes entdeckt, was seinen Tadel reizte: ein Wiesel lief über den Weg und huschte mit eiligem Gruß an den beiden vorbei.

«Sie sind zu lang, viel zu lang!» rief der Eiszapfen hinter ihm her, «wenn ich so lang wäre sie Sie, ginge ich nicht auf die Straße!»

«Sie sind doch auch lang», knurrte das Wiesel verletzt und erstaunt.

«Das ist etwas ganz anderes!» sagte der Eiszapfen mit unverschämter Sicherheit und knackte dabei ordentlich vor lauter Frost.

Der Schneemann war empört über diese Art, mit Leuten umzugehen, und wandte sich, soweit ihm das möglich war, vom Eiszapfen ab. Da lachte was hoch über ihm in den Zweigen einer alten schneeverhangenen Tanne, und wie er hinaufsah, saß ein wunderschönes weißes, weiches Schnee-Elfchen oben und schüttelte die langen hängenden Haare, daß tausend kleine Schneesternchen herabfielen und dem armen Schneemann gerade auf den Kopf. Das Schnee-Elfchen lachte noch lauter und lustiger, dem Schneemann aber wurde ganz seltsam zumut, und er wußte gar nicht, was er sagen sollte, und da sagte er schließlich: «Ich weiß nicht, was das ist ...»

«Das ist etwas ganz anderes», höhnte der Eiszapfen neben ihm.

Aber dem Schneemann war so seltsam zumute, daß er gar nicht mehr auf den Eiszapfen hörte, sondern immer hoch über sich auf den Tannenbaum sah, in dessen Krone sich das weiße Schnee-Elfchen wiegte und die langen hängenden Haare schüttelte, daß tausend kleine Schneesternchen herabfielen.

Der Schneemann wollte unbedingt etwas sagen über das eine, von dem er nicht wußte, was es war, und von dem der Eiszapfen sagte, daß es etwas ganz anderes wäre. Er dachte schrecklich lange darüber nach, so daß ihm die Kohlenaugen ordentlich herausstanden vor lauter Gedanken, und schließlich wußte er, was er sagen wollte, und da sagte er:

«Schnee-Elfchen im silbernen Mondenschein,
du sollst meine Herzallerliebste sein!»

Dann sagte er nichts mehr, denn er hatte das Gefühl, daß nun das Schnee-Elfchen etwas sagen müsse, und das war ja auch nicht unrichtig. Das Schnee-Elfchen sagte aber nichts, sondern lachte so laut und lustig, daß die alte Tanne, die doch sonst gewiß nicht für Bewegung war, mißmutig und erstaunt die Zweige schüttelte und sogar vernehmlich knarrte. Da wurde es dem armen, kalten Schneemann so brennend heiß ums Herz, daß er anfing, vor lauter brennender Hitze zu schmelzen, und das war nicht schön. Zuerst schmolz der Kopf, und das ist das Unangenehmste – später geht's ja leichter. Das Schnee-Elfchen aber saß ruhig hoch oben in der weißen Tannenkrone und wiegte sich und lachte und schüttelte die langen hängenden Haare, daß tausend kleine Schneesternchen herabfielen. Der arme Schneemann schmolz immer weiter und wurde immer kleiner und armseliger, und das kam alles von dem brennenden Herzen. Und das ist so weitergegangen, und der Schneemann war schon fast kein Schneemann mehr, da ist der Heilige Abend gekommen, und die Englein haben die goldnen und silbernen Sterne am Himmel geputzt, damit sie schön glänzen in der Heiligen Nacht.

Und da ist etwas Wunderbares geschehen: Wie das Schnee-Elfchen den Sternenglanz der Heiligen Nacht gesehen hat, da ist ihm so seltsam zumute geworden, und da hat's mal auf den Schneemann heruntergesehen, der unten stand und schmolz und eigentlich schon ziemlich zerschmolzen war. Da ist's dem Schnee-Elfchen so brennend heiß ums Herz geworden, daß es heruntergerutscht ist vom hohen Tann und den Schneemann auf den Mund geküßt hat, soviel noch davon übrig war. Und wie die beiden brennenden Herzen zusammen waren, da sind sie alle beide so schnell geschmolzen, daß sich sogar der Eiszapfen darüber wunderte, so ekelhaft und unverständlich ihm die ganze Sache auch war.

So sind nur die beiden brennenden Herzen nachgeblieben, und die hat die Schneekönigin geholt und in ihren Kristallpalast gebracht, und da ist's wunderschön, und der ist ewig und schmilzt auch nicht. Und zu alledem läuteten die Glocken der Heiligen Nacht.

Als aber die Glocken läuteten, ist das Wiesel wieder herausgekommen, weil es so gerne das Glockenläuten hört, und da hat's gesehen, daß die beiden weg waren.

«Die beiden sind ja weg», sagte es, «das ist wohl der Weihnachtszauber gewesen.»

«Ach, das war ja etwas ganz anderes!» sagte der Eiszapfen rücksichtslos, und das Wiesel verzog sich empört in seine Behausung.

Auf die Stelle aber, wo die beiden geschmolzen waren, fielen tausend und abertausend kleine weiße, weiche Flocken, so daß niemand mehr was von ihnen sehn und sagen konnte. – Nur der Eiszapfen hing noch genauso da, wie er zuerst gehangen hatte, und der wird auch niemals an einem brennenden Herzen schmelzen und auch gewiß nicht in den Kristallpalast der Schneekönigin kommen – denn der ist eben etwas ganz anderes!

Mummelchen

Es war einmal eine schöne kleine Nixe, die hieß Mummelchen und lebte im Mummelteich. Mummelchen fühlte sich immer so sehr einsam im Mummelteich, denn der Mummelteich war recht sumpfig, und alle, die darin herumkrabbelten, waren sehr versumpft und scheuten sich beinahe schon vor dem klaren Wasser. Sonst waren ja auch ganz nette Leute darunter, zum Beispiel die Froschvettern, die abends so schön sangen und auch stets von ausgesuchter Höflichkeit waren. Die Unken waren dicke alte Tanten, die es gut meinten; aber immer, wenn sie Mummelchen sahen, so unkten sie sie an und rieten ihr, doch endlich auch einen richtigen anständigen Kraken zu heiraten und mit ihm ins Meer hinauszuschwimmen, so wie es ihre Schwestern getan hatten. Das war so langweilig, denn wenn auch Mummelchens Schwestern alle so sehr richtige und anständige Kraken geheiratet hatten – Mummelchen selbst hatte gar keine Lust dazu. Sie sehnte sich nach etwas ganz anderem, nur wußte sie selbst nicht recht, wonach sie sich eigentlich sehnte, und niemand im ganzen Sumpf wußte es, weder die Froschvettern noch die Unkentanten und nicht einmal die Seerosen, die immer träumten und mit offenen Kelchen das silberne Mondlicht tranken.

Aber eines Nachts, als Mummelchen mitten unter den Seerosen saß, da schienen die Sterne am Himmel so klar und spiegelten sich im Mummelteich, so daß es aussah, als wäre die ganze gestirnte Nacht in den See versunken. Denn die Sterne scheinen in jeden Sumpf, und es ist nicht ihre Schuld, wenn es die Unken nicht merken.

Mummelchen aber hatte die Augen, die die Sterne sehen, und wie sie die vielen Sterne sah, da wußte sie mit einem Male, wonach sie sich immer gesehnt hatte: Sie wollte eine Seele haben, darin sich auch die ewigen Sterne spiegeln könnten. Was eine Seele war, wußte sie freilich noch nicht genau zu sagen, aber das hätte sie ja auch erst gekonnt, wenn sie eine gefunden hätte. Sie sagte sich auch, daß es gewiß sehr schwer sein würde, eine Seele zu finden, aber versuchen wollte sie es jedenfalls.

Wenn sie nur jemand nach dem Weg zu einer Seele hätte fragen können – sie war ja eine so unerfahrene junge Nixe und wußte gar nicht Bescheid mit solchen Dingen. Aber die Froschvettern hätten ihr nur Höflichkeiten gesagt, und die Unkentanten hätten ihr nur wieder geraten, endlich einen anständigen Kraken zu heiraten. Da beschloß Mummelchen, den alten Quabbelonkel zu fragen, denn er war die älteste und klügste Person im ganzen Sumpf – und wenn der es nicht wußte, dann konnte es gewiß niemand wissen.

So stieg denn Mummelchen in den tiefsten Sumpf hinab, und da saß der Quabbelonkel und aß Miesmuscheln. Der Quabbelonkel war so eine Art Gallertkugel mit Froschbeinen und Krötenärmchen. Sein ganzer Körper war mit Miesmuscheln bedeckt, die auf ihm wuchsen und die er sich absuchte und verspeiste. So hatte er seine Nahrung immer bei sich. Er hatte ganz kleine, geschlitzte

Äuglein im Quabbelkopf, aber dafür war sein Mund so ungeheuer groß, daß er mit der Mitte des Mundes sprechen, in der einen Ecke Miesmuscheln hineinstecken und aus der anderen Ecke die Schalen wieder ausspucken konnte. Und das konnte er alles gleichzeitig.

«Onkel Quabbel», sagte Mummelchen, «ich möchte dich gerne etwas fragen.»

«Ich weiß schon», sagte der Quabbelonkel, «du hast schon wieder Sehnsucht und weißt nicht, wonach. Aber mir ist nun eingefallen, wonach du dich immer sehnst. Du sehnst dich nach mir, mein liebes Mummelchen.»

Und der Quabbelonkel lachte, daß sein ganzer Gallert ins Schwanken geriet und die Miesmuscheln an seinen Beinen klapperten.

«Nein», sagte Mummelchen, «nach dir sehne ich mich nicht. Dich habe ich ja auch immer da und brauche dazu nur in den tiefen Sumpf hinunterzusteigen. Aber ich weiß jetzt, wonach ich mich sehne.»

«So», sagte der Quabbelonkel, «dann setze dich auf meinen Schoß und erzähle es mir.»

«Auf deinen Schoß kann ich mich nicht setzen, Onkel Quabbel», sagte Mummelchen, «du hast ja gar keinen Schoß, weil dein Bauch so groß geworden ist.»

«Ja, das ist wahr», sagte der Quabbelonkel und sah auf seinen Gallertbauch, «ich mache mir zu wenig Bewegung. Aber wenn ich mir Bewegung mache, dann wachsen mir die Miesmuscheln nicht mehr am Leibe, und das ist so sehr bequem. Du könntest aber mal Kribbel-Krabbel auf meinem Bauch machen, das habe ich sehr gern, und dann bekommen mir die Miesmuscheln auch besser.»

Mummelchen schüttelte den Kopf. Sie hatte keine Lust dazu. Der Onkel war so scheußlich glitschig.

«Nein, Onkel Quabbel», sagte sie, «ich habe keine Zeit, Kribbel-Krabbel auf deinem Bauch zu machen, du kannst die Unkentanten darum bitten. Ich muß fort von hier, denn ich muß gehn, mir eine Seele zu suchen.»

«Liebes Kind», sagte der Quabbelonkel, «bleibe lieber hier und iß Miesmuscheln. Ich will dir die fette Muschel schenken, die auf meinem linken großen Zeh sitzt.»

«Nein, ich danke dir», sagte Mummelchen, «iß sie nur allein auf

– und guten Appetit! Sage mir lieber, was ich tun muß, wenn ich eine Seele suchen will.»

«Ja, Kindchen», sagte der Quabbelonkel, «ich denke mir, wenn jemand etwas suchen will, wird er sich bewegen müssen, du mußt wandern. Aber ich täte es nicht, es wird dir nicht bekommen.»

«Ich will wandern gehen», sagte Mummelchen, «denn ich sehne mich so sehr nach einer Seele. Aber wohin muß ich wandern, um eine Seele zu suchen?»

«Ja, Kindchen», sagte der Quabbelonkel, «ich denke mir, du wirst wohl aus dem Sumpf heraus müssen. Wohin du dann gehst, weiß ich auch nicht. Ich bin noch nie aus meinem Sumpf herausgekommen.»

«Die Sterne riefen mich, ich will den Sternen nachgehen», sagte Mummelchen und stieg langsam zum Spiegel des Mummelsees hinauf.

«Es kann dir nicht bekommen, Kindchen», rief der Quabbelonkel und streckte beschwörend den linken großen Zeh mit der fetten Miesmuschel aus.

Aber es war zu spät. Mummelchen war ans Ufer geschwommen und wanderte durch Ried und Heide den Sternen nach ...

Aber je weiter sie wanderte, um so ferner rückten die Sterne, und es schien ihr, daß der Weg nach den Sternen ein sehr weiter und beschwerlicher Weg sein müsse. Und als sie müde wurde vom weiten Weg, da wurde die Nacht dunkel und die Sterne erloschen. Das geht einem jeden so, der den Sternen nachgeht.

Mummelchen war sehr erschrocken, als sie sah, daß die Sterne erloschen und es dunkel und weglos um sie herum wurde.

«Aber wenn die Sterne vom Himmel fort sind», dachte sie, «so sind sie sicherlich auf die Erde heruntergefallen und spielen dort Verstecken. Ich werde ins Dunkel hineingehen, bis irgendwo ein Lichtlein aufloht. Dem will ich dann nachwandern, und das wird sicher ein Stern sein, denn es ist doch viel zu schwer für einen Stern, sich auf der Erde zu verstecken, daß man gar nichts mehr davon sieht.»

Mummelchen wußte eben nicht, daß nicht immer ein Stern vom Himmel fällt. Und sie wußte auch nicht, daß ein Stern sich gar nicht zu verstecken braucht, wenn er mal vom Himmel auf die Erde gefallen ist. Es sieht ihn auch so niemand, und alle Leute gehen dran vorüber, selbst wenn es ein noch so leuchtender klarer Stern ist und wenn er auch mitten auf der Gasse liegt. Es sind die Alltagsgedanken der Menschen, die ihr graues Bahrtuch drüberdecken, und darunter sind schon manche Sterne erloschen. Mummelchen hätte ja vielleicht den Stern bemerkt, weil sie kein Mensch war, aber es fiel nun mal keiner vom Himmel. Die Sterne fallen nur, wenn sie selbst wollen, und das kann ihnen niemand verdenken.

So wanderte Mummelchen weiter durchs sternenlose Dunkel, und ihre Füße wurden so müde und wund, wie die Füße aller werden, die den Sternen nachgehen.

Da endlich lohte ein Licht auf einem hohen Berge auf, und als Mummelchen näher kam, da sah sie, daß das Licht in einem großen Schlosse war, das Mauern und Türme und Erker hatte und in dem es eine Menge Prunkzimmer geben mußte, denn es blitzte aus allen Fenstern heraus von Gold und Edelsteinen.

«Das muß eine ganze Sternenversammlung sein», dachte Mummelchen und ging gerade in das Schloß hinein.

Im Schloß waren ein König und eine Königin und eine ganze Menge Lakaien, und Zofen, die nur für den König und die Königin da waren. Die Lakaien des Königs waren die Würdenträger des Reiches, und die Zofen der Königin waren die Frauen der Lakaien und hießen Hofdamen.

«Es ist mehr bunt als schön, und eine Sternenversammlung ist es nicht, wie ich hoffte», dachte Mummelchen, «aber eine Seele muß ich sicher hier finden, wo so viele vornehme Menschen sind. Ich werde warten, bis die Leute näher kommen, dann will ich sie nach einer Seele fragen.»

Und Mummelchen setzte sich, da sie so müde geworden war, auf ein Ruhebett im Königssaal, um zu warten, bis die ganze Hofgesellschaft näher kommen würde. Als die vielen Lakaien Mummelchen sahen, machten sie sehr entsetzte Gesichter, aber sie sagten nichts, denn sie waren Lakaien und durften nur sprechen, wenn sie gefragt wurden. Die Königin aber, die keine Märchenkönigin, sondern eine Menschenkönigin war, ging auf Mummelchen zu und fragte sie, wer sie sei und ob sie am Ende Hofdame werden wolle. Denn die Königin war eine sehr praktische Frau, und sie hatte gleich gesehen, daß Mummelchen sehr schön war.

«Bekomme ich dann eine Seele?» fragte Mummelchen.

«Nötig ist das nicht», sagte die Königin, und sie war sehr unangenehm berührt von einem so wenig hoffähigen Wunsche.

«Dann möchte ich lieber keine Hofdame werden», sagte Mummelchen, «denn ich bin eine Nixe und suche eine Seele.»

«Pfui, wie scheußlich!» sagte die Königin, «eine Nixe hat nasse Kleider, und damit setzt sich die Person auf mein königliches Kanapee!» «Scheußlich!» riefen alle Lakaien und Hofdamen.

Mummelchen aber ging traurig aus dem Schloß hinaus, und sie wußte nun, daß hier eine Seele nicht zu finden war.

So wanderte Mummelchen weiter, bis sie wieder ein Licht schimmern sah aus einem großen Hause mit dicken Mauern und festen Gewölben. Das Licht war sonderbar gelb und fahl und sah nicht aus, als ob es ein Stern wäre. In dem Hause lebte ein reicher Mann und zählte seine Schätze.

«Ich möchte gern eine Seele haben», sagte Mummelchen.

«Eine Seele?» fragte der reiche Mann, «ja, ich kann dir meine Seele geben, sie regt sich immer mal dazwischen, also wird sie wohl noch da sein. Nur sehr viel Geld mußt du mir dafür geben.»

«Geld hat der Quabbelonkel im Mummelteich genug und übergenug», sagte Mummelchen, «aber solch eine Seele wie du möchte ich nicht haben. Lieber habe ich gar keine. Eine Seele muß man auch nicht kaufen, man muß sie geschenkt bekommen.»

«Geschenkt wird bei mir nichts», sagte der reiche Mann und warf die Tür hinter Mummelchen zu.

Mummelchen aber wanderte weiter, bis sie wieder ein Haus sah, in dem ein Lichtchen brannte. Das Haus war klein, und das Lichtchen war noch kleiner. Es war sehr unwahrscheinlich, daß es ein Stern wäre, der vom Himmel gefallen war. Aber Mummelchen war schon so müde und traurig, und so wollte sie alles versuchen und trat in das Haus ein. Im Hause waren bloß Bücher, ganz schrecklich viel Bücher, dicke und dünne, aber meistens sehr dicke, und unter all den dicken Büchern saß ein gelehrter Mann bei einer trüben Tranlampe und las.

«Was willst du hier?» fragte der gelehrte Mann und betrachtete Mummelchen im Licht seiner Tranlampe.

«Ich bin eine Nixe und suche eine Seele», sagte Mummelchen.

«Es gibt weder Nixen noch Seelen», sagte der gelehrte Mann.

«Ich bin aber eine Nixe», sagte Mummelchen, und es zuckte trotzig um ihre Lippen, «ich komme gerade vom Mummelteich, wo die Froschvettern und Unkentanten leben und Quabbelonkel.» Die Tranlampe begann zu flackern.

«Es gibt keine Nixen», sagte der gelehrte Mann, «also bist du gar nicht da.»

Der gelehrte Mann las weiter, die Tranlampe brannte auch weiter, und Mummelchen ging hinaus.

Immer weiter wanderte sie und war nun schon sehr müde und traurig geworden. Da erblickte Mummelchen etwas Wunderbares. Sie sah eine große Kirche mit herrlichen Spitzbogen und Türmen, und das Kerzenlicht vom Altar flutete durch die bunten Fenster in die Nacht hinaus.

«Das ist der Stern, den ich suche», dachte Mummelchen, und sie wollte in jubelnder Erwartung in die Kirche eintreten, denn nun mußte sie ja sicher eine Seele finden! An der Schwelle aber stand ein Mann in einem schwarzen Gewand und fragte sie nach ihrem Begehr.

«Ich bin eine Nixe und suche eine Seele», sagte Mummelchen, und in ihren Augen leuchtete schon der Widerschein der Kerzen am Altar.

«Die Kirche ist nicht für Nixen», sagte der Mann im schwarzen Gewand und schloß die Tore, daß sie dröhnend zuschlugen.

Es war ganz finster, und die Glocken läuteten. Da sank Mummelchen in die Knie und barg das Gesicht in den Händen. Sie war so müde und traurig und hatte keine Hoffnung mehr, eine Seele zu finden, die sie so brennend suchte. Wenn in diesem Hause mit den heiligen Kerzen nicht Gottes Sterne waren und keine Seele zu finden war, dann gab es sicher keine Seele auf der Erde und keinen Stern, der vom Himmel gefallen war.

Die Glocken läuteten, und Mummelchen hörte deutlich, daß sie weinten. Aber die Glocken weinten nicht um Mummelchen, sondern um den Pfarrer in der Kirche, und das tun sie schon lange.

Dann hörten auch die Glocken auf zu weinen, der Himmel und die Erde waren dunkel, und es war eine Finsternis, wie sie Mummelchen noch nicht erlebt hatte. Es war die Finsternis, die alle kennen, die den Sternen nachgegangen sind.

Wie Mummelchen aber die Hände von den Augen nahm und so hoffnungslos hinaussah in die große Finsternis, da sah sie ganz nahe ein kleines Engelchen stehen. Die kleinen Engelchen sind nämlich viel näher, als man denkt, man übersieht sie bloß so leicht, weil sie eben sehr klein sind. Das kleine Engelchen hielt ein Laternchen und leuchtete damit einem Dichter, der auf der Heide saß und Märchen schrieb. Das ist immer so, denn ein Dichter kann nur dann Märchen schreiben, wenn ein kleines Engelchen mit seiner Laterne dazu leuchtet.

«Das Laternchen ist kein Stern», dachte Mummelchen, «dazu ist es zu klein. Aber es ist doch vielleicht das Kind von einem Stern, weil ein Engelchen es in der Hand hat.»

Da ging Mummelchen auf den Dichter und das Engelchen zu, richtete die großen traurigen Augen auf sie und sagte: «Ich bin eine Nixe und möchte gerne eine Seele haben.»

«Weiter nichts?» sagte der Dichter, faßte Mummelchen um den schlanken Leib und küßte sie auf beide Augen.

Das Engelchen aber löschte sein Laternchen aus, denn dazu brauchte es nicht zu leuchten, das wußte es schon – denn das, was geschah, war auch so ein wirkliches Märchen. Von Gottes Himmel aber fiel ein Stern und setzte sich Mummelchen ins Haar.

«Weißt du nun, daß du eine Seele hast?» fragte sie der Dichter und winkte dem Engelchen, daß es nicht so zugucken solle.

«Ja», sagte Mummelchen, «jetzt habe ich eine Seele, und seit du mir die Augen geküßt hast, sehe ich, daß etwas von meiner Seele in allem ist, was auf der Welt ist.»

«Dann hast du eine wirkliche Seele, denn nur, wer eine wirkliche Seele hat, der sieht die Seele in allem.»

Es gibt viele Wege, sich eine Seele zu suchen. Einer der hübschesten ist sicherlich der, sich von einem Dichter die Augen küssen zu lassen. Es muß aber schon ein Märchendichter sein. Sonst hilft es nichts. Nur sind die Dichter darin ein bißchen einseitig. Sie küssen nämlich nur solche, die so sind wie Mummelchen und nicht wie der Quabbelonkel. Denn die Seelen küßt man nur wach in denen, die sie suchen.

Das Engelchen aber hat in dieser Nacht sein Laternchen nicht wieder angezündet...

Das Tagewerk vor Sonnenaufgang

Es waren eine Schmiede und ein Schmied. Der Schmied aber war ein besonderer Schmied, denn sein Tagewerk lag vor Sonnenaufgang. Das ist ein sehr hartes Tagewerk. Man wird müde und traurig dabei. Man wird still und geduldig dabei. Es gehört viel Kraft dazu. Denn man lebt einsam und schmiedet in der Dämmerung.

Jetzt war es Nacht, und der Schmied war nicht in seiner Schmiede. Der Feuergeist in der Esse schlief. Nur sein Atem glomm unter der Asche und streute dazwischen einen sprühenden Funken in die Finsternis. Aber der Funke erlosch bald. Nur ein schwacher Lichtschein blieb und hastete suchend und irrend durch das Dunkel der Schmiede.

Der Blasebalg ließ seinen großen Magen in lauter griesgrämigen Falten hängen. Er sah aus wie ein dicker Herr, der plötzlich abgemagert ist. Man hätte darüber lachen können, aber in der Schmiede war niemand, der zu lachen verstand.

Der Amboß drehte seinen dicken Kopf mit der spitzen Schnauze langsam nach allen Seiten und sah sich das alte Eisen an, das heute geschmiedet werden sollte. Es war nicht viel. Nur einige Stücke. Sie lagen in einer Ecke und waren beschmutzt und verstaubt, wie Leute, die eine weite und beschwerliche Wanderung hinter sich haben.

Der Amboß ärgerte sich. «Was für ein hergelaufenes Gesindel hier zusammenkommt! Ein Glück, daß es zuerst in die Esse muß, ehe es mir auf den blanken Kopf gelegt wird. Es wäre sonst zu unappetitlich. Danke bestens. Unsereiner ist sauber.»

Der Amboß rümpfte verächtlich die große Schnauze und kehrte dem alten Eisen den Rücken zu. Der Amboß war ein Dickkopf. Er dachte nicht daran, daß er ja auch aus Eisen war und daß das alte Eisen, das so weit gewandert war, auch so blank würde, wenn es der Feuergeist erfassen und der Hammer schmieden würde. Er dachte, es gäbe bloß blankes Eisen und schmutziges und bestaubtes – von vornherein – und dabei bliebe es. Er war eben ein Dickkopf, und er wußte auch nicht, wie mühsam sein Meister dies alte Eisen gesammelt hatte, um es umzuschmieden in der Dämmerung.

Das alte Eisen fühlte sich sehr erleichtert, als der Amboß ihm den

Rücken gekehrt hatte und es seine abweisenden Blicke nicht mehr fühlte. Es hatte sie deutlich gefühlt, trotzdem es so bestaubt und so beschmutzt war. Nun begann es, sich flüsternd zu unterhalten.

Es waren Stücke, die dem Alter nach sehr verschieden waren. Es waren ganz alte dabei, die eigentlich in die Raritätenkammer gehörten. Es waren auch ganz junge darunter, die nur wenige Jahre auf der Welt waren. Aber in ihrer Erscheinung waren sie sich alle ganz gleich.

«Sie sind so verrostet», sagte eine Kette teilnahmsvoll zu einem alten Schwert, «das ist eine sehr schlimme Krankheit. Sie fühlen sich gewiß nicht wohl?»

Das Schwert seufzte knarrend zwischen Griff und Klinge.

«Es ist ein altes Leiden», sagte es, «ich habe es schon viele hundert Jahre. Es sind Blutflecke. Ich habe schreckliche Dinge gesehn auf meinem Lebensweg. Ich ging durch viele Hände. Einer erschlug den andern mit mir. Einer nahm mich dem andern fort, um wieder andre zu erschlagen. Alles Blut und alle Tränen haben sich in mich hineingefressen. Ich habe wenig Ruhe gehabt. Ich bin in Blut gewatet, und der, der das meiste Blut vergossen, läutete die Glocken mit denselben Händen und nannte das seinen Sieg.»

«Ich bin nur wenige Jahre alt», sagte ein junger Säbel, «aber ich habe ganz dasselbe erlebt.»

«Ich habe andere Siege gesehen», sagte ein alter rostiger Riegel. «Ich sah Menschen, die gesiegt hatten über sich und die Welt mit ihren Gedanken. Ich verschloß die Türe, hinter der man sie einsperrte. Sie saßen und verkamen in ihrem Kerker. Aber ihre Gedanken gingen durch die Kerkertüre an mir vorbei und gingen hinaus in alle Straßen.»

«Ich bin weit jünger als Sie», sagte ein anderer Riegel, «aber ich habe dasselbe tun müssen und habe dasselbe gesehen.»

Der Feuergeist in der Esse atmete stärker, und der erste Schein der Morgendämmerung zog über das alte Eisen. Es wurde sehr verlegen und bedrückt, denn nun traten die vielen Flecke noch deutlicher hervor als im Licht des Feuergeistes, der in der engen Esse mühsam atmet. Das alte Eisen sah traurig auf seinen beschmutzten Körper und redete wirr und klagend durcheinander.

«Ich hab einen Mörder halten müssen», jammerte die Kette, «es war in seiner letzten Nacht. Neben ihm saß ein Mann im Talar und hatte ein Buch in der Hand, auf dem ein goldenes Kreuz draufstand.»

«Ich habe im Schlachthaus arbeiten müssen», sagte ein langes Messer, «ich habe Tausenden von Geschöpfen ins entsetzte Auge gesehn, ehe es erlosch. Ich habe tausend Tierseelen umherirren gesehn in einem Hause voll Blut und Grauen. Dabei war ein Stück von mir früher eine Perle im Rosenkranz eines alten stillen Mannes. Es war in Indien, und der alte stille Mann fegte den Weg vor sich mit schwachen Armen, um kein Geschöpf zu treten. Er nannte den Wurm seinen Bruder und bat ihn um den Segen seiner Götter. Er sprach von der Kette der Dinge. Er zeichnete das Hakenkreuz in den Sand und fingerte ergeben seinen Rosenkranz, wenn der Wind es verwehte. Die fremden Priester aus Europa höhnten den Glauben des alten Mannes.»

«Wir haben jetzt Europa und seine Kultur», sagte der Säbel grimmig und schüttelte eine alberne goldene Troddel ab, die an ihm hing.

«Wir müssen durch viele Formen wandeln», sagte das Messer, «das weiß ich von dem alten Mann in Indien. Nur weiß ich nicht, in welche wir kommen sollen.»

«In diesen Formen können wir nicht bleiben!» riefen alle durcheinander. «Wir sind schmutzig und voller Flecken. Wir wollen umgeschmiedet werden. Wir wollen zum Feuergeist und um eine andere Form bitten. Aber wir wollen nicht warten, bis die Sonne aufgeht. Wir wollen nicht, daß die Sonne uns so findet. Dann bescheint sie unseren Schmutz und unsere Flecken. Aber der Schmied wird nicht so bald kommen. Er schläft gewiß noch.»

Da flog ein Funke aus der Esse mitten in das alte Eisen hinein.

«Der Schmied schläft nicht. Er wird gleich kommen», zischte der Funke, «es ist ein besonderer Schmied. Sein Tagewerk ist vor Sonnenaufgang.»

Dann erlosch der Funke.

Die Tür tat sich auf, und der Schmied kam herein. Es war ein ernster stiller Mann mit traurigen Augen. Das kam von seinem Tagewerk. Er trat den Blasebalg, daß er alle seine Magenfalten aufklappte und ganz dick anschwoll. Der Feuergeist erwachte in der engen Esse, und der Schmied hielt all das alte Eisen ins Feuer. Dann hob er es aus der Feuertaufe und legte es auf den Amboß.

«Was wird aus uns werden – welche Form – welche Form?» fragte das alte Eisen, und das Messer dachte an den armen alten Mann in Indien.

Der Schmied schlug zu. Die Funken stoben.

Er schmiedete nur eine Form, die letzte aller Formen. Er schmiedete die Seele des Eisens.

Es war sein Tagewerk.

Als es fertig war, stand eine glänzende Pflugschar auf der taufeuchten Erde vor der Schmiede.

Da ging die Sonne auf.

Es ist leider nur ein Märchen ...

Ratzepetz

Es war einmal eine kleine Elfe, die tanzte mit ihren Elfenschwestern am Wiesenrain, wo der Holderbaum steht, in den die Liebenden ihre Herzen und die Zwerge ihre Runenzeichen schneiden. Die Elfen tanzen gerne am Holderbaum, aber es ist gar nicht so ungefährlich, da zu tanzen, denn schon manche Elfe hat dabei ihren Schleier verloren.

Der Mond schien dazu, und auch die Irrlichter leuchteten, obwohl das gar nicht nötig war, denn wenn der Mond scheint, ist es für einen Elfentanz gerade hell genug. Aber die Irrlichter leuchteten trotzdem mit, sie taten das teils aus Höflichkeit, teils aus Neugier – und dann leuchten sie überhaupt gerne, wenn die Elfen tanzen, obwohl das gar nicht ungefährlich ist. Denn dabei hat schon manche Elfe ihren Schleier verloren.

Als nun der Elfenreigen zu Ende war und die Elfenschwestern ihre Schleier aufnahmen, um nach Hause zu gehen, da sah die kleine Elfe, daß sie ihren Schleier verloren hatte und nun nicht mehr mit den Schwestern gehn konnte. Sie suchte, aber sie fand ihn nicht mehr. Es war auch dunkel geworden, denn der Mond, der offenbar erkältet war, hielt sich eine Wolke vors Gesicht und nieste, und die Irrlichter hatten sich in den Sumpf empfohlen, wo sie ja eigentlich zu Hause sind.

Die Schwestern der kleinen Elfe hatten alle noch ihren Schleier. Die brauchten bloß einmal mit den feinen Füßen aufs Gras zu stampfen und die Schleierformel zu sprechen – dann tat der Hügel sich auf und nahm sie in seinen Schoß, als wären sie niemals dagewesen. Nun waren die Elfenschwestern verschwunden, und die kleine Elfe war ganz allein im Dunkeln, und sie weinte und fürchtete sich. Es ist auch sehr, sehr traurig für eine Elfe, ihren Schleier zu verlieren. Es gilt als eine Schande, sie kann auch nie mehr nach dem Elfenreich zurück, und das ist äußerst bedauerlich, wie ein jeder weiß, der einmal im Elfenreich war.

Wie die kleine Elfe nun so dasaß und weinte, kam ein Glühwurm angekrochen, der von sehr mitleidigem Gemüt war.

«Liebe Elfe», sagte er, «darf ich Ihnen behilflich sein? Der Mond scheint nicht mehr, aber ich kann ihn vielleicht ersetzen. Sie müssen mich ins Haar nehmen, dann werden Sie Ihren Weg schon finden. Ich bin zwar gar nicht so hell wie der Mond, aber sehr ähnlich.»

Die kleine Elfe dankte, setzte sich das Glühwürmchen ins Haar und ging, ihren Schleier zu suchen. Aber ob sie auch rechts oder links ging und überallhin spähte, es war weit und breit nichts zu sehen und auch niemand, der ihr hätte Auskunft oder Rat geben können.

Endlich traf sie eine alte dicke Kröte, die am Wegrande saß und wollene Strümpfe strickte. Die Kröte war gar nicht schön, wenigstens nach den Begriffen der Elfen, aber wenn sie lächelte, hatte sie etwas ganz Angenehmes, und so beschloß die kleine Elfe, die alte Kröte um Rat zu fragen.

«Ach bitte», sagte die kleine Elfe, «Sie kennen sich doch hier sicher gut aus. Haben Sie nicht vielleicht meinen Schleier gesehen? Ich habe ihn beim Tanz unter dem Holderbaum verloren.»

«Beim Tanz unter dem Holderbaum haben schon viele Elfen ihre Schleier verloren», sagte die Kröte und lächelte – aber, wie gesagt, sie lächelte durchaus angenehm. «Leider bin ich da nicht ganz sachverständig. Ich bin eine Kröte und stricke mir wollene Strümpfe, weil ich rheumatisch bin. Wollene Strümpfe aber sind kein Elfenschleier, liebes Kind.»

«Das meinte ich auch nicht», sagte die kleine Elfe, «ich wollte auch nicht um Ihre wollenen Strümpfe bitten für meinen Elfenschleier, aber ich dachte, Sie könnten mir vielleicht einen Rat geben, denn wenn man schon rheumatisch ist und sich wollene Strümpfe strickt, so muß man doch sicher viel Lebenserfahrung haben.»

«Der Rheumatismus allein macht es nicht», sagte die Kröte und lächelte wieder – aber, wie gesagt, durchaus angenehm. Dabei kratzte sie sich mit der Stricknadel die Warzen auf dem Rücken. «Aber das ist schon wahr, das habe ich oft gesehen: Es hat schon manche Elfe ihren Schleier verloren, und wenn sie ihn nicht wiederfand, so ist sie aus dem Märchenland in den Sumpf gegangen, wo immer Alltag ist, und hat Rheumatismus und wollene Strümpfe bekommen.»

«Ich will aber nicht in den Sumpf», sagte die kleine Elfe weinerlich, «ich bin ein Märchenkind und will im Märchenlande bleiben.»

Sie erhob bittend die Hände zum Strickstrumpf der rheumatischen Kröte, und das Glühwürmchen in ihrem Haar leuchtete geradezu überzeugend. Man konnte gar nicht anders als derselben Meinung sein, man wurde einfach sozusagen überleuchtet.

Die Kröte zählte die Maschen an ihrem Strickstrumpf und überlegte.

«Ich will Ihnen was sagen, liebes Kind», meinte sie endlich, «hier kann Ihnen nur einer helfen, und das ist der weise Kater Ratzepetz. So weise ist keiner im ganzen Märchenland.»

«Aber wo wohnt der Kater Ratzepetz?» fragte die kleine Elfe.

«Der Kater Ratzepetz wohnt im Häuschen an der goldenen Brücke, auf der man ins Sonnenland geht, zusammen mit einem menschenähnlichen Wesen, das ihn sozusagen bedient. Sagen Sie ihm meine schlüpfrigsten Empfehlungen und ich würde ihm zu Weihnachten wollene Strümpfe stricken.»

Da bedankte sich die kleine Elfe tausendmal, und die Kröte lächelte ihr angenehmstes Lächeln. Das Glühwürmchen aber empfahl sich mit vielen Segenswünschen, es war erschöpft und nun auch nicht mehr nötig. Denn wenn es auch ruhig mit dem Monde wetteifern konnte – die Brücke ins Sonnenland, an welcher der Kater Ratzepetz lebte, die leuchtete so strahlend in alles Dunkel hinein, daß es nicht schwer war, sie zu finden. Das ist die Brücke, auf der der liebe Gott ins Märchenland wandert, wenn er sich von der Schuld und den Tränen der Menschen erholen muß und zu den Tieren und Kindern kommt und zu denen, die im Märchenland leben, weil sie die Brüder und Schwestern der Tiere und der Kinder sind.

Als die kleine Elfe an die goldene Brücke kam, da klopfte sie an die Tür des Hauses, in dem der Kater Ratzepetz lebte. Die Tür tat sich auf, und ein menschenähnliches Wesen trat heraus. Es war ein Mann, der weiter nicht schön aussah, aber er hatte ein Leuchten in den Augen, weil er das Märchen liebte, die Tiere und die Kinder, und weil er dem Kater Ratzepetz diente und sehr, sehr viel von ihm gelernt hatte. Er war wohl auch ein Mensch gewesen und kannte Schuld und Tränen – aber dann hatte er es so gemacht wie der liebe Gott und war ins Märchenland gegangen zum Kater Ratzepetz. Man muß es eben schon dem lieben Gott abgucken, wenn man ins Märchenland kommen will.

«Wer sind Sie?» fragte das menschenähnliche Wesen die Elfe.

«Ich bin eine kleine Elfe», sagte sie, «ich habe meinen Schleier verloren, und ich will den weisen Kater Ratzepetz sprechen. Die alte Kröte am Wegrand, die Rheumatismus hat, hat mich hergeschickt.»

Das menschenähnliche Wesen führte die kleine Elfe ins Haus, und nun stand sie vor dem Kater Ratzepetz. Ihr Herz schlug hörbar, denn so gewaltig hatte sie sich den Kater Ratzepetz nicht vorgestellt, so viel sie auch von ihm gehört hatte. Es war eben Ratzepetz – und das Licht von der goldenen Brücke flutete über sein weiches Fell. Er saß vor einem großen Buch, in dem er krallenhaft geblättert hatte.

«Viele schlüpfrige Empfehlungen von der alten Kröte, und sie wird Ihnen zu Weihnachten wollene Strümpfe stricken», sagte die kleine Elfe, «ich bin eine kleine Elfe und habe meinen Schleier verloren. Wenn ich meinen Schleier nicht wiederfinde, so muß ich in den Sumpf und kriege Rheumatismus und kann nie wieder zurück ins Elfenreich unter dem grünen Hügel. Es ist sehr traurig.»

Der Kater Ratzepetz dachte nach. Er war vor tausend Jahren im Katzentempel von Bubastis gewesen und kannte viele Geheimnisse. Das menschenähnliche Wesen hatte auch schon damals mit ihm gelebt und hatte ihn gepflegt und geliebt wie heute. Ägyptens Sonne war noch in beiden – im Kater Ratzepetz und im Mann aus Bubastis. Das war freilich vor tausend Jahren und im Tempel gewesen – aber es gibt so viele Geheimnisse – was sind auch tausend Jahre, und ist nicht das ganze Märchenland auch ein heiliger Tempel?

«Dein Schleier ist gar nicht verloren», sagte der Kater Ratzepetz, «die klatschhafte Elster hat ihn dir gestohlen, als du mit deinen Elfenschwestern getanzt hast unter dem Holderbaum. Die Elstern stehlen so gern die Elfenschleier, und dann laden sie andere Elstern zum Kaffee ein. Sie zeigen die gestohlenen Schleier und sagen, die Elfen hätten sie verloren. Es gibt freilich sehr viele Elstern, aber ich will schon versuchen, die richtige zu finden. Dann bringe ich dir den Schleier wieder.»

«Ich danke Ihnen tausendmal», sagte die kleine Elfe, «und ich will auch jeden Tag kommen, um Sie am Halse zu krabbeln.»

Der Kater schnurrte, denn er liebte es überaus, so gekrabbelt zu werden. Das war eine Schwäche von ihm, und auch große Leute haben ihre Schwächen.

«Ich gehe jetzt zur Elster», sagte der Kater Ratzepetz zu dem menschenähnlichen Wesen, «setze die kleine Elfe unterdessen unter eine Käseglocke, damit ihr nichts passiert.»

Der Kater Ratzepetz ging, und das menschenähnliche Wesen setzte die kleine Elfe unter eine Käseglocke. Es war nicht schön, drin zu sitzen, aber inzwischen hob das menschenähnliche Wesen die Käseglocke ein bißchen auf und ließ die Elfe hinausgucken, und dann erzählte es ihr von den Denkwürdigkeiten des weisen Katers Ratzepetz. Das menschenähnliche Wesen schrieb nämlich die Denkwürdigkeiten des Katers Ratzepetz. Das war so ein Lebensberuf. Der Beruf ist sehr selten.

Der Kater Ratzepetz hatte unterdessen fleißig umhergeschnüffelt und auch bald das richtige Elsternnest herausgefunden. Es war hoch auf einem Baum am Rande des Märchenlandes. Denn im eigentlichen Märchenland selbst leben die klatschhaften Elstern nicht. Es wäre ihnen da zu poetisch, sagten sie, und davon bekämen sie Migräne. Es war doch viel netter, in einem warmen Nest zu sitzen, die Elfenschleier aus dem Märchenlande zu stehlen und dann darüber zu klatschen. Das war so ihr Lebensberuf, und der Beruf ist sehr häufig.

«Sie haben einen Elfenschleier gestohlen!» fauchte der Kater Ratzepetz zum Elsternnest hinauf. «Geben Sie ihn sofort zurück!»

«Wie?!» schnatterte die Elster empört, «ich bin eine ehrbare Frau und stehle niemals. Ich habe höchstens ein Fundbüro und das auch nur aus Gutmütigkeit, weil es mir leid tut, wenn die Leute leichtsinnig sind und was verlieren.»

«Und was befindet sich eben in Ihrem Fundbüro?»

«Ich will ehrlich sein wie immer und es Ihnen sagen. Ich fand die Gummischuhe eines Frosches, den Regenschirm eines Pilzes, die durchbrochenen Strümpfe einer Bärin und das Klavier einer Eidechse. Weiter kann ich Ihnen nicht dienen, und ich habe auch keine Zeit, denn ich gebe heute einen Nestkaffee.»

«Meine Gnädige», sagte der Kater Ratzepetz, «wenn ich jetzt nach oben komme und selbst nachsehe, dann können Sie Ihren Nestkaffee nackt geben, denn ich lasse Ihnen keine Feder am Leibe.»

Seine Krallen setzten sich fest in den Baumstamm und rupften beängstigend an der Rinde.

Da flog ein Elfenschleier zu Pfoten des Katers Ratzepetz.

Die Elster aber sagte den anderen Elstern, die kamen, sie habe Migräne und ihr Nestkaffee könne heute nicht stattfinden.

So kam die kleine Elfe wieder zu ihrem Schleier. Und dafür krabbelte sie den Kater Ratzepetz jeden Tag am Halse, so daß er laut und vernehmlich schnurrte. Jeder würde gewiß gerne schnurren, wenn ihn eine Elfe am Hals krabbelte – aber das erlebt nicht ein jeder. Dazu muß man schon so weise werden wie der weise Kater Ratzepetz.

Das Männchen mit dem Kohlkopf

Es war in einem alten Park, in dem wilde Schwäne auf den Spiegeln dunkler Weiher ihre Kreise zogen, verblichene Marmorbilder lächelten und die Schatten vergangener Zeiten auf bemoosten Bänken saßen. In dem alten Park lebte ein kleines Männchen, das ein recht sonderbares Gewächs war, denn es war sozusagen allmählich aus allerlei Gewächsen zusammengewachsen. Als Kopf aber hatte es einen Kohlkopf. Das Männchen war ein ganz harmloses Männchen, nur kamen so leicht die Raupen in seinen Kohlkopf, was ja bei einem Kohlkopf weiter nicht verwunderlich ist. Dann hatte es richtige Raupen im Kopf und wurde sehr anmaßend. Es wackelte durch den ganzen Park und tadelte alles. Es fand die Kreise der wilden Schwäne häßlich, es grüßte die Regenwürmer und Käfer nicht mehr, obgleich das allgemein üblich ist, und es sagte sogar der Nachtigall nach, daß sie keine Stimme besitze und zudem eine schlechte Ausbildung genossen habe. Alles im Park ärgerte sich – nur die Marmorbilder lächelten.

Einmal nun, als das Männchen besonders viele Raupen in seinem

Kohlkopf hatte, erblickte es auf dem grünen Rasen ein großes Kompottglas. Es mochte schon lange da gelegen haben, denn der Regen hatte es blank gewaschen, so daß es in der Sonne funkelte und blitzte.

«Das ist eine passende Krone für mich», sagte das Männchen und stülpte sich das Kompottglas auf den Kohlkopf, in dem es von Raupen nur so wimmelte.

Mit dem gekrönten Kohlkopf aber wackelte das Männchen durch den ganzen Park und tadelte alles. Sogar die bescheidensten Leute des ganzen Parkes, ein kleines Moosehepaar, ließ es nicht in Ruhe. Das Moosmännchen und das Moosweibchen lebten still und zurückgezogen in einer Mauerspalte. Sie störten wirklich niemand, denn sie gingen selten aus und waren überaus häuslich, fast so häuslich wie ihr Onkel, der Hausschwamm, der bekanntlich das häuslichste aller Wesen ist. Das Moosmännchen und das Moosweibchen waren auch so genügsam. Sie kochten sich mittags nur eine Heidelbeere in einem Fingerhut, und das reichte für alle beide.

«Eine widerliche Völlerei», sagte das Männchen mit dem gekrönten Kohlkopf, «diese einfachen Leute in der Mauerspalte tun auch tagsüber nichts weiter als Essen kochen. Was würde aus dem ganzen Park werden, wenn ich auch so wäre?»

Die armen Moosleute waren tief gekränkt.

«Eine Heidelbeere für zwei Personen ist gewiß eine auskömmliche und gute Mahlzeit», sagten sie, «aber eine unmäßige Mahlzeit ist es sicherlich nicht. Es ist freilich wahr, daß wir die Heidelbeere in einem Fingerhut kochen, aber das tun wir auch nur, weil wir alte Leute sind und keine rohen Heidelbeeren mehr vertragen.»

Mit diesen Worten, die gewiß berechtigt waren, zogen sie sich in ihre Mauerspalte zurück. Alles im Park ärgerte sich – nur die Marmorbilder lächelten.

Die Sonne hatte sich aber auch die ganze Geschichte besehen, und sie beschien den Kopf des Männchens Tag für Tag mit besonderer Sorgfalt. Es war, als ob es den Sonnenstrahlen geradezu Spaß mache, sich unter dem Glas zu sammeln und den Kohlkopf des kleinen Männchens zu wärmen. Die Sonnenstrahlen tun das sehr gerne. Der Kohlkopf aber wuchs dadurch immer mehr und mehr, das kleine Männchen hörte auf, alles zu tadeln, und wurde stiller und stiller, bis es eines Tages mit ganz erbärmlichen Kopfschmerzen auf dem grünen Rasen saß.

«Mein Kopf schmerzt so sehr», jammerte das kleine Männchen, «er wird immer dicker und dicker, er wächst und wächst, und ich kriege das schreckliche Glas nicht mehr herunter! Lieber will ich ungekrönt bleiben, aber solche Kopfschmerzen möchte ich nicht wieder haben!»

Sein Jammergeschrei erfüllte den ganzen Park. Die Einwohner des Parkes waren alle freundliche und gute Leute. Die Regenwürmer und Käfer krochen teilnahmsvoll näher, und auch den wilden Schwänen tat es sehr leid, daß das kleine Männchen solche Kopfschmerzen hatte. Die Nachtigall war ganz still, denn sie sagte sich, daß ihr Gesang mit solchen Kopfschmerzen nicht mehr zu vereinen wäre. Aber helfen konnte niemand.

Endlich drang das Klagen des kleinen Männchens auch in die Mauerspalte zu den Moosleuten, die gerade bei Tisch waren und sich eine Heidelbeere im Fingerhut kochten. Sie vergaßen alle Kränkung und eilten dem kleinen Männchen zu Hilfe, so schnell sie das nur vermochten. Sie faßten das Kompottglas und zogen aus Leibeskräften daran, um den gekrönten Kohlkopf davon zu befreien. Sie zogen so sehr, daß es in ihren Mooskörpern ordentlich raschelte.

Die Regenwürmer und Käfer hielten den Atem an vor Spannung.

Endlich ging es! Das Moosmännchen und das Mooswelbchen fielen hintenüber, das Kompottglas blieb in ihren Händen – aber der Kohlkopf auch!

«Das tut nichts», sagten sie, «es war ja nur ein Kohlkopf. Wir holen dem Männchen einen neuen, und den setzen wir ihm dann auf.»

Und das taten sie.

Dem Männchen war nun wieder ganz wohl.

«Ich möchte Ihnen aber doch raten», sagte die Nachtigall, «daß Sie sich in Zukunft die Raupen in Ihrem Kopf rechtzeitig von einem sachverständigen Vogel absuchen lassen.»

Das war gewiß ein sehr guter Rat, und er sollte von allen befolgt werden, die es angeht.

Die verblichenen Marmorbilder lächelten. Es war ihnen nichts Neues, daß einer den Kopf verlor. Das hatten sie in vergangenen Zeiten in mancher blauen Mondennacht gesehn, und es war nicht immer so harmlos abgelaufen wie dieses Mal, wo es ja nur ein Kohlkopf war. Denn es ist viel ungefährlicher, wenn es nur ein Kohlkopf ist, den man verliert, und es schadet darum auch gar nichts, wenn einer bloß einen Kohlkopf hat – aber er muß ihn nicht unter Glas setzen!

Der Generaloberhofzeremonienmeister

Der alte König saß auf seinem Thron und regierte. Er hatte eine Krone auf dem Kopf mit einer warmen Unterlage, und an den Füßen trug er Filzpantoffeln. Es war eben schon ein alter König, der sich ein bißchen schonen mußte beim Regieren, während sich die Könige ja sonst immer dabei überanstrengen. Außerdem sahen die Filzpantoffeln wirklich sehr hübsch aus, es waren alle sieben Farben daraufgestickt, denn das Land, das der alte König regierte, lag ganz weit von hier irgendwo hinter dem Regenbogen. Der Regenbogen war das Tor, durch das man hindurchgehen mußte, und darum waren seine sieben Farben die Landesfarben und die Farben auf den Filzpantoffeln des alten Königs. Ordentlich fröhliche Füße bekam man, wenn man die Pantoffeln anhatte, und der alte König war auch immer sehr fröhlich gestimmt, wenn er sie anzog.

Wenn er nun so auf seinem Thron saß und regierte, dann hielt er sein Zepter in der rechten Hand und in der linken einen Reichsapfel. Das war aber kein goldener, sondern ein ganz richtiger Apfel. Der goldene Apfel war dem alten König schon lange zu schwer geworden, er mußte auch jeden Tag mit Flanell abgerieben werden, und das ist so umständlich. Den richtigen Apfel aber konnte man essen, und so aß der alte König eine ganze Menge Reichsäpfel, wenn er so dasaß und regierte. Er nährte sich sozusagen davon. Die Kerne aber spuckte er aus, denn die muß man niemals mitessen, weil das nicht gesund ist und ganz besonders nicht für einen alten König.

Das Land, das der alte König regierte, war nicht groß, denn hinter dem Regenbogen liegen sehr viele Länder, wie jeder weiß, der einmal dahintergekommen ist. Also können die einzelnen Länder auch nicht so groß sein, und das ist auch gar nicht nötig, denn wenn ein Land so sehr groß ist, so muß es auch einen sehr großen König haben, und die sind viel schwerer zu finden als die großen Länder. So war auch das Schloß des alten Königs nicht groß, aber den Thron konnte man ganz schön darin aufstellen, eine Küche war auch noch dabei, und das ist doch schließlich die Hauptsache. In der Küche wurden jeden Tag Pfefferkuchen gebacken. Früher hatte das immer die alte Königin getan, und ihre Pfefferkuchen waren die schönsten in allen Ländern hinter dem Regenbogen. Nun tat sie es schon lange nicht mehr aus dem Grunde, weil sie gestorben war. Aber sie hatte dem Staat ein großes Erbe hinterlassen: das wunderschöne Pfefferkuchenrezept und eine ebenso wunderschöne Prinzessin, und es war sehr schwer zu sagen, welches von beiden das Schönere war. Wenn jemand glaubt, das Schönere müsse doch allemal die Prinzessin gewesen sein, dann hat er noch niemals richtige Pfefferkuchen gegessen, und wenn jemand denkt, die Pfefferkuchen müßten das Schönere gewesen sein, dann hat er noch niemals eine richtige Märchenprinzessin geküßt!

Seitdem nun die alte Königin tot war, buk die Prinzessin die Pfefferkuchen, und dann wurden es immer lauter Pfefferkuchenherzen. Der alte König fand das ein bißchen eintönig, aber die Prinzessin konnte eben nur die Herzen formen, und dabei seufzte sie, besonders wenn sie die Mandeln hineindrückte.

Der alte König wäre vielleicht auch schon gestorben, aber er wollte dem Reich auch gerne ein großes Erbe hinterlassen, und dafür war ihm immer noch kein Rezept eingefallen. So blieb er schon lieber einstweilen leben und regierte seine Untertanen. Er hatte drei ganze Untertanen und einen halben, und von denen war einer noch dazu bloß ein Minister. Der halbe Untertan lebte an der Grenze eines anderen Königreiches, und da er niemand kränken wollte, so hatte er sich aus lauter Gefälligkeit gleichsam in zwei Hälften geteilt und jedem König eine geschenkt. Der Minister aber war der Minister des Inneren und des Äußeren. Wenn er der Minister des Inneren war, dann stellte er seine Füße einwärts, und wenn er der Minister des Äußeren war, dann stellte er sie auswärts. Das war sehr übersichtlich, und das sollte überall eingeführt werden. Aber meistens spielte er mit dem alten König Schafskopf, und dann hatte er die Füße einwärts gestellt, denn das war ja eine innere Angelegenheit.

Das war das ganze Volk, das der alte König regierte; es war freilich noch eine Katze da, die aber ließ sich nicht regieren, denn sie war mit der Prinzessin befreundet und gab ihr gute Ratschläge.

Wie nun der alte König wieder einmal auf seinem Thron saß und dazu seinen Reichsapfel aß und regierte, da kam die Prinzessin herein und sagte: «Guten Tag.»

«Guten Tag», sagte der alte König.

«Ich habe Herzen aus Pfefferkuchen gebacken», sagte die Prinzessin, «und wie ich die Mandeln hineindrückte und seufzte, da ist mir etwas eingefallen. Ich werde heiraten.»

«Tue das», sagte der alte König.

Da freute sich die Prinzessin sehr, daß es dem alten König so recht wäre, und sie fragte: «Weißt du auch, wen ich heiraten will?»

«Nein, das weiß ich nicht», sagte der alte König, «aber ich denke mir, daß ich das schon erfahren werde.»

«Dann will ich es dir lieber gleich sagen, das ist vielleicht besser», sagte die Prinzessin, «ich will unseren halben Untertanen heiraten.»

Der alte König ließ vor Schreck seinen angebissenen Reichsapfel fallen. «Das könnte dir schon passen», sagte er, «aber wer ersetzt mir meinen halben Untertanen? Wir haben so schon nicht viele. Nun willst du auch noch einen wegheiraten, und wenn's auch nur ein halber ist.»

«Daran habe ich auch schon gedacht», sagte die Prinzessin, «aber es ist ja nur ein halber, und das ist er auch nur aus lauter Gefälligkeit. Und wenn ich erst geheiratet habe, dann will ich mir auch große Mühe geben und fortwährend Kinder kriegen.»

«Das wird mich sehr freuen», sagte der alte König, «aber wenn du so viele Kinder kriegst, so sind das alles Prinzen und Prinzessinnen, und über wen sollen sie herrschen, wenn wir nur drei ganze Untertanen haben? Denn den halben heiratest du ja weg.»

«Das schadet nichts», sagte die Prinzessin, «dann können sie über sich selbst herrschen, das ist viel bequemer, denn man hat sich selbst doch immer gleich bei der Hand.»

Die Prinzessin war eben noch sehr jung!

Der alte König schwieg dazu und aß seinen Reichsapfel weiter.

«Ich dachte mir, daß wir in drei Tagen heiraten», sagte die Prinzessin. «Früher kann ich es nicht machen, denn ich muß ja eine ganze Menge Pfefferkuchen zur Hochzeit backen.»

«Es ist auch nicht nötig, daß du früher heiratest», sagte der alte

König, «denn wenn du nachher fortwährend Kinder kriegen willst, so kommt es auf drei Tage früher oder später auch nicht an.»

«Ich will dann gleich gehn und Herzen aus Pfefferkuchen bakken», sagte die Prinzessin.

«Tue das», sagte der alte König.

Die Prinzessin ging in die Küche, der alte König aber hörte auf zu regieren und dachte sehr stark darüber nach, womit er seiner Tochter eine Überraschung zur Hochzeit bereiten könne.

Als ihm gar nichts einfiel, ging er zur Tür und rief den Minister des Inneren und Äußeren herein, damit er ihm beim Nachdenken helfen solle. Der Minister kehrte die Füße einwärts und bedachte sich's von innen, er kehrte die Füße auswärts und bedachte sich's von außen, aber es fiel ihm auch nichts ein. Das war recht unangenehm, weil man doch nur drei Tage Zeit hatte und die Prinzessin dann schon heiraten wollte.

Da hörten sie ein Posthorn blasen, die Postkutsche kam angefahren und hielt gerade vor dem Reich des alten Königs.

«Das werden Mandeln und Rosinen sein, die meine Tochter bestellt hat», sagte der alte König.

Aber es waren keine Mandeln und Rosinen, sondern es war gerade das Gegenteil. Es war eine auswärtige Angelegenheit. Der Postbote brachte eine gewaltig große Kiste von einem Kaiser, der über ein sehr großes Land herrschte, womit aber nicht gesagt ist, daß der Kaiser auch ebenso groß war wie das Land. Ich habe auch ganz genau gewußt, wie das Land hieß, aber ich kann mich eben nicht darauf besinnen. Der Kaiser mit dem großen Land hatte ein großmächtiges Schreiben dazu geschrieben, worin er dem alten König versicherte, daß er ihm sehr wohlaffektioniert sei und ihm aus allerhöchster Wohlaffektioniertheit einen Generaloberhofzeremonienmeister schicke. Der wäre eine besonders große Erfindung seines Landes, er wäre am Kopf aufzuziehn und der Schlüssel wäre in der Kiste.

Da freute sich der alte König sehr, denn nun hatte er ja die Überraschung für die Hochzeit der Prinzessin, und er schenkte dem Postboten einen Reichsapfel. Der Minister ging mit auswärts gekehrten Füßen um die Kiste herum, denn es war eine auswärtige Angelegenheit, und zwar so auswärtig, wie noch keine gewesen war. Auf dem Deckel war ein amtlicher Stempel «Nicht stürzen!», und die ganze Kiste war von allen Seiten gehörig vernagelt. Der alte

König klemmte sein Zepter zwischen die Nägel und brach den Deckel auf; er war schrecklich neugierig, was wohl darin sein möge, denn unter einem Generaloberhofzeremonienmeister konnte er sich beim besten Willen nichts denken, und ich hätte es auch nicht gekonnt. Zuerst kam Stroh, dann noch einmal Stroh, und dann kam der Generaloberhofzeremonienmeister. Der war ganz aus Blech gemacht, hatte eine herrliche bunte Uniform mit goldenen Aufschlägen, einen Orden auf dem Bauch und ein Loch im Kopf, wo man den Schlüssel hineinstecken und ihn aufziehn konnte.

Als der alte König das alles sah, mußte er sehr lachen und schrieb gleich eine Postkarte an den Kaiser in dem großen Land, auf das ich mich eben nicht besinnen kann. «Schönen Dank für Deinen Generaloberhofzeremonienmeister. Er wird uns sicher viel Spaß machen, und wenn meine Tochter heiratet, wollen wir ihn aufziehn.» Die Postkarte warf er gleich selbst in den Briefkasten, der am Regenbogen hing.

Der alte König und der Minister, der jetzt nur noch Minister des Äußeren war, packten nun den Generaloberhofzeremonienmeister aus all dem vielen Stroh heraus und stellten ihn auf die Beine. Da sahen sie, daß er einen ganz krummen Rücken hatte.

«Das kommt vom langen Liegen in der Kiste», sagte der alte König, «es wird sich schon wieder geben.»

«Das glaube ich nicht», sagte der Minister, «mir scheint überhaupt, dies ist eine ganz besonders auswärtige Angelegenheit.»

«Vielleicht wird es besser, wenn man ihn aufzieht», sagte der König und steckte den Schlüssel in seinen Schlafrock, «aber wir wollen ihn erst aufziehn, wenn die Prinzessin Hochzeit feiert.»

«Ich will ihn dann solange in die Ecke stellen», sagte der Minister des Äußeren.

«Tue das», sagte der alte König.

Als nun die drei Tage um waren und die Prinzessin Hochzeit feiern sollte, da schien der Regenbogen besonders schön, und im ganzen Lande duftete es nach Pfefferkuchen. Der Minister des Inneren und des Äußeren versammelte erst sich selbst, weil er doch gleichsam zweimal da war, und dann versammelte er die zwei anderen Untertanen, die noch übrig waren, und alle gratulierten und bekamen Pfefferkuchen. Der halbe Untertan aber saß bei der Prinzessin und küßte sie, und auf ihrem Schoß saß die Katze, die sich nicht regieren ließ, und gab der Prinzessin gute Ratschläge für die Ehe. Besonders riet sie ihr, sie solle es auch so machen wie die Katze und sich auch nicht regieren lassen. Und das versprach die Prinzessin zu tun. Der alte König saß auf seinem Thron und freute sich. Er hatte sein Zepter in der einen Hand und in der anderen den Reichsapfel, aber diesmal den goldenen, und er hatte alles mit Flanell abgerieben, so daß es glänzte. Den Schlafrock und die Filzpantoffeln hatte er auch an, und es war wirklich schön.

«Das Schönste kommt aber noch, das ist eine Überraschung», sagte der alte König und holte den Generaloberhofzeremonienmeister aus der Ecke.

Er steckte ihm den Schlüssel in das Loch im Kopf und zog ihn auf. Im Kopf gab es nur ein schwächliches Geräusch, aber die Wirkung war eine sehr spaßhafte, so daß alle sehr lachen mußten. Der Generaloberhofzeremonienmeister verbeugte sich, und da er an sich schon einen krummen Rücken hatte, so verbeugte er sich so tief, wie das ein richtiger Mensch gar nicht fertigbekommen hätte. Die Prinzessin fand ihn auch sehr komisch. Aber als er gar nicht aufhören wollte, sich zu verneigen, da kriegte sie es satt.

«Steh doch einmal gerade!» sagte sie.

Doch der Generaloberhofzeremonienmeister verstand das nicht, denn das hatte noch niemals jemand zu ihm gesagt, und er konnte es ja gar nicht verstehen, weil er eine Puppe war, mit einer Uniform und mit einem Orden auf dem Bauch. Da ärgerte sich die Prinzessin sehr, denn es war eine Märchenprinzessin. Sie stand auf, gab dem Generaloberhofzeremonienmeister einen tüchtigen Puff in den Rücken und bog ihn gerade. Da aber gab es einen Knacks, und der Generaloberhofzeremonienmeister war kaputt. Der alte König bemühte sich, ihn wieder aufzuziehen, aber es war nichts mehr zu machen.

«Es ist eigentlich schade um ihn», sagte der alte König, «er war so sehr komisch.»

«Es schadet gar nichts», sagte die Prinzessin, «zuerst muß man lachen, aber dann ist es auch genug. Ich denke, wir packen ihn wieder ein und schicken ihn zurück, denn auf der Rumpelkammer habe ich keinen Platz, dazu nimmt er zuviel Raum ein. Er paßt auch gar nicht in die Länder hinter dem Regenbogen.»

Da packten sie den Generaloberhofzeremonienmeister wieder in die Kiste und schickten ihn dem Kaiser in das große Land zurück.

Der Kaiser aber in dem großen Land ärgerte sich sehr, als er die

Kiste aufmachte. Er ließ auch gleich seinen Generaloberhofmechanikus kommen und befahl ihm bei seiner allerhöchsten Ungnade, er solle den Generaloberhofzeremonienmeister sofort wieder in Ordnung bringen. Der Generaloberhofmechanikus besah sich den Schaden von allen Seiten und machte ein sehr bedenkliches Gesicht. Schließlich meinte er, die Kleinigkeit im Kopf wollte er gern reparieren, dann könne der Generaloberhofzeremonienmeister wieder spazierengehn. Aber wer einmal einen wirklich geraden Rücken habe, dem sei er nicht krumm zu machen, und für den Hofdienst wäre er keinesfalls zu gebrauchen. Da wurde der Kaiser sehr böse, er nahm dem Generaloberhofzeremonienmeister seinen Orden vom Bauch und stellte ihn als ein warnendes Exempel öffentlich aus. Und alles Volk lief herbei, um ihn anzuschauen; denn in dem großen Land, auf das ich mich eben nicht besinnen kann, hatte noch keiner einen Generaloberhofzeremonienmeister mit einem geraden Rücken gesehen. So etwas war einfach noch nicht dagewesen ...

Im Märchenland hinter dem Regenbogen aber waren alle sehr glücklich und zufrieden. Der alte König regierte nicht mehr, er aß seine Reichsäpfel und spielte Schafskopf mit dem Minister, der deshalb bloß noch Minister des Inneren war und nur noch einwärts ging. Der halbe Untertan regierte das ganze Land, und das genügte allen vollkommen. Nur die Prinzessin regierte er nicht, denn die machte es wie die Katze und ließ sich nicht regieren. Sie hatte es nun einmal der Katze versprochen. Aber dafür kriegte sie fortwährend Kinder, genau so, wie sie es ja auch versprochen hatte. Die Kinder waren alle Prinzen und Prinzessinnen, und da sie zuwenig Untertanen hatten und niemand beherrschen konnten, so beherrschten sie sich selbst. Und das ist auch noch niemals dagewesen!

Der Hampelmann

Es war ein Hampelmann. Er war rot und aus Papier. Sonst nichts. Bloß zum Spaß. Auf dem Rücken hatte er eine Schnur, und wenn man dran zog, hampelte er mit Armen und Beinen. Es sah sehr komisch aus, und alle, die an ihm zogen, lachten.

Der Hampelmann lachte nicht, denn es ermüdete ihn, den ganzen Tag Arme und Beine zu bewegen, wenn andere an ihm zupften. Das ist kein leichter Beruf. Aber er ist sehr verbreitet. Der Hampelmann war auch traurig, daß er nur aus Papier war, sonst aus nichts, und eigentlich überhaupt nur so gemacht war – bloß so zum Spaß. Dazu störte ihn die rote Farbe. Rot ist so auffallend und paßt gar nicht, wenn man immer hampeln muß. Rosa hätte es sein müssen, dachte er, das würde besser passen. Denn er gehörte einem kleinen Mädchen, das ein rosa Kleid trug. Der Hampelmann liebte das Mädchen und hätte es gern geheiratet. Es war so sehr freundlich. Aber es ging nicht. Er war ja aus Papier, und das kleine Mädchen konnte es nicht merken, wie es geliebt wurde, denn die Liebe des Hampelmanns saß wie jede richtige Liebe im Herzen, und sein Herz war im Papier, grad auf der Stelle, wo die Leute immer an der Schnur zogen. Darum tat es besonders weh. Nur das kleine Mädchen konnte dran herumziehen. Das schadete nichts.

«Es ist ein roter Teufel», sagte der Bruder des kleinen Mädchens.

Das Mädchen verzog den Mund.

«Das ist er gar nicht», sagte es, «es ist ein ganz richtiger Hampelmann, und ein sehr feiner. Ich liebe ihn sehr.»

Der Hampelmann wäre vor Freude rot geworden, aber er war ja so schon rot. Da erübrigt sich das.

«Der kann nichts wie hampeln. Wenn er ein Bein verliert, schenke es mir», sagte der Junge.

«Er verliert keine Beine», sagte das Mädchen empört.

«Man könnte ihm eins ausreißen», schlug der Knabe mit höflicher Bosheit vor, «dann hab ich das Bein, und er stirbt vielleicht und wird ein richtiger Teufel in der Hölle. Die Hölle ist auch so rot. Ich weiß das.»

Das kleine Mädchen faßte den Hampelmann fester.

«Wenn du dem Hampelmann ein Bein ausreißt, kommst du selbst in die Hölle, paß mal auf», sagte es, «oder wenn du nicht in die Hölle kommst, verstecke ich deinen Federkasten und sage dir nicht, wo er ist. Ätsch!»

«Er wird ein Teufel, ein Teufel, ein Teufel!!» schrie der Junge vergnügt und tanzte auf einem einzigen Bein – gleichsam symbolisch. Es war grausig.

Dem Hampelmann schlug das Herz im Papier, so daß es an der Schnur zog, und die Arme und Beine hampelten vor Entsetzen.

«Du bist häßlich», sagte das kleine Mädchen, «wenn der Hampelmann einmal stirbt, wird er ein Engel und kein Teufel. Alle werden Engel. Bloß die nicht, die anderen die Beine ausreißen. Die werden Teufel. Da hast du's!»

Das war ein furchtbares Argument, gegen das nicht aufzukommen war. Man mußte auf die Zukunft hoffen und ihr alle weiteren schauerlichen Pläne vertrauensvoll überlassen.

«Du wirst schon sehen», höhnte der Junge, «du meinst wohl, jeder, der kaputtgeht, wird ein Engel? Quatsch!»

Das kleine Mädchen brachte den Hampelmann in den Puppenschrank. Da war er vorläufig am sichersten. Denn den Puppenschrank durfte der Bruder nicht anrühren. Sonst bekam er Prügel. Es war eine Art Asylrecht und aus der Notwendigkeit entstanden – wie wenige Gesetze.

Im Schrank waren viele Puppen.

«Vertragt euch», sagte das kleine Mädchen, «und tretet ihm nicht auf die Beine. Sie sind so lang.»

Die Puppen rückten höflich zusammen und machten den langen Beinen Platz. Aber es war kaum nötig. Der Hampelmann hatte sie schon bescheiden zusammengefaltet. Er war dankbar für das Asyl, das ihm geboten wurde. Die Puppen waren auch so freundlich und erkundigten sich nach Einzelheiten seiner ermüdenden Tätigkeit. Nur eine besonders vornehme Puppe, die ganz in Seide angezogen war, rümpfte die bemalte Porzellannase und sagte: «Es ist wirklich unpassend, Leute, die bloß aus Papier sind, hier zu uns zu setzen. Ich habe gerade an den Puppen genug, die nur in Wolle oder Musselin gekleidet sind und nicht aus dem allerersten Laden stammen.» Die Puppen schwiegen bedrückt. Der Nußknacker war leider beruflich im Speisezimmer beschäftigt. Sonst hätte er der vornehmen Puppe auf den Bauch getreten. Das tat er in solchen Fällen immer und sagte ihr dazu, daß sie nur einen hohlen Porzellankopf habe. Der Nußknacker war ein Philosoph, und er nannte das seine Methode.

Nicht alle Methoden der Philosophen sind gut. Aber diese ist bei vornehmen Puppen wirklich die allerbeste.

Doch der Nußknacker war ja nicht da, und so setzte niemand der vornehmen Puppe den hohlen Porzellankopf zurecht.

Dem armen Hampelmann wurde ganz schwach. Er hatte sich so über das Asyl gefreut und war so dankbar gewesen. Aber er war zu feinfühlig, und darum konnte er nicht bleiben. Leute, an denen viel gezupft worden ist und die viel gehampelt haben, werden sehr feinfühlig in allen Dingen – mehr als gut ist.

So wurde er sehr traurig und beschloß, zu dem kleinen Mädchen zu gehen, das er liebte, und um Hilfe zu bitten. Er schob die langen Beine nach vorn und hastete an die Schranktür. Die kleinen Puppen halfen bedrückt und bedauernd sie zu öffnen, und der Hampelmann hüpfte hinaus. Die langen Beine schlugen klatschend auf.

Das kleine Mädchen war nicht da.

Aber der Junge hörte die Beine klatschen und kam triumphierend angelaufen. Er dachte: Es lohnt nicht, wenn ich ihm ein Bein ausreiße, man nimmt es mir wieder weg. Da nahm er den Hampelmann und warf ihn in den Kamin.

Der Kamin brannte. Denn es war Winter, und draußen fielen die Flocken. Das Feuer im Kamin freute sich sehr. Es macht keine Unterschiede, und man kann ihm das nicht übelnehmen. Es beleckte den Hampelmann mit lauter roten Zungen, und das vertrug er nicht. Denn er war ja nur aus Papier gemacht – bloß so zum Spaß. Er krümmte ein paarmal die langen Arme und Beine, mit denen er so viel gehampelt hatte. Dann zerfiel er zu Asche und mit ihm die Schnur, an der ihn alle Leute immer so viel gezupft hatten. Das war noch das Beste dabei.

Das kleine Mädchen kam dazugelaufen. Es brachte den Nußknacker in den Puppenschrank zurück. Aber für den armen Hampelmann war es zu spät.

«Ich hab deinen Hampelmann in den Kamin geschmissen», schrie der Junge, «er ist aber doch kein Engel geworden, trotzdem er ganz futsch ist. Bäh!»

Das kleine Mädchen weinte bitterlich.

Der Junge bekam Prügel, und der Nußknacker trat der vornehmen Puppe auf den Bauch, als er gehört hatte, was geschehen war. So schwebte zwar über dem Trauerfall die Stimmung ausgleichender Gerechtigkeit der höheren Mächte, aber die Tränen des kleinen Mädchens waren doch bitter genug, denn es war der erste Hampelmann, der ihm zu Asche geworden war.

Draußen war es Winter, und die Flocken fielen auf die Erde.

«Ich werde den Hampelmann immer im Herzen behalten», sagte

das kleine Mädchen, «dann ist er nicht futsch und nicht gestorben. Denn ich sterbe ja nicht. Bloß alte Leute sterben. Ich will aber nicht alt werden. Man darf dann wohl alles durcheinanderessen, was man will, aber man stirbt später. Ich finde, es hat keinen Witz.»

Das dachte das kleine Mädchen natürlich bloß so. Es wird auch groß werden und alles durcheinanderessen und dann sterben. Nur das, was es im Herzen hatte, wird nicht sterben, und darum wird auch der Hampelmann leben bleiben, was eine große Beruhigung ist.

Denn wer einmal im Herzen eines Menschenkindes war, der bleibt ewig leben, und es ist auch ganz gleich, daß er nur ein armer Hampelmann war, der sein Leben lang gehampelt hat, wenn andre ihn an der Schnur zogen, und der überhaupt nur aus Papier gemacht war – bloß so zum Spaß ...

Das gläserne Krönlein

Es war einmal ein wunderschönes Königskind, das hatte ein gläsernes Krönlein. Und das war so gekommen: Als dem alten König und der alten Königin ein Prinzeßchen geboren wurde, da herrschte eitel Freude im ganzen Reich, und alle Leute aus allem Land kamen herbei, um das kleine Königskind zu sehen und ihm irgend etwas in die seidene Wiege zu legen: Gold und Silber und Edelgestein und allerlei Schmuck und Geschmeide. Und es war kein Ende all der schönen Schüsseln und Schalen und Becherlein und der Ketten, Ringe und Spangen. Und der alte König und die alte Königin gaben jedem ein Glas Wein und sagten: «Ich danke dir schön!» und waren sehr zufrieden und glücklich und froh über die wunderschönen Sachen, und am allermeisten über ihr wunderschönes Königstöchterlein.

Als die Leute aber alle fort waren und jeder in sein Land gezogen, da kam eine seltsame fremde Fee an Prinzeßchens Kinderbett, und niemand wußte woher. Und die fremde Fee lächelte gar wunderbar und legte ein kleines gläsernes Krönlein auf den Königspurpur der Wiege und sagte dazu:

Du kleines Königstöchterlein,
das Krönlein mußt du hüten fein,
und mag es mancher noch so sehr,
du gibst es nie und nimmer her,
bis daß ein feiner Knabe kommt,
der dir wohl als Herzliebster frommt.
Dann schenkst du ihm das Krönlein gleich
und führst ihn in dein Königreich.

Und als die fremde Fee das gesagt hatte, hat sie das Königskind geküßt und ist leise, leise wieder von dannen gegangen, und niemand wußte wohin. Aber im Schlosse hing noch drei Tage und drei Nächte lang ein Duft von Flieder und Rosen, und durch die großen marmelsteinernen Hallen und Prunkgemächer ist's gehuscht, wie lauter verirrte Sonnenstrahlen. Das war sehr schön, und der alte König und die alte Königin und alle Leute im Schlosse merkten daran, daß ein Wunder geschehen war und daß es eine gar seltsame Bewandtnis hatte mit dem gläsernen Krönlein. Nur was das eigentlich alles war, wußten sie alle nicht, und war auch niemand, der's ihnen sagen konnte.

Das gläserne Krönlein aber wurde gar gut behütet und bewacht und in eine güldene Kammer getan, und die war mit sieben güldenen Schlössern verschlossen und mit sieben güldenen Riegeln verriegelt. Und erst als das kleine Prinzeßchen ein großes Prinzeßchen geworden war und noch viel schöner und holdseliger war wie damals, als es in der seidenen Wiege lag, da wurden an der güldenen Kammer die sieben Schlösser aufgeschlossen und die sieben Riegel gelöst und das gläserne Krönlein hervorgeholt und dem Königskind aufs lange Lockenhaar gesetzt. Und der alte König und die alte Königin weinten dabei, weil es doch ein so sehr feierlicher Augenblick war, und sagten dazu: «Sei nur ja recht vorsichtig, daß das gläserne Krönlein nicht zerbricht.»

Die schöne Königstochter freute sich sehr und versprach auch ganz, ganz vorsichtig zu sein. Sie schaute nicht links und schaute nicht rechts, sondern immer geradeaus, damit ihr das gläserne Krönlein nur ja nicht vom langen Lockenhaar fiele. Das Krönlein aber glänzte und funkelte noch tausendmal heller und schöner als der hellste und schönste Demantstein. Und da das junge Königskind immer nur geradeaus ging und nicht rechts und links sah, so ist das Krönlein auch gar nicht einmal irgendwo angestoßen oder gar heruntergefallen. Nachts aber, wenn das Prinzeßchen schlafen ging, dann standen zwölf weißgekleidete Jungfrauen um das Königslager herum und hüteten das gläserne Krönlein. Das leuchtete und lohte weit aus dem Königsschloß heraus ins nächtliche Land, und das war sehr gut, denn es gab keine Laternen im Königreich, und wenn nicht gerade der Mond schien, war es doch gar zu dunkel.

So waren alle sehr glücklich und zufrieden und priesen die fremde Fee und das gläserne Krönlein, und nicht zum wenigsten das wunderschöne Königskind.

Aber eines Tages, als das Prinzeßchen allein im Garten spazierenging, unter all den vielen tausend Bäumen und Blumen, da hat's mit einemmal eine seltsame Wunderblume gesehen, die ganz heimlich und unbemerkt über Nacht erblüht war. Trotzdem sie in einer Ecke stand und im entferntesten Winkel des Gartens, so überstrahlte sie doch alle die anderen Blumen durch ihre zauberhafte Schönheit. Sie war gar herrlich anzusehen und hatte wunderlich geformte Blätter und eine große blaue Blüte, in deren tiefem Kelch es rot schimmerte, wie von roten Blutstropfen. Und ein Duft ging von dem Kelch aus, so seltsam süß und wunderbar weich, daß das Königskind gar nicht wußte, wie ihm geschah. Es beugte sich tief und immer tiefer auf den Kelch der Wunderblume herab, um ihren Blütenduft zu atmen, und da wurde ihm so zumute, wie ihm noch nie gewesen war. Das gläserne Krönlein aber löste sich von dem Lokkenhaar der Königstochter – fiel auf die Erde und zerbrach.

Da erbebte alles, und das Königsschloß mit Hofstaat und Gesinde und allem, was dazugehörte, versank, und das ganze Land mit all seinen Bewohnern war verschwunden. Der Tag ward finstere Nacht, und das Prinzeßchen saß allein auf grauer Heide, und vor ihm lag das zerbrochene gläserne Krönlein. Als nun die Königstochter sah, daß das gläserne Krönlein zerbrochen war und daß alles versunken war, mit allem, was sie liebte, und sie allein und verlassen auf grauer Heide saß, und noch dazu in stockfinsterer Nacht, da fing sie gottsjämmerlich an zu weinen und machte sich bittere Vorwürfe, daß sie über der seltsamen Wunderblume so ganz vergessen hatte, daß sie ein gläsernes Krönlein trug. Da hörte sie's plötzlich neben sich ganz gedankenvoll: «Ja, ja, das hast du nun davon!», und wie sie hinsah, saß ein großer alter Rabe da, der war sehr schwarz und sehr weise und schaute, die Füße einwärts und den Kopf ganz eingezogen, mit aufmerksamen Blicken auf das gläserne Krönlein.

«Ach, es ist ja so schrecklich, so schrecklich!» schluchzte das Königskind und war doch beinahe froh, daß nun etwas Lebendiges in seiner Nähe saß und es nicht mehr so mutterseelenallein war mit seinem Jammer.

«Ja, es ist sehr schrecklich!» sagte der Rabe ruhig und klappte dabei gemütlos mit den Flügeln.

Weil nun aber das arme Prinzeßchen so gar erschrecklich weinte, so wurde der weise Rabe schließlich doch auch etwas gerührt. Er wischte sich sogar vorsichtig mit der Kralle eine Träne vom Auge, wackelte zur Königstochter hin und klopfte ihr beruhigend mit dem Flügel auf die Schulter, und dazu sagte er:

«Ja, es ist sehr schrecklich, aber es ist doch nicht ganz so schrecklich, als es hätte sein können. Du hast ja die Wunderblume nicht abgebrochen, was noch viel schlimmer gewesen wäre. Und dann führen Feengeschenke nie zu einem schlechten Ende, selbst den nicht, der damit nicht umzugehen verstand!»

Die letzten Worte sagte er etwas strenger und schob dabei bedeutsam mit dem Schnabel die beiden Stücke des gläsernen Krönleins auseinander, das eine nach rechts und das andere nach links, so daß man recht deutlich sehen konnte, daß das Krönlein zerbrochen war.

«Ach, gibt es denn nichts, was das Krönlein wieder heil machen könnte?» fragte das Königstöchterlein, «du weißt doch gewiß sehr viel. Kannst du's mir nicht sagen?»

Der Rabe schloß geschmeichelt die Augen und schob dann die Stücke des Krönleins wieder höflich zusammen.

«Ich glaube wohl», sagte er, «aber was da hilft, kann ich dir auch nicht sagen, du mußt eben suchen.»

Da stand die Königstochter auf, nahm die beiden Stücke ihres gläsernen Krönleins und steckte sie in die Tasche, seufzte sehr tief und bedankte sich beim Raben für seinen Rat und die tröstenden Worte.

«Bitte, bitte, sehr gern geschehen», sagte der Rabe und reichte ihr die Kralle zum Abschied.

Die arme Königstochter aber ging ihrer Wege im Bettelgewand und mit ihrem zerbrochenen gläsernen Krönlein, auf daß sie jemand fände, der es ihr wieder heil mache.

So kam sie in einen großen dunklen Wald, wo die Bäume so alt waren, daß sie's selbst nicht mehr wußten, und ihr Geäst war so dicht, daß sich nur selten ein Sonnenstrahl aufs grüne Moos verirrte. Die Königstochter ging immer weiter und weiter, und als sie schon ganz weit gegangen war, da sah sie plötzlich ein kleines Männchen vor sich; es saß auf einem Baumstumpf, war gar greulich anzusehen und hatte eine Nase so rot wie ein Karfunkelstein und spinnendürre Beinchen. Sein Gewand aber war herrlich, von lauter flüssigem Gold, und auf dem Kopf saß eine goldene Krone mit Zacken, und auf jeder der Zacken war ein Edelstein und jedesmal ein anderer, so daß sie alle darin waren. Die ganze Krone war so schwer, daß man sich wundern mußte, wie das Männchen sie tragen konnte mit den spinnendürren, gebrechlichen Beinchen. Aber es trug sie doch und rauchte auch noch Pfeife dazu, eine kleine, ganz zierliche goldene Pfeife, in der ein Tannenzapfen glimmte.

«Guten Tag», sagte das Männchen, «was fällt dir ein, in diesen Wald zu kommen?»

Dabei spuckte es ganz giftig nach rechts und nach links.

«Ich wußte nicht, daß es verboten ist», entschuldigte sich die Königstochter schüchtern und ängstlich.

«So, so», sagte das Männchen, «ich bin der König der Zwerge, und ich will dir meine Werkstätte zeigen, und das ist eine große Gnade!»

Damit hüpfte das Männchen so schnell vom Baumstumpf herunter, daß die große Krone bedenklich wackelte, nahm die Pfeife aus dem zahnlosen Mund und stampfte dreimal mit den dünnen Füßchen auf den Boden. Da tat sich die Erde auf, und rote Glut lohte daraus hervor, und die Königstochter sah eine Treppe, die tief in die tiefste Tiefe hinabführte. Die Stufen schienen kein Ende zu nehmen, es graute ihr, da hinabzusteigen, und sie blieb zögernd am Eingang stehen. Aber das Männchen fuhr auf sie los:

«Es ist eine große Gnade», fauchte es ermunternd.

Da wagte die Königstochter nichts zu entgegnen und folgte dem komischen kleinen König die vielen, vielen Stufen hinab. Es war aber doch nicht so schlimm, als sie sich's gedacht hatte. Ehe sie sich's versehen, war sie unten und mitten drin in den Werkstätten der Zwerge.

Das waren lauter große, kunstvoll in den Felsen gehauene Säle, und da stand überall Amboß an Amboß und Esse an Esse. Das war eine Glut von all dem lohenden Feuer und ein Lärm von den vielen Hämmern, die die vielen Zwerglein schwangen, daß einem Hören und Sehen verging.

In dem einen Saal wurden allerlei Waffen und Wehr geschmiedet, blanke Schwerter und glänzende Rüstungen und Schilde, und allerlei seltsame Zauberzeichen wurden darauf eingegraben zum Schutz gegen Hieb und Stich. In einem anderen Saal wurden kostbare goldene und silberne Geräte angefertigt, Schüsseln und Schalen und Prunkpokale für die Königstafel des kleinen Männchens. Und auch für Feen war manches davon bestimmt, denn die Feen lassen sehr viel in den Werkstätten der Zwerglein arbeiten.

Die Königstochter staunte all die Pracht an und wurde doch nicht froh, denn sie dachte immer an ihr zerbrochenes gläsernes Krönlein. Das Männchen aber hüpfte ganz aufgeregt hin und her und guckte jedem Zwerglein auf die Arbeit, ob sie auch gut und wunderbar genug wäre, so wie sich's für eine Zwergenwerkstatt geziemt. Und wenn ihm etwas nicht recht war, dann fauchte es und ärgerte sich und spuckte nach rechts und nach links, und das sah sehr komisch aus. Wenn ihm aber etwas ganz besonders gefiel, beugte es sich ganz tief darauf herab, rieb sich die dürren Händchen vor Vergnügen, und seine Nase glühte dazu so rot, daß das lodernde Feuer der Essen gar nichts dagegen war.

Dann führte der kleine König die Prinzessin in einen dritten Saal, und da war es viel stiller und auch nicht so rauchig und rußig, und man hörte nur ein ganz feines, leises Hämmern, das klang wie lauter klingende Silberglöcklein. Da wurden Edelsteine gefaßt zu allerlei schönen Geschmeiden, und kleine Kronen wurden drin geschmiedet, die die Elfen bekommen, wenn sie artig sind und nachts im Mondschein den Ringelreihen schlingen. Wie nun die Königstochter die zierlichen kleinen Krönlein sah, da freute sie sich sehr und dachte, die Zwerglein könnten dann doch auch ihr gläsernes Krönlein wieder zurechthämmern. Und so holte sie das gläserne Krönlein hervor, zeigte dem Männchen die beiden Stücke und sagte:

«Ach bitte, kannst du mir nicht das Krönlein wieder schmieden lassen? Es ist entzweigegangen, und das ist sehr traurig, und solange es nicht wieder heil ist, muß ich auch immer traurig bleiben.»

Das Männchen sah empört auf: «Was fällt dir ein?» schrie es ganz giftig, «es ist sowieso schon eine große Gnade, daß ich dich hier hinuntergeführt habe, und gläserne Krönlein kann man überhaupt nicht wieder schmieden. Wenn sie entzwei sind, sind sie entzwei – ja!»

Da fing die arme Königstochter so bitterlich an zu weinen, daß alle die Zwerglein ihre Hämmer niederlegten und mit der Arbeit aufhörten und der kleine König ganz stille wurde und ihm sogar eine große Träne langsam und schwer über die Karfunkelnase rollte.

«Ich habe eben auch Gemüt», sagte er, «wenn auch nicht viel, denn viel kann ich nicht brauchen, aber du tust mir wirklich leid, und ich will dir etwas sagen: Ich will dir ein kleines güldenes Elfenkrönlein schenken, ja, das will ich. Aber es ist wirklich eine sehr große Gnade!»

Doch die Königstochter blieb so traurig wie sie war und sagte:

«Ich danke dir, aber ich mag kein Elfenkrönlein, und wenn es noch so schön sei. Ich will nur mein gläsernes Krönlein wieder geschmiedet haben, und wenn du das nicht kannst, dann muß ich schon weiter suchen.»

Da wurde das kleine Männchen böse. Es stampfte mit den spinnendürren Beinchen, daß die Krone hin und her wackelte, und fuchtelte mit den Ärmchen dazu und spuckte nach rechts und nach links.

«Du magst kein Elfenkrönlein?» schrie er wütend, «dann mach, daß du fortkommst! Es ist alles eine so große Gnade – und was fällt dir überhaupt ein?»

Da fingen die Hämmer wieder an zu schlagen, daß die Hallen dröhnten, und die Essen lohten auf, daß man vor lauter Ruß und Rauch den Feuerschein nicht mehr erkennen konnte. Die Königstochter aber befand sich auf einmal wieder draußen im tiefen Walde, auf dem grünen Moosboden, grad an dem Baumstumpf, wo sie das Männchen zuerst gesehen hatte. Und sie raffte ihr Bettelgewand zusammen und setzte traurig ihren Weg weiter fort, und als sie drei Tage und drei Nächte gegangen war und sich nur von wilden Beeren genährt und auf der bloßen Erde geschlafen hatte, ganz allein und einsam und ohne ein lebend Wesen zu sehen, da erblickte sie im Morgensonnenschein hoch auf höchster Höhe einen marmelsteinernen Tempel, der war ganz und gar mit den herrlichsten Lorbeerbäumen umstanden. Und wie die Königstochter hinauf in den Lorbeerhain kam, da sah sie lauter Gestalten drin umhergehen mit bleichen, ernsten Gesichtern und mit einem Lorbeerzweig im Haar.

Aber niemand sagte ein Wort, und die Königstochter traute sich auch niemand anzureden und zu fragen.

An den Stufen des Tempels aber kam ihr ein Engel entgegen, der war wunderschön, aber sehr ernst und traurig, ganz so wie die vielen Gestalten im Lorbeerhain, und der Engel kam auf sie zu und sagte:

«Ich bin der Engel des Ruhmes, was willst du in meinem Tempel und in meinen heiligen Hainen?»

«Ich habe ein gläsernes Krönlein», sagte die Königstochter, «das ist mir zerbrochen, und nun muß ich immer wandern und suchen, bis ich jemand finde, der es mir wieder heil macht.»

Da nahm der Engel sie freundlich bei der Hand und führte sie in seinen Tempel hinein, und da drinnen war alles von Marmelstein, und an den Wänden und Säulen standen goldene Namen geschrieben, und die Morgensonne schien darauf, daß sie glänzten und leuchteten – und draußen um die Mauer ging leise der Höhenwind und rauschte in den Wipfeln der Lorbeerbäume.

«Das sind alles die Namen derer, die draußen so still und ernst umhergehen», sagte der Engel, «es sind die Namen derer, die ihr innerstes Fühlen und Denken der Welt geschenkt haben und die von den Menschen unten mit Ehrfurcht und Dankbarkeit genannt werden. Solange sie auf der Erde sind, geht es ihnen freilich nicht gut, und sie müssen sehr viel kämpfen und leiden, und darum sind sie auch so still und ernst. Aber wenn sie die Erde verlassen haben, dann kommen sie zu mir und leben hier oben, und hier ist Ruhe und Klarheit und ewige Morgensonne. Und wenn du magst, will ich dich auch zu einer der Meinigen machen, und du wirst einen Lorbeerzweig tragen, und dein Name wird in goldenen Lettern in meinem Tempel stehen.»

«Das wäre sehr schön und ich danke dir sehr», sagte die Königstochter, «aber wird dann mein gläsernes Krönlein wieder heil werden? Wenn du das machen könntest, dann würde ich gerne bei dir bleiben.»

«Nein, das kann ich nicht», sagte der Engel und sah sehr traurig dabei aus. Und als er das sagte, schien's der Königstochter, als wären die goldenen Namen nicht mehr so glänzend und die Morgensonne nicht mehr so strahlend und die Lorbeerbäume matt und welk.

Die Königstochter ging aus dem Tempel hinaus und durch die

heiligen Haine und ging wieder weiter und immer weiter. So ging sie sieben Tage und sieben Nächte, immer gen Norden zu, und rings um sie herum war Schnee und Eis, und es war bitter kalt, so daß sie vor Frost zitterte in ihrem ärmlichen dünnen Bettelkleid. Der Wald hörte auf, Strauchwerk und Blumen wurden immer spärlicher, und schließlich war das arme Königskind zwischen lauter tiefverschneiten Felsen, und inmitten der Felsen erhob sich ein wunderbares Schloß, das war das Schloß der Eiskönigin, und alle Tore und Türme und Mauern waren aus kristallklarem Eis und schimmerten im blauen Mondlicht. Am Eingang standen zwei Männer, die trugen eine Rüstung aus Eis und hielten große Eiszapfen als Lanzen in der Hand, und wenn sie sich bewegten, dann knackten und klirrten sie vor lauter Frost. Hoch in der Königshalle aber saß die Eiskönigin auf kristallenem Throne und flocht sich silberne Mondstrahlen ins Haar und lachte dazu so seltsam, daß es klang, als ob kleine Eisstückchen zerbrechen. Draußen aber um die Schloßmauer fielen unaufhörlich weiche, weiße Schneeflocken.

Die arme Prinzessin im Bettelgewand wurde von den zwei Männern zum Throne der Eiskönigin geführt, und während die beiden Männer die langen Eiszapfen ehrerbietig vor ihrer Herrin neigten, machte die Königstochter einen tiefen Knicks und sagte: «Kannst du mir nicht mein gläsernes Krönlein wieder heil machen? Es ist zerbrochen, und das ist sehr traurig, und ich muß immer wandern und suchen, bis ich jemand finde, der es mir wieder zusammenschmiedet.»

«Nein, das kann ich nicht», sagte die Eiskönigin und lächelte dabei ganz seltsam, «aber du kannst hier bei mir in meinem Schlosse bleiben, und ich will dir ein Herz aus Eis geben, das tust du in deine Brust, und dann vergißt du alles und fühlst nichts mehr und denkst auch nicht mehr an dein zerbrochenes Krönlein. Das ist sehr hübsch, du sitzt dann neben mir, wir flechten uns Mondenstrahlen ins Haar – und draußen fallen lauter weiße, weiche Schneeflocken.»

Die Königstochter schüttelte traurig den Kopf und sagte: «Ich danke dir schön, aber ich mag kein Herz aus Eis, und wenn du mein gläsernes Krönlein nicht heil machen kannst, dann kann ich nicht bleiben und muß schon wieder weitersuchen.»

«Ja, dann mußt du schon wieder zurück auf die Erde. Viel Glück auf den Weg!» sagte die Eiskönigin und lachte kalt und höhnisch dazu, daß es klang, als ob kleine klare Eisstücke zerbrechen.

Das arme Königskind ging wieder zurück auf die Erde und wanderte immer weiter und weiter und diente hier und dort als Magd, um sich sein tägliches Brot zu verdienen. Überall war das schöne Mädchen gern gesehen, und man ließ es nur schweren Herzens wieder ziehen, doch es blieb nirgends und hatte keine Ruhe bei Tag und bei Nacht. Von ihrem zerbrochenen Krönlein aber sagte sie niemand mehr etwas, denn es konnte ihr ja doch keiner helfen, dachte sie.

Und wie sie so im Lande umherzog, da kam sie einmal vor ein wunderschönes Schloß, und da fragte sie, wem das Schloß gehöre.

«Das Schloß gehört dem alten König, der so gerne süße Suppe ißt», bekam sie zur Antwort.

«Könnt ihr mich nicht als Magd gebrauchen?» fragte sie weiter.

Da wurde der Koch geholt, und der Koch holte den Oberkoch, und der Oberkoch holte den Küchenminister, und der sagte: «Ja!»

So wurde die arme Prinzessin mit dem zerbrochenen gläsernen Krönlein eine Küchenmagd im Schlosse des alten Königs, der so gerne süße Suppe aß. Sie war fleißig und bescheiden, und alle hatten sie gerne.

Da geschah es, daß der junge Prinz, der der Sohn des alten Königs war, von einer langen, langen Reise zurückkehrte. Er war wohl durch hundert Länder gefahren, um sich eine Frau zu suchen; das hatte der alte König so gewollt, denn er hatte genug vom Regieren und wollte sich zurückziehen und nur noch süße Suppe essen. Der junge Prinz aber hatte keine Prinzessin gefunden, die ihm gefiel und die er hätte von Herzen liebhaben können, und so kam er sehr traurig wieder zurück in seines Vaters Schloß. Der alte König und die alte Königin waren auch sehr traurig und das ganze Land natürlich auch.

Als der Prinz aber einzog, erblickte er plötzlich die neue Küchenmagd, und es war ihm, als habe er nie etwas so Schönes und Liebreizendes gesehen und als habe er noch niemand so liebgehabt. Da stieg er vom Pferde, ging auf sie zu, faßte sie bei der Hand und fragte sie, ob sie seine Frau werden wolle.

Die Königstochter nickte und lächelte und war so glücklich, daß sie alles um sich herum vergaß und nur immer den Prinzen ansah, denn es war ihr, als habe sie noch nie etwas so Schönes und Ritterliches gesehen und als habe sie noch niemand so liebgehabt. Und der Königssohn reichte seiner Braut den Arm und führte sie zum alten König und sagte:

«Laßt mich die freien, ich will keine andere.»

Der alte König aber sagte: «Eine Magd kann nicht Königin sein, das geht nicht.»

Da wurde der Prinz sehr traurig, die Prinzessin aber tröstete ihn und sagte, daß sie eine ganz richtige Königstochter wäre und keine Küchenmagd.

«So, so», sagte der alte König, «dann geht es.» Und er umarmte erst die Prinzessin und dann den Prinzen und nachdem alle beide zusammen.

Und es wurde ein großes Fest angesagt, und morgen sollte die Hochzeit sein. Als aber dann am anderen Tage die Prinzessin, mit dem kostbarsten Hochzeitskleid und dem schönsten Geschmeide angetan, im Königssaal stand unter all den vielen, vielen Ministern und Hofdamen und Trabanten, da sagte der Prinz zu ihr:

«Nun setze dein Krönlein auf, damit wir einander angetraut werden.»

Da fiel der armen Prinzessin mit einem Male ihr zerbrochenes gläsernes Krönlein ein, das sie über all ihrer Liebe zum Königssohn so ganz vergessen hatte, und sie fing bitterlich an zu weinen, und unter heißen Tränen holte sie die beiden Stücke des Krönleins und zeigte sie dem Prinzen und dachte, daß nun alles, alles aus und vorbei wäre.

Der ganze Hof geriet in die größte Bestürzung, die Minister schüttelten mißbilligend die weisen Häupter, die Hofdamen rümpften die Nasen, und die Trabanten standen nicht mehr stramm und kerzengerade wie früher. Der junge Königssohn aber sagte gar nichts, sondern neigte sich zur armen weinenden Prinzessin nieder und küßte sie auf den Mund. Und in demselben Augenblick tat sich das zerbrochene gläserne Krönlein wieder zusammen, so fest, als ob es nie zerbrochen gewesen wäre. Und während alle über das Wunder staunten, setzte der Prinz der Prinzessin das Krönlein ins Haar, und das funkelte und glänzte schöner und heller als der schönste und hellste Demantstein, so daß sogar die Krone des alten Königs gar nichts dagegen war, trotzdem er sie noch kurz vorher sehr sorgfältig geputzt hatte.

Da war großer Jubel im Schloß und im ganzen Lande, und es wurde eine herrliche Hochzeit gefeiert und gegessen und getrunken, und der alte König aß dreimal so viel süße Suppe wie sonst und freute sich furchtbar.

Wie sie aber beim Hochzeitsmahl saßen, da kam eine goldene

Karosse vorgefahren und heraus stiegen die Eltern der Prinzessin, die nun erlöst waren mitsamt dem ganzen versunkenen Königreich. Da kannte die Freude keine Grenzen mehr, und alle umarmten sich so lange, bis sie müde wurden: die Könige und die Königinnen, der Prinz und die Prinzessin, und die Minister, die Hofdamen und die Trabanten. Und als sie sich genug umarmt hatten, da sagte der alte König, der so gerne süße Suppe aß, zu dem anderen alten König: «Jetzt wollen wir unsere beiden Reiche zusammentun und das Regieren den jungen Leuten überlassen. Wir aber wollen uns zurückziehen und nur noch süße Suppe essen.»

So geschah es, und alle waren damit zufrieden. Der junge König aber und die junge Königin regierten zusammen, und es war ein gar glückliches Königreich unter dem gläsernen Krönlein.

Die Postkutsche

Der Bär Tobias Muffelfell saß behaglich vor seiner Höhle und drehte die Daumen seiner Tatzen umeinander. Dazwischen aß er Knusperchen, die ihm seine Frau gebacken hatte, und durch seine Seele zogen liebliche Bilder des Winterschlafes. Jeder, der den Winterschlaf kennt und liebt, wird Tobias Muffelfell das nachfühlen können.

Seine Kinder spielten Fußball mit einem Kürbis, während Frau Muffelfell in der Höhle Knusperchen buk, wie sie stets zu tun pflegte. Sie hatte sich eine große weiße Schürze umgebunden und trug eine Haube auf dem Kopf, denn es ist sehr unangenehm, wenn der Küchendampf sich einem so stark ins Fell setzt. Niemand konnte so schön Knusperchen backen wie Frau Muffelfell, und es war eine Freude, ihr zuzusehen, wenn sie den Teig mit den Tatzen knetete und allerlei hübsche Muster mit ihren Krallen hineindrückte.

Als Frau Muffelfell fertig war, wischte sie sich die Tatzen mit der Schürze ab und trat vor die Höhle hinaus.

«Tobias», sagte sie, «der Honig ist alle. Du mußt neuen Honig bringen. Sonst kann ich keine Knusperchen mehr backen.»

Tobias Muffelfell verzog höchst unangenehm berührt die Schnauze und brummte ungnädig.

«Es gibt keinen Honig mehr in der ganzen Nachbarschaft», sagte er, «wie soll ich welchen beschaffen?»

«Du bist ein Mann, Tobias», sagte Frau Muffelfell, «mache eine Erfindung.»

Tobias Muffelfell stützte den Kopf in die Tatzen und dachte nach. Es dauerte sehr lange.

«Jetzt weiß ich, was ich mache», sagte er endlich und ging zu seiner Frau in die Küche, «ich werde eine Postkutsche bauen und die Leute vom einen Ende des Waldes zum anderen fahren. Dafür müssen sie mir Honig geben. Ist das nun eine Erfindung?»

«Ich weiß gar nicht, was eine Erfindung ist», sagte Frau Muffelfell.

«Aber du sagtest doch, daß ich eine Erfindung machen soll?» sagte Tobias Muffelfell erstaunt.

«Du bist ein Mann, Tobias», sagte Frau Muffelfell, «ich dachte, du wirst schon wissen, was eine Erfindung ist.»

«Dann ist es bestimmt eine Erfindung», sagte Tobias Muffelfell und baute gleich eine Postkutsche aus einem hohlen Baumstamm und vier Rädern. Das Innere polsterte er sorgsam mit Heu und Moos aus, so daß es wirklich sehr hübsch und bequem aussah. Dann malte er große Anzeigen über sein neues Unternehmen auf Birkenrinde und klebte sie mit Harz an die Bäume in der ganzen Nachbarschaft.

Am Tage der ersten Abfahrt hatten sich auch wirklich Fahrgäste eingefunden. Es waren ein Fuchs, eine Ente, ein Frosch, eine Fliege und ein Pfifferling.

Tobias Muffelfell musterte die Gesellschaft mißtrauisch.

«Habt ihr auch Honig?» fragte er. «Wenn ihr keinen Honig habt, fahre ich euch nicht in der Postkutsche.»

Alle versicherten, sie würden bestimmt Honig beschaffen, sie hätten ihn nur eben nicht bei sich, denn das ganze Unternehmen sei ihnen zu überraschend gekommen.

Tobias Muffelfell gab sich zufrieden. Er ließ die Fahrgäste einsteigen und wollte abfahren.

«Tobias», sagte Frau Muffelfell, «das sind fast alles Leute, die einander verspeisen. Wenn sie sich unterwegs aufessen, dann kriegst du keinen Honig mehr.»

«Das ist wahr», sagte Tobias Muffelfell. «Also dies ist eine Postkutsche, und hier darf keiner den anderen fressen!» brüllte er unhöflich in den Wagen hinein. Dann spannte er sich vor, und die Fahrt ging los.

Die Fahrgäste begannen sich über den Zweck ihrer Reise zu unterhalten. Der Fuchs fuhr zur Jagd zu seinem Vetter, dem Wolf. Die Ente reiste in einen anderen Teich, um sich einmal gehörig über ihre ganze Verwandtschaft aussprechen zu können. Der Frosch reiste in Regierungsangelegenheiten. Er hatte ein Krönchen auf dem Kopf und war von kaltem und königlichem Geblüt. Die Fliege fuhr nur aus Leichtsinn mit und der Pfifferling überhaupt ohne den allergeringsten Grund.

Leute, die aufeinander Appetit haben, dürfen nicht zusammen in einer Postkutsche fahren. Der Fuchs war der erste, der das einsah. Er bekam einen solchen Appetit auf die Ente, daß ihm das Wasser im Munde zusammenlief. Er hatte in der Eile überhaupt schon schwach gefrühstückt.

«Ich kann es nicht mehr aushalten», sagte er und sprang von der Postkutsche ab – nur aus Appetit.

Es dauerte nicht lange, da sprang auch die Ente ab. Sie konnte den Frosch nicht mehr ansehen. Lieber wollte sie den Weg zu Fuß weiterwatscheln als neben jemand sitzenbleiben, der ihrer Meinung nach in ihren Magen, nicht aber in eine Postkutsche gehörte.

Nach einer Weile wurde dem Frosch, der an sich schon grün war, grün vor den Augen. Sein Mund erweiterte sich unangenehm beim Anblick der Fliege, und er sprang ab – auch aus Appetit.

Der Bär Tobias Muffelfell hatte nichts von alledem bemerkt. Es war ihm wohl so vorgekommen, als wäre die Postkutsche leichter geworden, aber er dachte, das käme von der Übung beim Ziehen.

Jetzt hielt er an.

«Erste Haltestelle!» schrie er und guckte in die Postkutsche hinein.

Die Fliege flog davon, und in der Postkutsche saß einzig und allein noch der Pfifferling.

«Die anderen sind alle ausgestiegen», erklärte er, «weil einer auf den anderen Appetit hatte und es nicht mehr aushalten konnte. Die Fliege ist davongeflogen, weil sie leichtsinnig ist. Nur ich bin sitzengeblieben, um das neue Unternehmen zu stützen.»

«Wer sind Sie denn überhaupt?» schrie Tobias Muffelfell.

«Ich bin Pilz von Beruf», sagte der Pfifferling freundlich.

«Können Sie denn auch bezahlen?» fragte Tobias Muffelfell.

«Nein, das kann ich nicht», sagte der Pfifferling, «ich bin ja eigentlich auch ganz ohne jeden Grund mitgefahren.»

«So», sagte Tobias Muffelfell, «das ist eine unerhörte Unverschämtheit von einem so knirpsigen Kerl mit einem so piepsigen Stimmchen. Dafür kippe ich Sie hier einfach aus, und Sie können sehen, wie Sie auf Ihren kurzen Beinen allein wieder zurückwakkeln.»

«Das tut nichts», sagte der Pfifferling, «ich bin Pilz von Beruf und bleibe ruhig sitzen. Ich warte den ersten warmen Regen ab, und dann kriege ich Kinder. Alles übrige ist mir einerlei.»

Da zerschlug Tobias Muffelfell seine Postkutsche und ging sehr erbost nach Hause.

Seine Bärenkinder kamen ihm schon von weitem entgegengelaufen:

«Papa», riefen sie heulend, «wir können nicht mehr Fußball spielen. Wir haben keinen Fußball mehr!»

«Warum habt ihr keinen Fußball mehr?» fragte Tobias Muffelfell böse.

«Wir haben ihn aufgegessen, Papa», sagten die Kleinen.

Da gab Tobias Muffelfell jedem seiner Bärenkinder eine Tatzenohrfeige.

«Tobias», sagte Frau Muffelfell, «du siehst aus, als wären die Motten in deinen Pelz gekommen. Ich denke mir, du solltest doch lieber keine Erfindung mehr machen.»

– – –

Ein Bär kann ruhig Erfindungen machen. Man muß bloß nicht alles durcheinander in einer Postkutsche fahren wollen – sonst bleibt am Ende nichts weiter übrig als nur ein Pfifferling!

Der kleine Tannenbaum

Es war einmal ein kleiner Tannenbaum im tiefen Tannenwalde, der wollte so gerne ein Weihnachtsbaum sein. Aber das ist gar nicht so leicht, als man das meistens in der Tannengesellschaft annimmt, denn der heilige Nikolaus ist in der Beziehung sehr streng und erlaubt nur den Tannen als Weihnachtsbaum in Dorf und Stadt zu spazieren, die dafür ganz ordnungsmäßig in seinem Buch aufgeschrieben sind. Das Buch ist ganz schrecklich groß und dick, so wie sich das für einen guten alten Heiligen geziemt, und damit geht er im Walde herum in den klaren, kalten Winternächten und sagt es all den Tannen, die zum Weihnachtsfeste bestimmt sind. Und dann erschauern die Tannen, die zur Weihnacht erwählt sind, vor Freude und neigen sich dankend, und dazu leuchtet des Heiligen Heiligenschein, und das ist sehr schön und sehr feierlich.

Und der kleine Tannenbaum im tiefen Tannenwalde, der wollte so gerne ein Weihnachtsbaum sein.

Aber manches Jahr schon ist der heilige Nikolaus in den klaren Winternächten an dem kleinen Tannenbaum vorbeigegangen und hat wohl ernst und geschäftig in sein erschrecklich großes Buch geguckt, aber auch nichts und gar nichts dazu gesagt. Der arme kleine Tannenbaum war eben nicht ordnungsmäßig vermerkt – und da ist er sehr, sehr traurig geworden und hat ganz schrecklich geweint, so daß es ordentlich tropfte von allen Zweigen.

Wenn jemand so weint, daß es tropft, so hört man das natürlich, und diesmal hörte das ein kleiner Wicht, der ein grünes Moosröcklein trug, einen grauen Bart und eine feuerrote Nase hatte und in einem dunklen Erdloch wohnte. Das Männchen aß Haselnüsse, am liebsten hohle, und las Bücher, am liebsten dicke, und war ein ganz boshaftes kleines Geschöpf. Aber den Tannenbaum mochte es gerne leiden, weil es oft von ihm ein paar grüne Nadeln geschenkt bekam für sein gläsernes Pfeifchen, aus dem es immer blaue ringelnde Rauchwolken in die goldene Sonne blies – und darum ist der Wicht auch gleich herausgekommen, als er den Tannenbaum so jämmerlich weinen hörte, und hat gefragt: «Warum weinst du denn so schrecklich, daß es tropft?»

Da hörte der kleine Tannenbaum etwas auf zu tropfen und erzählte dem Männchen sein Herzeleid. Der Wicht wurde ganz ernst, und seine glühende Nase glühte so sehr, daß man befürchten konnte, das Moosröcklein finge Feuer, aber es war ja nur die Begeisterung, und das ist nicht gefährlich. Der Wichtelmann war also begeistert davon, daß der kleine Tannenbaum im tiefen Tannenwalde so gerne ein Weihnachtsbaum sein wollte, und sagte bedächtig, indem er sich aufrichtete und ein paarmal bedeutsam schluckte:

«Mein lieber kleiner Tannenbaum, es ist zwar unmöglich, dir zu helfen, aber ich bin eben ich, und mir ist es vielleicht doch nicht unmöglich, dir zu helfen. Ich bin nämlich mit einigen Wachslichtern, darunter mit einem ganz bunten, befreundet, und die will ich bitten, zu dir zu kommen. Auch kenne ich ein großes Pfefferkuchenherz, das allerdings nur flüchtig – aber jedenfalls will ich sehen, was sich machen läßt. Vor allem aber weine nicht mehr so schrecklich, daß es tropft.»

Damit nahm der kleine Wicht einen Eiszapfen in die Hand als Spazierstock und wanderte los durch den tiefen weißverschneiten Wald, der fernen Stadt zu.

Es dauerte sehr, sehr lange, und am Himmel schauten schon die ersten Sterne der Heiligen Nacht durchs winterliche Dämmergrau auf die Erde hinab, und der kleine Tannenbaum war schon wieder ganz traurig geworden und dachte, daß er nun doch wieder kein Weihnachtsbaum sein würde. Aber da kam's auch schon ganz eilig und aufgeregt durch den Schnee gestapft, eine ganz kleine Gesellschaft: der Wicht mit dem Eiszapfen in der Hand und hinter ihm sieben Lichtlein – und auch eine Zündholzschachtel war dabei, auf der sogar was draufgedruckt war und die so kurze Beinchen hatte, daß sie nur mühsam durch den Schnee wackeln konnte.

Wie sie nun alle vor dem kleinen Tannenbaum standen, da räusperte sich der kleine Wicht im Moosröcklein vernehmlich, schluckte ein paarmal gar bedeutsam und sagte:

«Ich bin eben ich – und darum sind auch alle meine Bekannten mitgekommen. Es sind sieben Lichtlein aus allervornehmstem Wachs, darunter sogar ein buntes, und auch die Zündholzschachtel ist aus einer ganz besonders guten Familie, denn sie zündet nur an der braunen Reibfläche. Und jetzt wirst du also ein Weihnachtsbaum werden. Was aber das große Pfefferkuchenherz betrifft, das ich nur flüchtig kenne, so hat es auch versprochen zu kommen, es wollte sich nur noch ein Paar warme Filzschuhe kaufen, weil es gar so kalt ist draußen im Walde. Eine Bedingung hat es freilich gemacht: Es muß gegessen werden, denn das müssen alle Pfefferkuchenherzen, das ist nun mal so. Ich habe schon einen Dachs benachrichtigt, den ich sehr gut kenne und dem ich einmal in einer Familienangelegenheit einen guten Rat gegeben habe. Er liegt jetzt im Winterschlaf, doch versprach er, als ich ihn weckte, das Pfefferkuchenherz zu speisen. Hoffentlich verschläft er's nicht!»

Als das Männchen das alles gesagt hatte, räusperte es sich wieder vernehmlich und schluckte ein paarmal gar bedeutsam, und dann verschwand es im Erdloch. Die Lichtlein aber sprangen auf den kleinen Tannenbaum hinauf, und die Zündholzschachtel, die aus so guter Familie war, zog sich ein Zündholz nach dem anderen aus dem Magen, strich es an der braunen Reibfläche und steckte alle die Lichtlein der Reihe nach an. Und wie die Lichtlein brannten und leuchteten im tiefverschneiten Walde, da ist auch noch keuchend und atemlos vom eiligen Laufen das Pfefferkuchenherz angekommen und hängte sich sehr freundlich und verbindlich mitten in den grünen Tannenbaum, trotzdem es nun doch die warmen Filzschuhe unterwegs verloren hatte und arg erkältet war. Der kleine Tannenbaum aber, der so gerne ein Weihnachtsbaum sein wollte, der wußte gar nicht, wie ihm geschah, daß er nun doch ein Weihnachtsbaum war.

Am anderen Morgen aber ist der Dachs aus seiner Höhle gekrochen, um sich das Pfefferkuchenherz zu holen. Und wie er ankam, da hatten es die kleinen Englein schon gegessen, die ja in der Heiligen Nacht auf die Erde dürfen und die so gerne die Pfefferkuchenherzen speisen. Da ist der Dachs sehr böse geworden und hat sich bitter beklagt und ganz furchtbar auf den kleinen Tannenbaum geschimpft.

Dem aber war das ganz einerlei, denn wer einmal in seinem Leben seine heilige Weihnacht gefeiert hat, den stört auch der frechste Frechdachs nicht mehr.

Das verlorene Lied

Es war einmal ein armer Hirtenbub, der hütete das Vieh hoch oben im Gebirge. Seine Eltern waren schon lange tot, und er hatte nur noch eine Stiefmutter, und die war böse und konnte hexen. Sie war schlecht gegen den armen Hirtenbub, und er wäre schon lange davongelaufen, wenn er sich nicht so sehr vor ihr gefürchtet hätte. Denn sie konnte doch hexen – und wenn jemand hexen kann, so ist das nicht angenehm für die anderen Leute, und man muß sich gar sehr in acht nehmen. Darum blieb der kleine Hirtenbub lieber, aber er war sehr traurig und unglücklich, und wenn er so allein im Mittagssonnenlicht auf der grünen Wiese lag und die bunten Kühe um ihn herumstanden und recht langweilig aussahen, dann dachte er oft daran, ob es wohl einmal besser werden würde. Doch die Kühe blieben stehen und sahen langweilig aus, und die Wolken zogen unter ihm vorbei, denn es war ja hoch oben auf den Bergen, und die Sonne ging zur Ruhe, und es blieb alles wie es war. Eines Tages aber, als der arme Hirtenbub ganz besonders traurig und unglücklich war und wieder daran dachte, ob es wohl einmal besser werden würde, da wurde er müde und schlief ein. Wie er so lag und schlief, da sah er plötzlich eine wunderschöne Fee vor sich, die hielt eine Laute aus Rosenholz in den Händen, und feine silberne Saiten waren daraufgespannt, und das war gar seltsam anzuschauen. Die Fee aber griff in die Saiten der Rosenlaute und sang dazu:

Ich kenne ein Lied von holdem Klang,
das zieht die ganze Erde entlang.
Und ist nichts so lieb und heilig und hold
in der Tiefe und oben im Sternengold
wie das Lied von dem, wenn zwei sich frein
und wollen einander das Liebste sein.
Da ist nichts so lieb und heilig und hold
in der Tiefe und oben im Sternengold.

Wie das Lied zu Ende war, da lächelte die Fee und nickte dem Hirtenbub zu und legte ihm die Laute von Rosenholz in den Schoß. Der Bub aber wußte gar nicht, wie ihm geschah, und als er erwachte, meinte er zuerst, das Ganze wäre wohl nur ein Traum gewesen. Doch die Laute von Rosenholz lag wirklich und wahrhaftig in seinem Schoß, und wie er sie in die Hand nahm und in die feinen silbernen Saiten griff, da erklangen gar wunderbare Weisen, und immer neue Lieder fielen ihm ein. Aber so wie das Lied der Fee waren sie doch alle nicht, und er konnte sich nicht darauf besinnen, so sehr er sich auch mühte und nachdachte. Und da faßte ihn mit einemmal eine so unsagbare Sehnsucht nach jenem Liede, daß er alles vergaß, die Kühe, die so langweilig aussahen, und die Stiefmutter, die hexen konnte, und daß er auf und davon ging, um die seltsame Weise wiederzufinden. Von der Tiefe war drin die Rede gewesen und vom Sternengold, und in den beiden wollte er suchen, dachte er bei sich. Denn das andere hatte er vergessen oder nicht verstanden. So ging er immer weiter und weiter und wollte in die Tiefe kommen und wußte nur nicht wie. So kam er schließlich an einen großen See, der lag ganz vereinsamt im Walde, nur am Ufer hupften lauter grüne Frösche herum und quakten dazu. Der Hirtenbub meinte, die Frösche müßten doch wohl am besten in der Tiefe Bescheid wissen, und so trat er auf einen Frosch zu, grüßte höflich und fragte: «Ach bitte, kannst du mir nicht sagen, wie man in die Tiefe kommt?»

«Ja, das ist für dich wohl nicht so leicht», sagte der Frosch und schluckte eine Fliege herunter, «warum willst du überhaupt nach unten? Bleibe doch lieber oben.»

«Mir hat eine Fee ein Lied gesungen auf dieser Laute von Rosenholz», sagte der Hirtenbub, «aber ich kann mich nicht mehr auf das Lied besinnen, und nun will ich es suchen.»

«Das ist ja sehr schlimm», meinte der Frosch gedankenvoll, «war es vielleicht so ähnlich, wie wir singen?»

«Nein, es war ganz anders», sagte der Hirtenbub.

«Dann wird es wohl auch nichts Besonderes gewesen sein», sagte der Frosch hochmütig und blies sich dabei auf, so daß er ganz dick wurde, «aber ich will dir den Gefallen tun und mal den Froschkönig fragen, ob er dich empfängt. Dann kannst du selbst mit ihm darüber sprechen.»

Ehe der Hirtenbub sich noch besinnen konnte, war der Frosch ins Wasser gehupft, daß es nur so klatschte – und fort war er. Es dauerte eine ganze Weile, dann kam er wieder, machte eine Verbeugung und sagte:

«Majestät lassen bitten.»

Da tat sich das Wasser auf und trat zur Seite, so daß der Hirtenbub mitten hindurchgehen konnte, bis tief auf den Grund des Sees und zum Palast des Froschkönigs.

Der Froschkönig war ganz besonders grün und hatte ein kleines goldenes Krönlein auf und saß, die Beine übereinandergeschlagen, auf einem großen Wasserrosenblatt. Neben ihm saßen viele alte, dicke Frösche, die alle sehr würdig aussahen, und um ihn herum schwammen kleine Nixen und warfen ihm Kußhändchen zu. Dann lächelte der Froschkönig immer, und das sah sehr eigentümlich aus, weil er doch einen so sehr großen Mund hatte. Der Hirtenbub aber verneigte sich tief vor seiner feuchten Majestät und sagte:

«Guten Tag. Ich suche ein Lied, das mir eine Fee gespielt hat auf dieser Laute von Rosenholz. Aber ich kann mich nicht mehr darauf besinnen, wie es war. Es ist auch nicht so, wie die Frösche singen.»

Da fing der Froschkönig an zu denken und mit ihm alle die alten dicken Frösche, die neben ihm saßen.

Endlich sagte er: «Wenn es nicht so ist, wie die Frösche singen, dann kann es nur so sein, wie die Nixen singen.»

Dabei winkte er mit der grünen königlichen Hand den Nixlein, die um ihn herumschwammen und ihm Kußhändchen zuwarfen, und die Nixlein fingen an zu singen, und der Froschkönig schlug den Takt dazu, und es war sehr schön. Aber als es zu Ende war, da sagte der Hirtenbub:

«Ich danke dir sehr, und es war auch sehr schön, aber es war doch nicht so wie das Lied, das mir die Fee gesungen.»

«Ja, dann tut es mir von Herzen leid», sagte der Froschkönig, «aber dann kann ich dir wirklich nicht helfen.»

Er reichte dem Hirtenbub die nasse Hand zum Abschied und war sehr gerührt und höflich und ließ ihn wieder hinauf an das Ufer des Sees geleiten. Der Hirtenbub aber dachte: Wenn es nicht in der Tiefe ist, so muß es wohl in der Höhe sein, oben im Sternengold. Denn das andere hatte er ja vergessen oder nicht verstanden.

So ging er hoch hinauf auf einen Berg, wo die Wolken an ihm vorbeizogen, und als eine Wolke gerade recht nahe und bequem vorbeikam, da sagte er: «Ach bitte, nimm mich doch mit!»

«Steige nur auf meinen Rücken», sagte die Wolke, «aber beeile dich, denn ich habe keine Zeit und muß zum Wolkenkönig.»

Der Hirtenbub sprang auf den Rücken der Wolke, und im Nu

ging es fort durch die weite Luft über Meere und Länder. Und ehe sich's der Hirtenbub versah, war er am Schloß des Wolkenkönigs angekommen, und der Wolkenkönig stand auf der Treppe und bestimmte gerade, wo es heute regnen sollte.

«Ja, wer ist denn das?» sagte er erstaunt, als er den Hirtenbub sah, «du willst wohl Sternputzer werden?»

«Nein, Sternputzer möchte ich nicht werden», sagte der Hirtenbub, «aber mir hat eine Fee ein Lied gespielt auf einer Laute von Rosenholz, und das Lied habe ich vergessen, und ich wollte nur mal fragen, ob es nicht vielleicht hier oben zu finden wäre.»

«So, so», sagte der Wolkenkönig, «ich werde mal nachsehen» – und holte ein großes Buch hervor, wo alle die Lieder drin standen, die die kleinen Sternlein singen, wenn sie nachts am Himmel spazierengehen. Aber es war nichts darunter, was so gewesen wäre wie das Lied der Fee auf der Laute von Rosenholz.

Da wurde der Hirtenbub sehr traurig und ging wieder auf die Erde zurück auf einer Treppe, die ihm der Wolkenkönig gezeigt hatte. Und wie er wieder auf der Erde war, da zog er überall umher in allen Landen und sang den Leuten seine Lieder und spielte dazu auf seiner Laute von Rosenholz. Die Leute waren alle froh und wollten nur immer und immer wieder die wunderbaren Weisen hören und baten ihn, doch immer bei ihnen zu bleiben, und boten ihm Geld und Gut und hohe Ehren.

Er aber hatte nirgends Ruhe und war sehr traurig, denn er dachte, er würde das verlorene Lied nun nie und nimmer wiederfinden. So wanderte er jahrein, jahraus, und endlich kam er vor ein herrliches Königsschloß, in dem lebte eine wunderschöne junge Königin. Die hatte etwas vergessen, und da sie selbst nicht wußte, was sie eigentlich vergessen hatte, so konnte ihr auch niemand helfen, sich darauf zu besinnen, und es war große Trauer in den Königshallen und im ganzen Lande. Der Hirtenbub aber fragte, ob er vor der traurigen jungen Königin seine Lieder singen dürfe. Es wurde ihm erlaubt, und er wurde in den Königssaal geführt, wo die traurige junge Königin auf dem Throne saß. Die Minister standen um sie herum in goldstrotzenden herrlichen Kleidern und hatten große Taschentücher in der Hand, weil sie doch immer so viel weinen mußten um die traurige junge Königin. Denn mehr als weinen konnten sie nicht, weil die junge Königin ja selbst nicht wußte, was sie vergessen hatte, und ihr also auch niemand helfen konnte.

Wie der Hirtenbub aber die Königin sah, da ward ihm ganz wunderbar zumute, und er hatte sie von ganzem Herzen lieb. Und als er nun vor ihr singen sollte, da fiel ihm mit einemmal das Lied ein, das ihm die Fee gesungen, und es war ihm, als könne er gar kein anderes mehr singen. So nahm er die Laute von Rosenholz zur Hand, griff in die feinen silbernen Saiten und sang dazu:

Ich kenne ein Lied von holdem Klang,
das zieht die ganze Erde entlang.
Und ist nichts so lieb und heilig und hold
in der Tiefe und oben im Sternengold
wie das Lied von dem, wenn zwei sich frein
und wollen einander das Liebste sein.
Da ist nichts so lieb und heilig und hold
in der Tiefe und oben im Sternengold!

Und wie er das Lied gesungen, da stieg die Königin von ihrem Thron herunter und hatte ganz und gar vergessen, daß sie etwas vergessen hatte, und trat auf den Hirtenbub zu und küßte ihn und sagte: «Ich habe dich lieb und will deine Frau sein.»

Da jubelte alles und freute sich, und die Minister steckten die Taschentücher wieder ein, und es wurde eine herrliche Hochzeit hergerichtet.

Wie es aber gerade losgehen sollte mit den Hochzeitsfeierlichkeiten, da meldete der Oberhofmeister drei große Frösche, die vom Froschkönig zum Gratulieren geschickt waren. Sie wurden hereingebeten und gratulierten und waren sehr grün und hießen: Herr Schlupferich, Herr Hupferich und Herr Tupferich.

Der Wolkenkönig aber hatte ein kleines Sternchen geschickt, das knickste und leuchtete und gratulierte dazu. Und es war eine ganz herrliche Hochzeit. Es wurde gegessen, getrunken und getanzt, und Herr Schlupferich, Herr Hupferich und Herr Tupferich tanzten auch mit und benahmen sich dabei sehr manierlich, so wie sich das für feine und vornehme Frösche geziemt. Etwas nasse Füße hatten sie freilich, aber das schadete nichts. So war alles sehr schön, nur das kleine Sternlein war unvorsichtig und hatte sich, um besser sehen zu können, dem Minister für außerordentliche Angelegenheiten auf den Kopf gesetzt, so daß hochdero Perücke zu brennen anfing. Aber das Feuer wurde bald gelöscht, wie das bei einem Minister für außerordentliche Angelegenheiten gar nicht anders zu erwarten ist, und das Sternlein wurde ermahnt, daran zu denken, daß doch nicht jeder Kopf solch ein Feuer verträgt.

Und als die ganze Hochzeit zu Ende war und der junge König und die junge Königin allein waren, da küßten sie sich auf den Mund und sangen das verlorene Lied dazu, das einst die Fee gespielt hatte auf der Laute von Rosenholz.

Das Kellermännchen

Zwischen zwölf und ein Uhr nachts wird alles lebendig, von dem die dummen Menschen glauben, daß es überhaupt nicht lebendig werden kann. Aber alle die vielen Dinge, die sonst immer so steif und still daliegen, als könnten sie kaum «guten Tag» sagen, die werden dann lebendig. – Und sie kümmern sich sehr wenig darum, ob die dummen Menschen daran glauben oder nicht.

Und so wurde es auch in dem kleinen alten Städtchen lebendig, als die Uhr vom Kirchturm Unserer Lieben Frau mit zwölf dumpfen schweren Schlägen Mitternacht verkündete. Die Pflastersteine unterhielten sich mit den Grashalmen, die zwischen ihnen wuchsen, und fragten sie, wie lange sie noch zu bleiben gedächten. Und die Giebel und Erker der Häuser in den engen, winkligen Gassen nickten einander zu, und die Laternen beschwerten sich über den Wind, und daß sie erkältet wären, weil er so rücksichtslos mit ihnen umgesprungen sei.

Auch im alten Weinkeller des kleinen alten Städtchens wurde es lebendig. Die vielen, vielen Fässer, die dort nebeneinander standen, große und kleine, die gähnten und reckten und streckten sich, und wenn mal eins das andere dabei anstieß, dann sagte es: «Oh, bitte entschuldigen Sie tausendmal!» Denn die Fässer sind sehr höflich und wissen sich zu benehmen. Dann stellten sie sich alle aufrecht hin auf ihre dicken kleinen Beinchen – die Fässer haben nämlich kleine Beinchen, wenn die dummen Menschen das auch nicht wissen – und sie verneigten sich alle voreinander und nickten und grüßten nach allen Seiten. Und wie sie sich so begrüßten und «wie geht es?» fragten und «haben Sie wohl geruht?» – da kroch ein kleines komisches Männchen aus einer Mauerspalte und rieb sich verschlafen die Äuglein. Das war das Kellermännchen, und das sah aus, als ob es ganz und gar gedörrt und vertrocknet wäre, und hatte ein fahles, runzliges Gesicht und eine rote Nase dazu, und das kam alles vom vielen Weintrinken. Denn das Männlein trank schrecklich viel Wein, und man wußte gar nicht, wo all der viele Wein Platz haben konnte, den es so hinunterschluckte, als wäre es gar nichts und als hätte es nur einmal genippt. Und war das Männlein greulich anzusehen, so war sein Gewand ganz wunderschön und seltsam. Einen gar fürnehmen Dreispitz trug es auf dem Kopfe und hatte Schnallenschuhe an und einen langen Rock mit Spitzen und Goldstickerei, so wie man's vor vielen hundert Jahren trug. An der Seite hing ihm ein Degen in güldener Scheide und mit einem gar kunstvoll geschmiedeten Knauf. Nur arg verstaubt und verblichen war all die wunderliche Pracht, und das ist ja auch nicht anders zu erwarten, wenn jemand nur immer so in einer Mauerspalte lebt. Wie nun das Männlein gravitätisch und mit gespreizten Schritten, das Händchen auf den Degenknauf gestützt, durch die alten Kellerräume hindurchschritt, da grüßten die Fässer alle und verneigten sich ehrerbietig. Denn das Kellermännchen ist die höchste Respektsperson in einem Keller und hat aufzupassen, daß alles in Ordnung ist. Und wenn etwas nicht in Ordnung ist, dann schimpft es und trinkt Wein dazu, und wenn alles in Ordnung ist, dann sagt es gar nichts und trinkt auch Wein dazu. Denn es ist eben eine Respektsperson. Weil nun das Männlein eine Respektsperson war, so grüßte es auch niemand wieder und tat überhaupt sehr hochmütig und herablassend. Nur wenn es an dem alten grauen Kater vorbeikam, der jede Nacht im Keller schlief, da blieb es stehen, schob den Degen graziös nach hinten, nahm den fürnehmen Dreispitz vom Kopfe und machte eine tiefe, höfische Verbeugung. Das tat es deswegen, weil der Kater ihm einmal bei einer Meinungsverschiedenheit eine solche Ohrfeige gegeben hatte, daß es mit all seiner vielhundertjährigen Pracht auf den Boden gefallen war. Denn der Kater war, wie alle Kater, ein großer Philosoph und hielt nichts von derartig windigem Kellerspuk, wie er sich ausdrückte. «Alle Hochachtung vor Dero Pfoten», sagte sich das Männchen seitdem, und darum dienerte und knickste es so untertänig vor dem alten grauen Herrn. Der Kater aber kümmerte sich wenig um den kleinen komischen Kerl, er schnurrte höchstens etwas gnädig, strich sich den kriegerischen Bart und murmelte was von nächtlicher Ruhestörung und unnützem Gesindel.

Das Kellermännchen aber stelzte weiter auf seinen dürren Beinchen und guckte ganz giftig nach rechts und nach links, ob auch alles in Ordnung wäre und so wie es sich geziemt für einen Keller, der in der guten alten Zeit erbaut worden war, wo man noch auf Sitte hielt und Schnallenschuhe und einen Dreispitz trug und einen güldenen Degen. Es war aber alles in Ordnung. Nur zwei Flaschen, die etwas leichten jungen Wein im Magen hatten, die wollten sich totlachen über das komische Männchen, aber das sah es gar nicht, und das war ein rechtes Glück, denn es hätte den naseweisen Flaschen ohne Gnade den Kopf abgeschlagen. Und das wäre doch sehr schade gewesen, wenn es auch nur ein ganz leichter Wein war, den sie im Magen hatten. Das Kellermännchen schritt weiter bis ans Ende des Kellers, und dort setzte es sich in einer Ecke nieder, holte einen gewaltigen silbernen Humpen hervor und begann ganz erschrecklich zu trinken. Es gluckste nur ein paarmal ganz leise, dann war der Humpen leer, und so ging es weiter, und man wußte gar nicht, wo all der viele Wein Platz haben konnte, den das Männlein hinunterschluckte.

Am anderen Ende des Kellers aber begannen die Fässer sich zu unterhalten, und eins fragte das andere, ob es denn gar nichts Neues gäbe. Doch es gab nichts Neues, und die Fässer beklagten sich darüber, denn wenn man den ganzen Tag stilliegt und nachts nur eine Stunde Zeit hat, lebendig zu sein, dann will man sich etwas zu sagen haben und will etwas von der Welt hören, die draußen über den Kellerfenstern liegt.

«Ja, ja», sagte ein großes dickes Faß, das ganz besonders alt war, «die Welt ist recht langweilig heutzutage, und es passiert gar nichts mehr, was so ein echtes, rechtes Weinfaß auch nur im entferntesten interessieren könnte. Zu meiner Zeit, als ich noch jung war, da gab es doch immer mal einen Krieg oder eine Pestilenz oder sonst etwas Ähnliches, was sich gut erzählen läßt im Keller um Mitternacht. Ich habe sogar noch den Tatzelwurm erlebt, wie er vor den Mauern der Stadt herumkroch und Feuer spuckte aus Rachen und Nüstern.»

«Ach bitte, erzählen Sie», sagten ein paar junge Fässer, «das muß ja furchtbar interessant gewesen sein!»

«Ja, es war sehr interessant und gar greulich und schauerlich dazu. Tag und Nacht läuteten die Glocken von der Kirche Unserer Lieben Frau, die Bürger standen auf den Mauern und Zinnen und hielten Wacht mit Zittern und Zagen, denn es ist ein ganz erschrecklich Ding um solch einen Tatzelwurm. Der Herr Tatzelwurm nämlich speisen alles mit Haut und Haaren, und so hat niemand in die Stadt hineingekonnt und niemand heraus, und es war eine böse Hungersnot ausgebrochen, so daß allen Leuten die Kleider am Leibe hingen, als wären sie gar nicht für sie gemacht. Und da das alles doch gar nicht schön war und auch nicht so weitergehen konnte, so beschloß der hochwohlweise Rat mit dem alten Bürgermeister an der Spitze, eine große Tat zu tun. Sie stellten sich alle der Reihe nach auf der Stadtmauer auf, und der Herr Bürgermeister sagte: ‹Wohledler und viellieber Herr Tatzelwurm, wollet Ihr Euch nicht von den Mauern unserer Stadt hinwegbemühen, dieweil wir nicht gesonnen sind, uns von Euch verspeisen zu lassen?› Der Tatzelwurm aber nieste lauter Feuer aus der Nase heraus und sagte: ‹Nein!› – Da wurde der Herr Bürgermeister sehr traurig und mit ihm der ganze hohe Rat, und sie kletterten wieder von der Stadtmauer herab und gingen auf den Marktplatz und sagten, sie hätten eine große Tat getan, aber es hätte nichts geholfen. Da weinten alle Leute, wenigstens die, die noch nicht verhungert waren, und die Glocken läuteten von der Kirche Unserer Lieben Frau, und der Tatzelwurm kroch um die Mauer herum, so daß auch nicht mal ein Zwieback hereinkommen konnte. Aber wie der hochwohlweise Rat all den vielen Jammer sah und dazu den Tatzelwurm draußen Feuer niesen hörte, da beschloß er noch einmal, eine große Tat zu tun und gar erschrecklich nachzudenken. Da stiegen alle die edlen Herren in diesen Keller hinab und dachten erschrecklich nach und tranken Wein dazu, aber es ist ihnen nichts eingefallen.» – Wie das alte Faß so weit erzählt hatte, da sagte es: «Jetzt muß ich mich etwas erholen.» Und zog sich ein Spinngewebe übers Gesicht. Da schwiegen alle Fässer ringsherum und warteten in großer Spannung, wie es weitergehen würde.

Zwei kleine Mäuse aber, die auch gehört hatten, daß das alte Faß etwas erzählte, und die sich nur nicht hingetraut hatten, weil der Kater dazwischen lag, die fanden, daß es jetzt doch gar zu interessant würde, wo dem hochwohlweisen Rat nichts einfiele. Und so beschlossen sie, es näher zu hören. Sie faßten sich ein Herz, strichen ihre grauen Röcklein mit den Pfoten recht sauber und glatt, traten vor das Kellermännchen hin und sagten: «Ach, entschuldigen Sie, essen Seine Hochwohlgeboren der Herr Kater Mäuse?» – Das Männchen sah von seinem Humpen auf, schluckte noch eine furchtbare Menge Wein hinunter und sagte nachsichtig und herablassend: «Seine Hochwohlgeboren sind lange über das Alter hinaus und essen nur noch ganz besonders präparierte und exzellente Sachen, aber keine gemeinen Mäuse mehr. Ihr könnt also ruhig vorbeigehen, denn euresgleichen sehen Seine Hochwohlgeboren gar nicht.» Da bedankten sich die Mäuse vielmals und dienerten und knicksten, und dann huschten sie schleunigst und ängstlich an Seiner Hochwohlgeboren vorbei, denn man konnte nicht wissen, ob es wirklich sicher war, da doch auch alte Herren zuweilen ein jugendliches Gelüste bekommen. Der Kater aber hatte nur ein überlegenes Lächeln für sie, und so kamen die Mäuse ungefährdet bei dem großen Fasse an.

Das war aber eingeschlafen und dachte gar nicht daran, weiterzuerzählen, wie es denn geworden war, nachdem dem hochwohlweisen Rat trotz seines erschrecklichen Nachdenkens nichts einfiel. Die nebenstehenden Fässer stießen es leise an und baten, doch weiterzuerzählen, und auch die Mäuse waren ganz entsetzt, daß sie nichts mehr hören sollten, wo sie doch eben deswegen den gefährlichen Weg gewagt hatten an den Pfoten Seiner Hochwohlgeboren vorbei. Und die eine Maus sprang auf das alte Faß und klopfte ihm schonend auf den Magen, während die andere sich gar erdreistete, ihm das Spinngewebe vom Gesicht zu ziehen. Das alte dicke Faß aber wachte nicht auf, sondern schlief beharrlich weiter, und das tat es wohl deswegen, weil es ganz besonders alt war, und dagegen läßt sich natürlich nichts machen. Da stützten die kleinen Mäuse den Kopf in die Pfötchen und begannen bitterlich zu weinen, und auch alle die Fässer bedauerten lebhaft und allerseits, daß die Geschichte nicht weitererzählt wurde, denn es war doch gar zu interessant gewesen, von dem Tatzelwurm zu hören, der Feuer nieste und «Nein» gesagt hatte, und von dem hochwohlweisen Rat, der zwei große Taten getan und so viel Wein getrunken hatte und dem doch nichts eingefallen war.

Ein mittelgroßes Faß aber, das sehr vernünftig aussah, weil es in einem Jahr mit einem unvergeßlichen Philosophen geboren war, dessen Namen es vergessen hatte, das stellte sich auf die Beinchen und sagte: «Es ist doch ganz unnütz, sich aufzuregen und sich zu beunruhigen oder gar so exaltiert in die Pfoten zu schluchzen, wie es die beiden Mäuse tun. Wenn man nur etwas Philosophie im Leibe hat, dann ist die ganze Sache doch furchtbar einfach. Der Herr Tatzelwurm müssen sich schließlich doch hinwegbemüht haben oder haben sein Leben eines seligen oder unseligen Todes ausgeniest, denn sonst stünde unsere Stadt nicht mehr mit ihren Toren und Türmen und die Glocken läuteten nicht mehr von der Kirche Unserer Lieben Frau. Man muß nur Philosophie im Leibe haben, aber die habe eben nur ich.»

Da beruhigten sich die Fässer wieder, und nur eins, das ganz besonders frech war, wandte sich an das philosophische Faß und fragte: «Darum ist wohl Ihr Wein auch so greulich sauer, weil Sie gar so viel Philosophie im Magen liegen haben?» Da wurde das philosophische Faß aber böse und stampfte mit den Beinchen auf, daß alle Reifen krachten, und schickte sich an, eine gräßliche Rede zu halten. Wie es aber gerade anfing und sagte: «Ich bin in dem Jahre geboren, in dem der unvergeßliche Philosoph geboren wurde, dessen Namen ich vergessen habe ...», da geschah etwas Entsetzliches. Die Kellerlaterne raste plötzlich in wahnsinniger Verzückung durch die alten Gewölbe an den Fässern und an den Mäusen vorbei und an Seiner Hochwohlgeboren, dem Herrn Kater. In ihrer Brust aber brannte es lichterloh, und es war, als ob das Petroleum ihres Herzens aufgehen wolle in einer einzigen Flamme! Alles schwieg im stillen Grauen, nur das Kellermännchen sprang wütend auf, warf den silbernen Humpen beiseite und stürzte mit entblößtem Degen auf die arme Kellerlaterne zu.

«Sie haben die Zündholzschachtel geküßt in diesem sittsamen Keller, der noch in der guten alten Zeit erbaut worden ist», schrie es wütend, «Sie müssen sterben.»

Die verliebte Kellerlaterne erlosch vor Schrecken und verwünschte ihr empfindliches Herzens-Petroleum, das Männlein aber zückte den Degen, um das gräßliche Vergehen zu ahnden, das eine simple Laterne mit einer simplen Zündholzschachtel begangen hatte in einem Keller, in dem der hochwohlweise Rat gesessen und ihm nichts eingefallen war. Wie aber das Kellermännchen eben zustoßen wollte und die Laterne angstvoll die kleinen Händchen über dem Petroleumherzen faltete – da schlug es eins vom Kirchturm Unserer Lieben Frau. Das Männlein ließ den Degen sinken und verkroch sich fluchend in seiner Mauerspalte, die Laterne war gerettet, die Fässer knickten ihre Beinchen hübsch sorgfältig zusammen und legten sich wieder hin, und die Mäuse hüpften vorsichtig an Seiner Hochwohlgeboren vorbei und verschwanden in ihren Löchern, wo ihnen die graue Frau Mama Speckschwarten und geräucherten Schinken zurechtgestellt hatte. Der Kater aber, der wie alle Kater ein großer Philosoph war, strich sich den kriegerischen Bart, schnurrte behaglich und legte sich auf die andere Seite.

Auch draußen wurde es ruhig in den engen winkligen Gassen des alten Städtchens, und alles sah so aus, wie die dummen Menschen es immer sehen. Die Pflastersteine sprachen nicht mehr mit den Grashalmen, und die Erker und Giebel nickten einander nicht mehr zu und standen steif und still da, als ob sie nicht einmal «guten Tag» sagen könnten. Die Mauern und Tore und Türme schliefen wieder und der Marktplatz mit der Kirche Unserer Lieben Frau – sie schliefen alle und träumten von dem, was sie einst gesehen hatten: von den Kriegen und von der Pestilenz, von dem Tatzelwurm, der Feuer nieste, und von dem hochwohlweisen Rat, der zwei große Taten getan und soviel Wein getrunken und so erschrecklich viel nachgedacht hatte und dem doch nichts eingefallen war.

Das andere Ufer

Es war einmal ein Sammler, der sammelte allerlei Seltsamkeiten aus fernen Ländern. Er sammelte auch alltägliche Dinge, aber dann hatten sie einen besonderen Sinn und ihre besondere Geschichte. Diese Geschichte der Dinge verstand der Sammler zu lesen, wie wenige es verstehen, denn es ist keine leichte Kunst. So saß er Tage und Nächte unter all seinen Seltsamkeiten und las ihre Schicksale, und er wußte, daß es Menschenschicksale waren, die daran hingen. Wie ein breiter Fluß das arme verworrene Menschenleben um ihn herum, er stand an seinem Ufer und schaute mit erkenntnisreichen Augen, wie Welle um Welle an ihm vorüberzog.

Aber er wußte auch, daß ihm noch etwas fehlte: Er wußte, daß das menschliche Leben, in dem er soviel gelesen hatte, nicht nur das eine Ufer haben konnte, auf dem er stand und es betrachtete. Er wußte, daß es auch ein anderes Ufer haben mußte, und das andere Ufer suchte er – wie lange schon! Aber er hatte es nicht gefunden. Einmal aber hoffte er es bestimmt zu finden. Er suchte in allen Läden aller Städte, ob er nicht ein Ding finden würde, das ihm etwas vom anderen Ufer erzählen könne. Er war ja sein Leben lang ein Sammler und Sucher gewesen und hatte viel Geduld gelernt.

So kam er einmal in einer fernen Stadt im Süden in einen sehr merkwürdigen Laden. Der Laden war ein richtiger Kramladen des Lebens, denn es waren wohl alle Dinge darin vertreten, die man sich im menschlichen Leben nur denken konnte, von den seltsamsten Kostbarkeiten herab bis zu den geringsten Alltäglichkeiten. Und alle Dinge hatten, so wie es sich gehört, ihre eigene Geschichte.

Der Sammler besah sich alle die vielen Dinge mit großer Sachkenntnis. Manches gefiel ihm sehr, und manches hätte er gerne gekauft, aber irgendwie erinnerte es ihn doch an etwas, was er schon einmal erworben hatte.

«Dies ist wohl die seltsamste Sammlung der Dinge vom menschlichen Leben, die ich je gesehen habe», sagte der Sammler, und da der Händler ihm kein gewöhnlicher Händler zu sein schien – denn er hatte etwas Stilles und Feierliches in seinem Wesen –, so fragte er ihn, ob er nicht etwas habe, was ihm vom anderen Ufer erzählen könne.

Der Händler war auch wirklich kein gewöhnlicher Händler. Er wußte zu gut, wieviel Leid und Tränen manche Dinge, die die Menschen bei ihm um teuren Preis erstanden, denen bringen mußten, die sie mit einer Inbrunst erwarben, als hinge ihr ganzes Leben davon ab. Es kam nicht oft vor, daß einer den richtigen Gegenstand bei ihm verlangte. Als nun der fremde Sammler den Händler nach dem anderen Ufer fragte, da lächelte der Händler und reichte ihm eine kleine Lampe von unscheinbarer Form, doch von sehr sorgfältiger Arbeit. Die Lampe aber brannte schon mit einer schönen bläulichen Flamme und brauchte nicht erst entzündet zu werden.

«Diese Lampen stellt man nirgends aus», sagte der Händler, «man gibt sie nur denen, die nach dem anderen Ufer fragen.»

«Erzählt mir denn diese Lampe etwas vom anderen Ufer?» fragte der Sammler und betrachtete die Lampe mit aufmerksamen und erstaunten Blicken, denn er hatte so etwas noch nicht in seiner Sammlung, und er hatte es bisher auch nirgends gesehen.

«Vom anderen Ufer darf dir die Lampe nichts erzählen», sagte der Händler, «zum anderen Ufer mußt du selber wandern, aber die Lampe wird dir leuchten und dir den Weg zum anderen Ufer weisen.»

Da dankte der Sammler dem Händler und fragte ihn, was er ihm für die Lampe zu zahlen habe.

«Ich habe viele Gegenstände in meinem Laden, die man um billigen Preis erstehen kann», sagte der Händler, «ich habe auch manche darunter, die um ein Königreich nicht zu haben sind. Aber die kleine Lampe, die du in der Hand hast, kostet nichts für den, der nach dem anderen Ufer fragte. Es ist deine eigene Lampe, und es ist eine ewige Lampe, und sie wird dir den Weg zum anderen Ufer weisen.»

Da wurde der Sammler ein Wanderer. Er ließ alle die vielen seltsamen Dinge, die er bisher gesammelt hatte, hinter sich und wanderte dem Licht seiner ewigen Lampe nach, das andere Ufer zu suchen.

Er sah viel Schönes auf seinem Wege, das er früher nicht gesehen hatte. Er sah, wie die Steine sich regten und formten, er schaute in die Träume der Blumen, und er verstand die Sprache der Tiere. Allmählich aber wurde der Weg des Wanderers immer einsamer und verlassener, er stand allein in einer Einöde, und vor sich erblickte er sieben steile, felsige Berge. Die Lampe warf ihren Lichtschein auf seinen Weg, und sie zeigte ihm an, daß er alle die sieben Berge besteigen müsse. So bestieg er alle sieben Berge, und von jedem Berge hoffte er das andere Ufer zu sehen, aber er sah es nicht. Ein eisiger Neuschnee lag auf allen sieben Gipfeln. Mitten aber im Schnee blühte eine rote Rose, leuchtend wie ein Rubin. Die pflückte der Wanderer und nahm sie mit sich auf den Weg.

Als er nun alle sieben Berge bestiegen hatte und sich ihre sieben Rosen zum Kranz geholt hatte aus dem eisigen Neuschnee der Gipfel, da stand er vor einem dunklen Tor. Der Torhüter trat auf ihn zu und fragte ihn, was er wolle.

«Ich suche das andere Ufer», sagte der Wanderer.

«Was führst du mit dir auf deinem Weg?» fragte der Torhüter.

«Sieben rote Rosen und meine ewige Lampe», sagte der Wanderer.

Da ließ ihn der Torhüter in das dunkle Tor eintreten.

«Es ist ein langes und dunkles Tor», sagte der Torhüter, «du mußt bis an sein Ende gehen, dann kommst du an das Meer der Unendlichkeit.»

«Ich will nicht an das Meer der Unendlichkeit», sagte der Wanderer, «ich suche das andere Ufer. Das Meer der Unendlichkeit aber ist uferlos.»

«Du mußt warten, bis die Sonne aufgeht, dann wirst du das andere Ufer sehen», sagte der Torhüter.

Da ging der Wanderer durch das lange dunkle Tor hindurch und setzte sich am Meer der Unendlichkeit nieder, denn er war sehr müde geworden von seiner Wanderung. Das Meer der Unendlichkeit brandete zu seinen Füßen, und über seinen wilden Wellen und dem einsamen Wanderer an seinem Gestade stand die gestirnte Nacht. Der Wanderer aber wartete und wachte bei seiner ewigen Lampe die ganze Nacht, und es war eine so lange Nacht, daß er dachte, sie wolle gar kein Ende nehmen.

Endlich verblaßten die Sterne, die brandenden Wellen wurden still und klar, und über ihnen ging die Sonne auf. Im Lichte der aufgehenden Sonne aber tauchte eine leuchtende Insel mitten aus dem Meer der Unendlichkeit empor. Da erkannte der Wanderer, daß es das andere Ufer war, das er gesucht hatte. Über das dunkle Tor kam eine Taube geflogen und zeigte dem Wanderer den Weg zur Insel, und er schritt über das Meer der Unendlichkeit so sicher wie auf klarem Kristall hinüber zum anderen Ufer.

Vom anderen Ufer aber darf ich euch nichts weiter erzählen, so wenig als es die Lampe getan hat. Zum anderen Ufer muß ein jeder selber wandern im Licht seiner eigenen ewigen Lampe.

Denn das Märchen vom anderen Ufer ist ein Märchen der Wanderer.

Der kleine Wurzelprofessor

Es war einmal ein kleiner Wurzelprofessor, der stand im Walde und war ganz aus Wurzeln. Der Körper, die Arme und Beine waren Wurzeln und auch der Kopf. Der kleine Wurzelprofessor war ein unendlich kleines Stückchen eines großen hohen

Baumes, dessen Gipfel er nie gesehn – und den er leugnete. Die Vögel, die oben auf dem Wipfel des Baumes ihre Nester bauten, setzten sich dem kleinen Wurzelprofessor oft gerade auf die Nase und sangen ihm die herrlichsten Lieder vor vom Wipfel des großen hohen Baumes, von dem er selbst ja doch nur ein unendlich kleines Stückchen war. Aber der kleine Wurzelprofessor glaubte es auch dann nicht, wenn sie's ihm in beide Ohren gleichzeitig hineinschrien. Auch ein Eichhörnchen, das in beruflichen Angelegenheiten täglich am Stamm des Baumes hinauflief, hatte dem kleinen Wurzelprofessor von all den Wundern erzählt, die es oben zu sehen gab.

«Es sind Wunder über Wunder», sagte das Eichhörnchen, «und über allem ist der Himmel.»

«Das alles gibt es ja gar nicht», sagte der kleine Wurzelprofessor, «denn wie soll es etwas geben, was ich nicht beleuchtet habe?»

Der kleine Wurzelprofessor konnte nämlich leuchten, und ich will auch erzählen, wie es gekommen war, daß er so leuchten konnte. Weil er doch festgewachsen war und gar nicht vom Fleck konnte, so hatte er nichts weiter getan als bloß immer gedacht. Und so viel hatte er gedacht, daß er allmählich einen ganz verfaulten Kopf bekommen hatte. Nun war doch der Kopf aus Holz, und jeder weiß, daß faules Holz im Finstern leuchtet. So leuchtete auch der Kopf des kleinen Wurzelprofessors – und seitdem war er sehr froh! Nur durfte es sonst nicht zu hell sein, und der Mond durfte nicht scheinen, den er nicht kannte – und den er leugnete. Am Anfang war es ja noch nicht so besonders bedeutend, aber im Laufe der Jahre leuchtete er doch schon so sehr, daß bei seinem Schein die Regenwürmer ganz bequem ihren Weg finden und die Hamster ihre Einnahmen aufschreiben konnten.

Aber natürlich mußte es – damit der kleine Wurzelprofessor wirklich leuchtete – immerhin schon sehr dunkel sein.

So stand der kleine Wurzelprofessor auch in einer stillen Nacht wie immer da und dachte und leuchtete so vor sich hin.

Die Nacht aber war keine gewöhnliche Nacht. Denn am Himmel stand der Stern der Liebe. Die Nacht war keine gewöhnliche Nacht. Denn ein Dichter führte seine Liebste heim in den Märchenwald, der seine Heimat war. Und als er mitten im tiefsten Märchenwald angekommen war, wo die sieben silbernen Quellen sind, da küßte er seine Liebste auf den Mund und setzte ihr eine seltsame Krone auf den Scheitel. Das war eine von den Kronen, die es auf der ganzen Erde nicht gibt und die nur ein Dichter seiner Liebsten ins Haar flechten kann.

Der Stern der Liebe an Gottes Himmel aber schien auf beide nieder, und sein Licht verfing sich in der Krone auf des Mädchens Scheitel. Da flammte die Krone auf in tausend wunderbaren Farben, die schöner waren als alle Farben der Erde. Denn das Mädchen war eines Dichters Liebste, und es war die Krone der Unsterblichkeit, die es trug.

Davon fing der ganze Märchenwald an zu leuchten, die Nixen tauchten aus den dunklen Wassern auf, die Elfen warfen sich heimlich und leise ihre Schleier zu, und von ferne läuteten die Glocken versunkener Städte. Auch die Tiere des Waldes kamen alle herbei, um zuzusehen, die Frösche sangen Loblieder, und sogar die Pilze nahmen ihre großen Hüte ab und grüßten nach allen Seiten.

Denn eines Dichters Liebste ist Königin im ganzen Märchenland! ...

Nur der kleine Wurzelprofessor sah nichts vom Dichter und seiner Liebsten, nichts vom Stern der Liebe und nichts von der Krone der Unsterblichkeit. Er stand und leuchtete so vor sich hin und dachte: all der Glanz im Himmel und auf der Erde käme einzig und allein nur davon her, daß er so heftig leuchte.

Der Tod und das kleine Mädchen

Es war einmal ein kleines Mädchen, das war immer sehr einsam. Es sei ein sonderbares Kind, sagten die Großen, und es sei dumm und es vertrage keinen Lärm, sagten die Kleinen – und darum spielte niemand mit ihm. Ihr werdet nun gewiß denken, daß das sehr langweilig und sehr traurig für das kleine Mädchen war. Ein bißchen traurig war es manchmal schon, aber langweilig war es gar nicht, denn das kleine Mädchen langweilte sich niemals. Es kamen immer so viele Gedanken zu ihm zum Besuch, und diese Gedanken sah es auch alle und sprach mit ihnen, als ob sie leibhaftig vor ihm stünden. Es war eine Sprache ohne Worte, und diese Sprache kennen alle, zu denen die Gedanken zum Besuch kommen.

Die Gedanken, die zu dem kleinen Mädchen kamen, waren alle sehr verschieden, und sie waren auch ganz verschieden angezogen, wenn man das von einem Gedanken überhaupt sagen kann. Es waren traurige darunter in grauen Kleidern, frohe in rosafarbenen mit goldenen Sternen darauf, rote und lustige, die Fratzen machten, und blaue, die von Märchenländern erzählten und deren Augen immer irgendwo hinaus in eine weite Ferne sahen. Es muß sehr still um einen herum sein, wenn so viele Gedanken zu einem zum Besuch kommen. Darum ging das kleine Mädchen am liebsten ganz allein auf den Dorffriedhof und setzte sich zwischen alle die Gräber unter den hohen Bäumen. Das kleine Mädchen kannte alle die Gräber mit Namen, und es war wirklich merkwürdig zu beobachten, welche Gedanken an den verschiedenen Gräbern zum Besuch kamen und an welchen Gräbern die Gedanken fortblieben. Es war, als ob es ihnen da nicht recht gefiele. Lehrreich und unterhaltend war es auch, was die Gedanken an dem einen oder anderen Grabe sagten, wenn sie zum Besuch kamen. Was sie sagten, war nicht immer schmeichelhaft für die Toten in den Gräbern, aber das kleine Mädchen konnte daraus sehen, an welchen Gräbern man am besten sitzen und sich mit seinen Gedanken unterhalten konnte.

Als nun das kleine Mädchen wieder einmal auf dem Friedhof saß und sich von seinen bunten Gedanken besuchen ließ, da kam eine Gestalt im schwarzen Gewande durch alle die Grabhügel geschritten und ging gerade auf das kleine Mädchen zu.

«Bist du auch ein Gedanke?» fragte das kleine Mädchen. «Aber du bist so sehr viel größer als die Gedanken, die mich sonst besuchen, und du bist so schön, wie keiner von meinen vielen Gedanken jemals war.»

Die schöne Gestalt im schwarzen Gewand setzte sich neben das kleine Mädchen.

«Du fragst ein bißchen viel auf einmal. Ich bin wohl ein Gedanke und doch wieder auch etwas mehr. Es ist für mich gar nicht so leicht, dir das zu erklären. Sonst täte ich es gewiß gerne.»

«Bemühe dich nicht meinetwegen», sagte das kleine Mädchen, «ich brauche dich gar nicht zu verstehen, es ist auch sehr schön, dich bloß anzusehen. Aber ich möchte gerne wissen, wie du heißt. Meine Gedanken sagen mir immer alle, wie sie heißen, und das ist sehr lustig.»

«Ich bin der Tod», sagte die schöne Gestalt und sah das kleine Mädchen sehr freundlich an. Man mußte Vertrauen zum Tod haben, wenn man ihm in die Augen sah, denn es waren schöne und gute Augen, die der Tod hatte. Solche Augen hatte das kleine Mädchen noch nicht gesehen.

Das kleine Mädchen erschrak auch gar nicht. Es war nur sehr erstaunt und überrascht, und fast freute es sich, daß es so ruhig neben dem Tod sitzen konnte.

«Weißt du», sagte es, «es ist so komisch, daß alle Menschen Angst haben, wenn sie von dir sprechen, wo du so nett bist. Ich möchte gerne mit dir spielen. Es spielt sonst niemand mit mir.»

Da spielte der Tod mit dem kleinen Mädchen – wie zwei Kinder miteinander spielen, mitten unter den Gräbern auf dem Friedhof.

«Wir wollen Himmel und Erde bauen», sagte das kleine Mädchen, «hoffentlich verstehst du es auch. Wir machen den Himmel aus den hellen Kieseln und die Erde aus den dunklen. Du mußt aber fleißig Steine suchen.»

Der Tod suchte kleine Steine zusammen, und er gab sich viele Mühe, um das kleine Mädchen zufriedenzustellen.

«Jetzt haben wir genug», sagte das kleine Mädchen, «ich finde, daß du sehr schön spielen kannst. Willst du nun den Himmel bauen und ich die Erde oder umgekehrt? Mir ist es einerlei. Du kannst dir aussuchen, was dir mehr Spaß macht. Ich erlaube es dir.»

«Ich danke dir sehr», sagte der Tod, «aber siehst du, ich bin kein Kind mehr und verstehe nicht mehr so zu bauen, wie man das als Kind versteht. Du bist ja noch ein Kind, und ich denke, du baust dir deinen Himmel und deine Erde selber. Aber ich will dir bei beidem helfen.»

«Das ist nett von dir», sagte das kleine Mädchen und baute sich seinen Himmel und seine Erde aus den bunten Kieselsteinen. Der Tod sah zu und half dem kleinen Mädchen dabei.

«Jetzt paß auf», sagte das kleine Mädchen, «hier ist der Himmel, und drin wohnt der liebe Gott, und hier ist die Erde, und da wohne ich. Nun mußt du auch noch eine Wohnung haben. Aber ich weiß ja noch gar nicht, wo du wohnst?»

«Ich wohne zwischen Himmel und Erde», sagte der Tod, «denn ich muß ja die Menschenseelen von der Erde zum Himmel führen.»

«Richtig», sagte das kleine Mädchen, «dann kriegst du eine Wohnung aus hellen und dunklen Steinen zusammen. Es soll eine feine Wohnung werden, du wirst schon sehen.»

Der Tod freute sich und sah zu, wie das kleine Mädchen ihm seine Wohnung baute.

«Höre mal», sagte das kleine Mädchen, «du hast doch eben gesagt, daß du die Menschenseelen von der Erde zum Himmel führst. Erzähle mir mal ein bißchen davon, wie du das machst – und warum müssen wir überhaupt sterben? Kann man denn nicht einfach in den Himmel rüberlaufen?»

Als das kleine Mädchen das fragte, läuteten die Glocken Feierabend.

«Hörst du die Glocken läuten?» sagte der Tod. «Siehst du, mit den Menschenseelen ist das ganz ähnlich wie mit den Glocken. Jede Menschenseele ist eine Glocke, und du hörst sie läuten, wenn du ordentlich aufpaßt, in frohen und in traurigen Stunden. Bei manchen läutet sie nur noch ganz schwach, und das ist dann wirklich sehr schlimm. Wenn ich nun zu einem Menschen komme, dann läutet seine Glockenseele Feierabend – ich hänge die Glocke dann in den Himmel, und dort läutet sie weiter.»

«Läuten sie denn da alle durcheinander?» fragte das kleine Mädchen, «das muß gar nicht schön klingen, denn jede läutet doch sicher ganz anders. Es ist gewiß nicht angenehm für den lieben Gott, sich das immer anhören zu müssen.»

«Das ist schon wahr», sagte der Tod, «aber siehst du, die Glokkenseelen kommen so oft auf die Erde zurück und werden so lange umgegossen, bis sie alle ihr eigenes richtiges Geläute haben und alle zusammenklingen. So lange aber muß ich die Menschen von der Erde zum Himmel tragen.»

«Das tut mir sehr leid für dich», sagte das kleine Mädchen, «es ist gewiß eine sehr mühsame Arbeit. Aber paß nur auf, es wird schon mal besser werden, und dann hast du gar nichts mehr zu tun, und wir beide spielen immer so nett zusammen wie heute.» Der Tod nickte, und seine Augen sahen in eine sehr, sehr weite Ferne.

«Deine Wohnung ist jetzt fertig», sagte das kleine Mädchen, «ist sie nicht sehr hübsch geworden?»

«Sie ist sehr hübsch», sagte der Tod, «ich danke dir auch. Aber es ist spät, und du mußt jetzt nach Hause gehen. Es war schön, mit dir zu spielen.»

Und der Tod reichte dem kleinen Mädchen die Hand.

«Guten Abend», sagte das kleine Mädchen und knickste, «kommst du nicht auch einmal mich besuchen? Ich bin so viel allein.»

«Ja», sagte der Tod freundlich, «ich werde dich sehr bald besuchen, weil du so allein bist.»

Bald darauf wurde das kleine Mädchen sehr krank, und die Leute meinten alle, daß es wohl sterben müsse. Die Leute waren traurig, denn es erschien ihnen immer traurig, wenn einer starb, und besonders, wenn es ein Kind war, das das Leben noch vor sich hatte, wie sie sagten. Aber es war ja ein sonderbares Kind, das die Großen nicht verstanden und mit dem die Kleinen nicht spielen mochten. Am Ende war es so auch besser.

Als die Glocken Feierabend läuteten, da trat der Tod zu dem kleinen Mädchen ins Zimmer.

«Das ist nett von dir, daß du mich besuchen kommst», sagte das kleine Mädchen.

«Es ist Feierabend», sagte der Tod und setzte sich zu dem kleinen Mädchen aufs Bett.

«Ach ja», sagte das kleine Mädchen, «davon hast du mir damals so schön erzählt, als wir zusammen Himmel und Erde bauten. Dann kommst du gewiß, um meine Glockenseele zu holen. Hoffentlich klingt sie aber auch hübsch, so daß sich der liebe Gott nicht ärgert.»

«Sie sehnen sich im Himmel nach einer reinen Glocke», sagte der Tod, «darum haben sie mich gebeten, zu dir zu kommen.»

«Muß ich dann sterben?» fragte das kleine Mädchen.

«Das brauchst du gar nicht so zu nennen», sagte der Tod, «siehst du, es ist ganz einfach: An deiner Tür stehen zwei Engel, und die führen dich dann zum lieben Gott in den Himmel.»

«Ich kann aber die Engel nicht sehen», sagte das kleine Mädchen.

«Ich werde dich mal auf den Arm nehmen», sagte der Tod, «dann wirst du die Engel gleich sehen.»

Da nahm der Tod das kleine Mädchen auf die Arme, und als er es auf die Arme genommen hatte, da sah es zwei strahlende Engel in weißen Kleidern mit schimmernden Flügeln, und die Flügel führten es zum lieben Gott in den Himmel. Die Glockenseele des kleinen Mädchens aber läutete, und es war lange her, daß eine so reine Glocke oben ihren Feierabend geläutet hatte.

Im Himmel war es sehr schön, und da war das kleine Mädchen kein sonderbares Kind mehr, denn die großen Engel verstanden es, und die kleinen spielten mit ihm. Auch der liebe Gott war sehr zufrieden und freute sich, daß er eine so reine Glocke bekommen hatte. Das kleine Mädchen fand es nur sehr traurig, daß der Tod unten auf der Erde bleiben mußte. Es sah ihn auf dem Friedhof stehen, wenn es mal herunterguckte, und dann nickte es ihm zu.

«Kannst du hören, wenn ich von oben runterrufe?» fragte das kleine Mädchen.

«Ja», sagte der Tod, «du brauchst auch nicht so laut zu rufen, denn für mich sind Himmel und Erde so nahe beieinander, wie wir sie einmal zusammen aus Kieselsteinen gebaut haben.»

«Das freut mich», sagte das kleine Mädchen, «es ist bloß sehr schade, daß ich nicht mehr mit dir spielen kann. Jetzt spielt niemand mehr mit dir. Sei bloß nicht zu traurig drüber. Hörst du?»

«Es war schön, daß du mit mir gespielt hast», sagte der Tod, «und wenn ich einmal traurig werde, dann höre ich oben deine Glockenseele läuten und freue mich darüber, daß einmal ein Kind mit mir gespielt hat.»

«Ja, tue das», sagte das kleine Mädchen, «und ich will dir auch etwas Wunderhübsches sagen, was mir die großen Engel erzählt haben. Die großen Engel sagen, daß einmal eine Zeit kommen wird, wo alle Glockenseelen zusammenklingen und alle Menschen mit dem Tod wie die Kinder spielen werden.»

Puppenspiel

Es war eine sehr dunkle Nacht, als die alte Frau in ihrer Kammer im Bett lag und die Stunden zählte. Solche dunklen Nächte sind schlimm für die Menschen, die alt und einsam und müde geworden sind. Das bunte Leben ist eingeschlafen, und nur die Stunden schlagen aus weiter Ferne. Eine dieser Stunden wird wohl bald meine letzte sein, dachte die alte Frau, denn ich bin sehr einsam und sehr müde. Das bunte Leben ist eingeschlafen, und ich möchte das auch tun. Es ist an der Zeit.

Aber die alte Frau konnte nicht einschlafen. Um sie herum standen lauter große, dunkle Puppen. Das waren die Gedanken aus einem ganzen vergangenen Leben. Gleich wirren Schattengestalten strichen sie im Zimmer umher und drängten sich um die alte Frau, einer nach dem anderen – Sorge und Kummer, Irrtum und Schuld auf den blassen Gesichtern. Es waren nur wenige freundliche Puppen darunter, und die wurden von den anderen beiseitegeschoben. Denn die dunklen Puppen waren stärker und waren entsetzlich lebendig, als hätten sie viele tausend Stunden des Daseins in einer einzigen Fieberstunde gestaltet, in einer einsamen Kammer und in einer dunklen Nacht, zu einem Puppenspiel des Grauens.

Und jetzt klang ein schriller Geigenton durchs Zimmer, eine neue Gestalt löste sich aus der Ecke am Ofen, ein dürrer, grauer Geiger trat heraus und spielte den Puppen zum Tanze auf. Die Puppen faßten sich bei den Händen und begannen zu tanzen, sie drehten sich immer wilder und wilder um die alte Frau, daß es ihr schwindlig und angst wurde und sie die Hände faltete, als wolle sie um Erlösung bitten aus dieser schrecklichen Gesellschaft der Einsamen. Der dürre, graue Geiger aber geigte weiter, und die dunklen Puppen drehten sich schneller und immer schneller mit irren Bewegungen – das Puppenspiel des Lebens ist ein verworrenes Spiel, und jedem geigt es der graue Geiger einmal in einer dunklen Nacht, in einer einsamen Kammer.

Mit einemmal aber schien es der alten Frau, als wichen die wirren Schatten zurück. Ein Lichtschein fiel aus dem Dunkel auf ihr Bett, und mitten im Lichtschein saßen drei andere Puppen, so hell wie das Licht, das sie umgab. Das waren die Puppen aus ihrer Kinderzeit, ein Harlekin, ein General und ein sehr schönes Mädchen, das mit den Augen klappen konnte. Die sahen anders aus als die dunklen Puppengestalten aus dem verworrenen Puppenspiel des Lebens, die so schattenhaft und schrecklich nach der Geige des grauen Geigers tanzten, und auf den alten, bekannten Gesichtern stand nichts von Sorge und Kummer und nichts von Irrtum und Schuld.

«Guten Abend, kleine Eva», sagte der Harlekin.

Das war viele, viele Jahre her, daß jemand zu der alten Frau «kleine Eva» gesagt hatte.

Die Geige des grauen Geigers verstummte, der Lichtschein um die Puppen der Kinderzeit wurde immer größer und größer, und der alten Frau schien es, als wäre mitten in dunkler Nacht und unter dunklen Schatten der Friede zu ihr gekommen, der Friede, der einmal war vor vielen, vielen Jahren – im Lichtschein und mit drei Puppen.

«Guten Abend, kleine Eva», sagte die Puppe, die mit den Augen klappen konnte, und lachte.

«Guten Abend, kleine Eva», sagte auch der General und salutierte mit dem Säbel, der aus Pappe war.

Die alte Frau strich zärtlich mit den mageren Händen über das seidene Kleid ihrer Puppe, über den bunten Rock des Harlekins und die Uniform des Generals. Wahrhaftig, das waren sie, und sie waren wirklich wieder da, genauso, wie sie einmal dagewesen waren, vor vielen, vielen Jahren ...

«Es ist so schön, daß ihr gekommen seid», sagte die alte Frau, «ich bin alt und einsam geworden, und ich hatte solche Angst vor den schrecklichen Puppen, die nach der Geige des grauen Geigers tanzten. Da sehnte ich mich so sehr nach jemand, der mir helfen könnte, aber an euch habe ich gar nicht gedacht.»

«Du bist jetzt nicht mehr alt, kleine Eva», meinte der Harlekin und klingelte mit den Schellen.

«Du bist ja noch viel schöner als ich, kleine Eva», sagte die Puppe, die mit den Augen klappen konnte.

«Du brauchst dich auch nicht zu ängstigen, kleine Eva», sagte der General, «zu dir gehören überhaupt keine anderen Puppen mehr als wir drei. Die anderen werde ich schon verjagen.»

Der General zog den Säbel aus Pappe. «Ich lasse jetzt Kanonen auffahren und schießen – Bumm!» sagte er.

Kaum hatte der General «Bumm!» gesagt und den Säbel aus Pappe gezogen, da verschwanden alle die dunklen Schatten von Sorge und Kummer, Irrtum und Schuld, samt dem grauen Geiger und dem ganzen verworrenen Puppenspiel des Lebens. In der Kammer war es ganz hell geworden, und ein leise singender Ton war darin, wie ein lange vergessenes Kinderlied.

Der alten Frau aber schien es, als wären der Harlekin, die Puppe, die mit den Augen klappen konnte, und der General plötzlich sehr groß geworden und als sei sie selber wieder so klein wie ein kleines Kind.

«Siehst du, daß du nicht alt geworden bist», meinte der Harlekin, «du bist ja ein kleines Mädchen.»

«Besieh dich doch einmal im Spiegel aus der Puppenstube, da ist er», sagte die Puppe, die mit den Augen klappen konnte.

Da guckte die alte Frau in den Puppenspiegel und sah, daß sie wieder ein kleines Mädchen war, mit hängenden Zöpfen und kurzem Kleid.

«Das verworrene Puppenspiel des Lebens ist aus», rief der General, «ich habe es davongejagt. Bumm!»

Und er schwang seinen Säbel aus Pappe.

«Das ist doch so lange her, daß ich euch in die Schublade gelegt habe», sagte die alte Frau, die wieder ein kleines Mädchen geworden war, «es ist nicht recht von mir, daß ich euch so vergessen habe.»

«Die Menschen sollten mehr an ihr Puppenspiel aus der Kinderzeit denken», sagte der Harlekin, «dann wäre das Puppenspiel des Lebens nicht so traurig und nicht so verworren. Aber wir vergessen die Menschen nicht, die mit uns gespielt haben.»

«Nein», schrie der General, «wir kommen sie holen, wenn sie wieder Kinder werden sollen. Hurra! Bumm!»

«Wo seid ihr bloß so lange gewesen?» fragte die alte Frau.

«Natürlich nicht in der Schublade», sagte die Puppe, die mit den Augen klappen konnte, «wir sind gleich in den Himmel gegangen, denn es fällt uns nicht ein, auf der Erde zu bleiben, wenn ihr keine Kinder mehr seid.»

«Wo ist denn der Himmel? Ist er sehr weit?» fragte die alte Frau.

«Der Himmel ist im Nebenzimmer, kleine Eva», sagte der Harlekin freundlich, «der Himmel ist nämlich immer im Nebenzimmer, ganz nahe bei euch. Bloß merkt ihr nichts davon, weil ihr nicht daran denkt.»

«Und da seid ihr gleich ins Nebenzimmer, in den Himmel gegangen? Ist das denn so leicht? Ich kann mir das gar nicht so vorstellen.»

«Natürlich», sagte der General, «ich habe einfach meinen Säbel aus Pappe gezogen und meine Kanonen auffahren lassen. Da gingen die Türen des Himmels auf. Bumm!»

«Der General hat immer noch einen etwas großen Mund», sagte die Puppe, «das bringt sein Beruf so mit sich. Mit dem Himmel aber war es doch anders. Wir haben erst bloß ein bißchen die Türe aufgemacht und zum Spalt hineingeguckt. Da stand ein Engel und sah uns alle der Reihe nach an. Den Harlekin hat er dann gleich hereingelassen. Er sagte, das wäre einer von denen, die einfältig sind und denen immer das Herz schlägt beim Lachen und beim Weinen. Im Himmel wußten sie auch, daß der Harlekin, trotz all seiner Faxen, sehr hilfreich gewesen war und daß er mir meine verlorene Schleife aufgesucht und dem General herausgeholfen hat, als er einmal in die Waschschüssel gefallen war. Du kannst dich doch noch darauf besinnen, kleine Eva, wie der General in die Waschschüssel fiel und seine Beine schon ganz aufgeweicht waren?»

Der General liebte es nicht, an diese Geschichte erinnert zu werden.

«Bumm!» schrie er und fuchtelte mit dem Säbel aus Pappe.

«Nach dem Harlekin ist dann auch der General in den Himmel gekommen», fuhr die Puppe, die mit den Augen klappen konnte, fort, «aber der Engel hat ihm zuerst ein Pflaster auf seinen großen Mund geklebt, und seitdem ist der Mund wirklich schon etwas kleiner geworden.»

«Und wie ist es dir ergangen?» fragte die alte Frau.

Die Puppe klappte die Augendeckel herunter.

«Mich haben sie im Himmel schon ein bißchen stark ausgefragt», sagte sie, «ich hatte zuviel Süßigkeiten gegessen und hatte auch etwas zuviel mit den Augen geklappt. Ich versuchte zuerst zu schwindeln, aber das hat keinen Witz. Die im Himmel sind gar nicht so dumm und wissen alles. ‹Warum fragt ihr denn, wenn ihr das alles schon wißt?› habe ich gesagt, und da lachten sie und haben mich dagelassen.»

«Und wie wird es einmal mit mir sein?» fragte die alte Frau, und ihr war bange geworden, denn sie war ja nun wieder ein kleines Mädchen, und es kam ihr doch schwierig vor, im Himmel so einigermaßen zu bestehen.

«Es kommen nicht alle so schnell in den Himmel», sagte der Harlekin, «die meisten irren noch lange durch sehr viele Räume, bis sie begreifen, wie nahe ihnen der Himmel war. Aber dir wird es gehen wie uns allen dreien zusammen, denn du hast mit uns gespielt und hast von uns allen dreien etwas. Du hast zuviel Süßigkeiten gegessen und hast dazwischen ein bißchen zu sehr mit den Augen geklappt. Du hast auch manchmal Kanonen auffahren lassen und ‹Bumm!› gesagt. So werden sie dich schon gehörig ausfragen, und ein Pflaster auf den Mund wirst du auch kriegen, nur nicht ein ganz so großes wie der General. Faxen hast du auch gemacht wie ich, aber dein Herz hat immer geschlagen beim Lachen und beim Weinen, und dann bist du ja auch wieder ein Kind geworden. Die Kinder aber weist man nicht aus dem Himmel hinaus.»

Da taten sich die Türen des Nebenzimmers auf, und ein kleines Mädchen ging mitten in den Glanz des Himmels hinein, mit den drei Puppen aus seiner Kinderzeit.

Leise fielen die Türen hinter ihnen wieder zu, und der Tod schloß einer alten Frau die Augen.

Das verworrene Puppenspiel des Lebens mit Sorge und Kummer, mit Irrtum und Schuld war zu Ende.

Ein neues Puppenspiel begann, ganz nahe davon, im Nebenzimmer – im Himmel und im Kinderland.

Herr Minutius im Gehäus

In einem fernen, tiefen Tale, zwischen blauen Bergen, liegt das kleine Städtchen Dackelhausen. Dackelhausen hat niedrige, niedliche Häuser mit roten Dächern und grünen Fensterläden und mit blanken Messinggriffen an den Türen. Um die zierlich geschweiften Portale klettert wildes Weinlaub, in den Gärten davor blühen Nelken, Jasmin und Heckenrosen, verschlafene Hunde sonnen sich auf den Gassen, und schnurrende Katzen sitzen auf den Bänken und putzen sich sorgsam mit der Pfote. Auf dem Brunnen vor dem Rathaus stehen drei Steinfiguren mit verdrießlichen Gesichtern, halb Mensch und halb Fisch, was sich sehr hübsch ausnimmt, und spucken Wasser aus ihren breiten Mäulern, tagein, tagaus.

Es ist alles geruhsam und still in Dackelhausen, so still und geruhsam, daß man es in allen Gassen und Winkeln hört, wie die fischartigen Herren auf dem Rathausbrunnen vor sich hingurgeln. Freilich sind die Gassen von Dackelhausen auch nur wenige hundert Schritt lang. Dann besinnen sie sich und hören lieber auf. Zwischen dem Pflaster, das aus runden, dicken Steinen besteht, die wie Napfkuchen aussehen, wächst freundlich grünes Gras, und nur selten geschieht es einmal, daß ein Wagen wackelnd darüber hinwegfährt.

Ein ganz großes Ereignis aber ist es, wenn die Hofequipage Seiner Durchlaucht mit großem Getöse heranwalzt und Serenissimus und dero Mops darin sitzen und huldvoll nach allen Seiten grüßen. Dann stehen die Einwohner von Dackelhausen noch stundenlang auf demselben Fleck und können den Mund nicht schließen vor lauter Erstaunen. Das aber ist ein historisches Begebnis, und solch aufregende Aktionen werden nur zu besonderen Gelegenheiten der Welt geschenkt.

Für den Alltag war Dackelhausen geruhsam, und ebenso geruhsam waren seine Bürger und noch dazu von einer überaus hochentwickelten Pünktlichkeit. Ein jeder tat, was er tat, nach dem Schlage der Turmuhr, und wenn auch ein jeder so wenig als möglich tat, dieses wenige tat er pünktlich. Der Bäcker nahm seine Brezeln nicht eher aus dem Ofen, bis eine bestimmte Stunde geschlagen hatte, und wenn ihm die Kringel auch völlig dabei verbrannten, der Apotheker drehte keine einzige Pille, wenn nicht genau die Zeit der besagten Pillen gekommen war, und wenn jemand auch ein noch so erbostes Bauchgrimmen hatte – ja, man sagte sogar, daß die kleinen Kinder von Dackelhausen nur zu den hierfür amtlich vorgesehenen Monaten und Tagen geboren würden, so daß sie, vielleicht einem Gesetz der hohen astrologischen Kunst zufolge, sich alle so ähnlich würden wie ein Dackel dem andern. Sotane Pünktlichkeit zu erzielen, ist nur möglich bei einer über alle Maßen pünktlichen Obrigkeit, und eine solche hatte Dackelhausen. Denn der Ober- und Unterbürgermeister von Dackelhausen, welche zwei Ämter er in einer einzigen, sehr umfangreichen Person bekleidete, besaß eine ganz ungeheuerliche Pünktlichkeit, und außer dieser Pünktlichkeit hatte er einen Hut mit bunten Federn und einen sehr großen Säbel. Mit diesen drei Dingen regierte er, und jeden Abend sagte er zu seinen Bürgern, natürlich pünktlich und zu einer bestimmten Stunde: «Niemand unterstehe sich, vor sieben Uhr morgens zu frühstükken, denn erst um sieben Uhr frühstücken Serenissimus und dero Mops und speisen Kringel mit Kaffee. Und jedermann gehe pünktlich um zehn Uhr abends schlafen, denn um zehn Uhr abends geruhen Serenissimus und dero Mops zu entschlummern.»

Wenn er solches gesagt hatte, ging er aufs Rathaus, hängte seinen Säbel an den Bettpfosten und schlief ein. Das Regieren macht müde und ist keine einfache Sache.

Dann schliefen alle Bürger von Dackelhausen pünktlich und fest, alle Männer, Frauen und Kinder, sogar die Hunde und Katzen, die doch sonst gerne des Nachts ein wenig im Mondschein spazierengehen. Aber auch sie waren in Dackelhausen geboren und konnten sich dieser allgemeinen Pünktlichkeit nicht entziehen. Von den Ratten und Mäusen ist solches leider mit Sicherheit nicht zu eruieren gewesen. Auch der Nachtwächter von Dackelhausen schlief sogleich ein, nachdem er die zehnte Glocke ausgerufen hatte. Nie hätte er es über sich gewinnen können, zu wachen um eine Stunde, da Serenissimus und dero Mops und ganz Dackelhausen samt seinem Ober- und Unterbürgermeister in besseren Welten weilten.

So waren die Nächte von Dackelhausen stille, geruhsame Nächte. Nur die fischartigen Herren auf dem Rathausbrunnen gurgelten leise und emsig, und die Uhr auf dem Kirchturm schlug pünktlich ihre Stunden. Die Kirche von Dackelhausen sah ganz ähnlich aus wie die Häuser, wie sich das gehörte in einem Ort, wo alles schön gleichmäßig war und man sich so verwandt war wie ein Dackel dem andern. Auch sie hatte ein rotes Dach, blanke Messinggriffe an den Türen und wildes Weinlaub über dem geschweiften Portal. Nur war alles ein wenig größer und vornehmer, wie sich das für eine Person in gehobener Stellung geziemt, und ihr schlanker Turm trug eine Mütze von grün gewordenem Kupfer.

Im Turm aber, auf halber Höhe, befand sich die Turmuhr mit all den vielen Rädern und Kolben und mit ihrem kunstvollen Schlagwerk. Man kann sich denken, daß die Turmuhr in dieser pünktlichen Stadt eine ganz besonders pünktliche Uhr war, wo ja doch alle nach ihrem Glockenschlag frühstückten, so wenig und so pünktlich als möglich taten und wieder schlafen gingen. So kündete sie gewissenhaft Stunde um Stunde, und bei jedem Stundenschlage öffnete sich eine kleine Türe, ein sehr dicker kupferner Vogel, der einem überfütterten Hahne flüchtig ähnlich sah, trat gravitätisch heraus und schrie «piep». Wenn er «piep» geschrien hatte, zog er sich wieder zurück und knallte die Türe hinter sich zu. Und unter keinen Umständen erschien er wieder vor Ablauf einer Stunde.

Mitten im Uhrwerk aber, zwischen den vielen Rädern und Kolben und dem dicken Vogel, der «piep» schrie, wohnte Herr Minutius im Gehäus.

O ehrbare und hochachtbare Zunft der Uhrmacher, nimm es nicht für ungut, wenn ich dir bei aller Wertschätzung deines Wissens und deiner Kunstfertigkeit sagen muß, daß nicht du es bist, welche die Uhren gehen läßt; sondern solches tut, trotz deinem Richten der Zeiger und deinem löblichen Aufziehen der Federn, ganz allein nur Herr Minutius im Gehäus. Denn in jedem Uhrwerk lebt ein Uhrengeistchen, ein größeres in den großen, ein kleineres in den kleinen. Sie alle sehen ungefähr so aus wie Herr Minutius im Gehäus, denn es ist immer dieselbe Familie.

Herr Minutius im Gehäus war dünn, grau und erschrecklich beweglich und lief auf weichen Filzpantoffeln unaufhörlich im Uhrwerk auf und ab, guckte nach den Rädern, Kolben und Federn, schob, feilte, glättete, putzte, rumorte, regulierte, murmelte, seufzte, schimpfte, lobte, tadelte und zählte ununterbrochen die Minuten und Sekunden. Er war eigentlich nur eine leibhaftige Unruhe in Filzpantoffeln, und die geringste Hemmung oder Störung verursachte ihm Beklemmungen. Also war Herr Minutius im Gehäus beschaffen, und so ist seine ganze zahlreiche Familie, mit nur geringen Unterschieden.

Hoch im Gipfel des Turmes aber, über dem kunstreichen Uhrwerk und über Herrn Minutius im Gehäus, lebte beschaulich eine sehr achtbare Eulenfamilie.

Nun begab es sich einmal in einer schönen Sommernacht, die ein wenig schwül und drückend war, daß die alte Eule Migräne hatte. Alte Eulen haben des öfteren Migräne. Es ist dies eine peinvolle, aber sehr vornehme Krankheit. Nur Leute von Stande, wie die Eulenfamilie, können sich das leisten. Es traf sich nun insofern gut, als es Nacht war und ganz Dackelhausen in tiefem Schlummer ruhte und nur die fischartigen Herren auf dem Rathausbrunnen leise vor sich hingurgelten und -spuckten. Das war ein ferner und gleichmäßiger Laut und keineswegs unangenehm für die Migräne der Eule. Sehr ekelhaft aber war ihr der Gang des Uhrwerks im Turme und vor allem das abscheuliche Schlagen der Stunden mit dem Piepvogel, der schrie und die Türe hinter sich zuknallte.

Der Eulenvater tröstete seine leidende Gattin und machte ihr Kompressen, die er im nahen Bache vor der Kirche sorgsam anfeuchtete und ständig wechselte.

«Migräne ist vornehm, meine Liebe», sagte er, «Serenissimus und dero Mops haben auch Migräne.»

«Ich weiß, daß es vornehm ist», sagte die Eule, «aber es ist nicht vornehm, in einem Uhrwerk auf und ab zu rennen, jede Stunde geräuschvoll zu läuten, ‹piep› zu schreien und mit der Türe zu knallen. Ich kann das nicht mehr aushalten, oh!» Und sie stützte indigniert den Kopf in die Kralle.

Der Eulenvater verschwand eiligst mit einer Kompresse, um sie im Bach zu erneuern.

«Mausemarie», sagte die Eule zu ihrer jüngeren Tochter, die zuletzt aus dem Ei gekrochen war, «fliege doch hinunter zu Herrn Minutius im Gehäus, sage, ich hätte Migräne und ließe bitten, das Stundenschlagen für diese Nacht zu unterlassen. Sage, Migräne sei eine peinvolle Krankheit.»

Die junge Eule flog nach unten, setzte sich an das Fenster vor der Turmuhr und sagte: «Mama bittet, das Stundenschlagen für diese Nacht zu unterlassen. Mama hat Migräne.»

Herr Minutius im Gehäus knurrte vor Ärger.

«Ich würde Beklemmungen haben, wenn ich einmal unpünktlich wäre», sagte er, «und bloß wegen Migräne!? Ich bin pünktlich, wir sind hier in Dackelhausen, meine Liebe.»

«Mama läßt sagen, Migräne sei eine peinvolle Krankheit», sagte Mausemarie.

Herr Minutius im Gehäus aber lachte boshaft und bereitete emsig alles vor, um die zwölfte Stunde schlagen zu lassen. Er redete der Glocke zu, ein rechtes Gebrumme und Getöse zu machen, und riet dem Vogel, so laut, als er eben könne, «piep» zu schreien und mit der Türe zu knallen.

«Mama», sagte Mausemarie, «Herr Minutius im Gehäus hat gesagt, er würde Beklemmungen haben, wenn er unpünktlich wäre, und bloß wegen Migräne.»

«Bloß wegen Migräne, hat er gesagt? Das ist eine Rücksichtslosigkeit!» rief die alte Eule und wandte sich zu ihrer älteren Tochter, die zuerst aus dem Ei gekrochen war. «Krallenklara», sagte sie, «fliege hinunter zu Herrn Minutius im Gehäus und sage ihm, ich hätte Migräne und ich ersuchte ihn dringend, das Stundenschlagen für diese Nacht zu unterlassen. Sage nicht, ich ließe bitten, sage, ich ließe ersuchen, und sage, Migräne sei eine sehr vornehme Krankheit.»

Die junge Eule flog nach unten, setzte sich an das Fenster vor der Turmuhr und sagte: «Mama ersucht Sie, das Stundenschlagen für diese Nacht zu unterlassen. Mama hat Migräne.»

Herr Minutius im Gehäus fauchte und spuckte vor Wut.

«Fällt mir nicht ein!» schrie er. «Ich bin pünktlich, wir sind hier in Dackelhausen, meine Beste.»

«Mama sagt, Migräne sei eine sehr vornehme Krankheit», sagte Krallenklara.

«Eulenbrut!» keifte Herr Minutius im Gehäus, setzte die Räder in Bewegung, und die Uhr schlug zwölf dumpfe und dröhnende Glockenschläge. Der dicke Vogel sprang heraus, schrie «piep» zu jedem Glockenschlag und knallte die Türe hinter sich zu.

«Mama», sagte Krallenklara, «Herr Minutius im Gehäus hat ‹Eulenbrut› zu uns gesagt.»

«Entsetzlich!» sagte die alte Eule und litt peinvoll unter den Stundenschlägen, dem Schreien des Piepvogels und dem Türenknallen. «Entsetzlich – wie ordinär!»

Der Eulenvater hatte gerade eine neue Kompresse herangeschleppt und hatte das alles mit angehört. Seine Federn sträubten sich, und er sah drohend und bedenklich aus. Mit großen, gleitenden Schwingen senkte er sich hinab, ergriff Herrn Minutius im Gehäus beim Kragen und setzte ihn unsanft unten vor die Kirchentüre.

«Bloß Migräne – haben Sie gesagt!? Eulenbrut – haben Sie gesagt!?» kreischte er, zog Herrn Minutius im Gehäus die Filzpantoffeln aus und schlug sie ihm mehrfach um die Ohren.

Dann flog er wieder nach oben, um neue Kompressen zu machen. Herr Minutius im Gehäus aber blieb hilflos unten vor der Kirchentür liegen, und das kunstvolle Uhrwerk im Turme stand still.

Der Morgen kam, und die Sonne weckte Dackelhausen. Die Hunde gähnten, und die Katzen putzten sich.

«Ist es nicht Zeit, zu frühstücken und Brezeln zu backen?» fragte der Bäcker seine Frau.

«Es hat noch nicht sieben geschlagen», sagte sie.

«Dann ist es Nacht», meinte der Bäcker und schlief wieder ein.

«Ist es nicht Zeit, zu frühstücken und die erste Pille zu drehen?» fragte der Apotheker seinen Lehrling.

«Es hat noch nicht sieben geschlagen», sagte er.

«Dann ist es Nacht», meinte der Apotheker und schlief wieder ein.

Und so machten es alle Leute in Dackelhausen.

Aber allmählich wurden sie immer wacher, der Magen begann ihnen gewaltig zu knurren, und sie sehnten sich nach Kaffee und Kringeln.

Da zogen sie alle zusammen vors Rathaus und riefen den Ober- und Unterbürgermeister heraus. Der Ober- und Unterbürgermeister erschien im Schlafrock, mit dem Hut von bunten Federn auf dem Kopf und mit seinem großen Säbel.

«Was wollt ihr?» fragte er und rasselte mit dem Säbel.

«Wir wollen Kaffee trinken und Kringel essen», sagten die Bürger von Dackelhausen, «wir sind hungrig, und es scheint uns submisset, als ob es schon hell geworden wäre. Aber die Uhr hat noch nicht sieben geschlagen, die Uhr zeigt noch auf zwölf.»

«Dann ist es Nacht! Marsch in die Betten!» rief der Ober- und Unterbürgermeister, «Serenissimus und dero Mops frühstücken erst um sieben Uhr. Wie dürft ihr euch erfrechen, jetzt Appetit zu haben?»

Das sahen die Bürger von Dackelhausen ohne weiteres ein. Sie beschlossen, nicht mehr hungrig zu sein, und standen friedlich beisammen, einig und so ähnlich unter sich wie ein Dackel dem andern.

Der Ober- und Unterbürgermeister aber hatte verschwiegen, daß er selbst schon in der Speisekammer gewesen war, sich ein großes Stück Käse mit dem Säbel abgeschnitten und es zur Stärkung seiner Regierungsfähigkeiten verschluckt hatte.

«Aber die Sonne ist ja schon lange aufgegangen und es ist heller Tag!» rief ein Kind und lachte.

«Die Turmuhr ist einfach stehengeblieben!» rief ein anderes Kind und lachte auch.

Es ist schon öfters vorgekommen, daß eine hohe Obrigkeit samt allen ihren gehorsamen und pünktlichen Untertanen nichts von dem bemerkt und begriffen hat, was ein jedes Kind sehen kann.

Da marschierte der Ober- und Unterbürgermeister mit der ganzen Bürgerschaft von Dackelhausen zur Kirche, und der Uhrmacher stieg zum Turme hinauf, um die Uhr wieder in Ordnung zu bringen. Wie aber Herr Minutius im Gehäus den Uhrmacher erblickte, schlüpfte er ihm eiligst in die Tasche und ließ sich darin wieder auf den Turm hinauftragen. Und oben sprang er mit beiden Filzpantoffeln zugleich in das Uhrwerk hinein, und die Räder und Kolben bewegten sich wieder. Der Uhrmacher konnte keinen Fehler finden und wußte es sich nicht zu erklären, warum die Uhr stehengeblieben war. Es ist durchaus empfehlenswert, ja, sogar notwendig, daß die ehrsame und hochachtbare Zunft der Uhrmacher um das Geheimnis von Herrn Minutius im Gehäus wisse.

Um aber die Reputation der Ordnung und Pünktlichkeit von Dackelhausen zu wahren, ließ der Uhrmacher die Turmuhr, bevor er sie richtete, erst einmal sieben schlagen, auf daß man beruhigt frühstücken könne. So schlug die Glocke vom Turme sieben Stundenschläge, der dicke Vogel schrie «piep», und dann knallte er die Türe hinter sich zu.

Der Ober- und Unterbürgermeister rasselte mit dem Säbel, und alle Bürger schrien «Hurra!» und freuten sich, daß sie Kaffee trinken und Kringel essen durften. Es war ein großer Jubel und ein gewaltiger Lärm in der sonst so geruhsamen und pünktlichen Stadt, und es war nur ein Glück, daß die Migräne der alten Eule inzwischen durch die vielen Kompressen behoben war.

Dackelhausen liegt nicht nur in einem fernen, tiefen Tal und hinter blauen Bergen. Es liegt auch anderswo, vielleicht ganz nahe von hier – oder noch näher. Und es ist schon oft in der Weltgeschichte geschehen, daß ein großes, kunstvolles Räderwerk stillstand und daß eine hohe Obrigkeit samt allen gehorsamen und pünktlichen Untertanen der Meinung gewesen ist, es sei noch tiefe Nacht – und dabei war schon lange die Sonne aufgegangen.

Und das alles bloß, weil eine alte Eule Migräne gehabt hat.

Der verliebte Pfefferkuchen

Die vielen Pfefferkuchen, die zur Weihnacht in die Welt wandern, leben vorher alle in der Pfefferkuchenstadt im Märchenlande. Diese Stadt besteht aus lauter Pfefferkuchenhäusern, und in ihnen wohnen Pfefferkuchenmänner, Pfefferkuchenfrauen und Pfefferkuchenkinder, und dort werden sie auch alle geboren. Das heißt, sie werden eigentlich nicht geboren, sondern gebacken, und das ist immerhin ein kleiner Unterschied. Denn bei der Geburt waltet die Natur nach ihren weisen Gesetzen, und es entstehen kunstvolle und regelmäßige Gebilde, während das Backblech über keinerlei geheimnisvolle Kräfte verfügt, so daß auf ihm die sonderbarsten Geschöpfe zutage treten. Ein aufgequollener Magen, zerflossene Beine, verschrumpfte Arme und ähnliche Abnormitäten sind unvermeidlich und werden von den Pfefferkuchenleuten ergeben und freundlich als eine Schickung betrachtet, die ihrer Familie eigentümlich ist. Nur wird sehr achtsam darauf gesehen, daß die Augen aus süßen Mandeln hübsch im Kopfe sitzen und die Rosinen und Korinthen im Leibe gleichmäßig verteilt sind. Auch dürfen die kleinen Kinder nicht zu knusprig und nicht zu hell sein, nicht zu hart und nicht zu weich und müssen eine angenehme braune Farbe haben. Beiläufig bemerkt, sollen die Rosinen nicht in den Kopf geraten, denn das hat schon wiederholt, und nicht nur bei Pfefferkuchen, zu unerquicklichen Begebenheiten geführt.

Das Backen der Pfefferkuchenkinder besorgen alte und sehr erfahrene Pfefferkuchenfrauen, sie kneten den Teig mit Andacht, mischen Nelken, Kardamom, Ingwer und Zimt darunter und formen kleine Pfefferkuchenleute daraus. Dann setzen sie ihnen süße Mandeln als Augen ein, drücken Rosinen und Korinthen in Magen, Arme und Beine und schieben die kleinen Pfefferkuchenkinder mit heißen Segenswünschen in den Backofen.

Wenn aber die kleinen Pfefferkuchenkinder ausgebacken sind, werden sie in der ganzen Stadt verteilt und mit Korinthen großgezogen. Natürlich kommen sie alle ein wenig verändert aus dem Ofen, bei dem einen ist der Magen aufgequollen, bei dem anderen sind die Arme verschrumpft oder die Beine zerflossen. Aber das ist unvermeidlich und wird von den Pfefferkuchenleuten als Schikkung betrachtet, die ihrer Familie eigentümlich ist. Denn sie werden nun einmal nicht geboren, sondern gebacken.

Aber sie werden einzig und allein nur in der Pfefferkuchenstadt im Märchenland und nur von alten, erfahrenen Pfefferkuchenfrauen gebacken, nicht etwa bei uns, wie das immer noch manche Menschen behaupten. Das ist eine ganz irrtümliche Auffassung, die nicht scharf genug bekämpft werden kann. Es mag vielleicht hier und da einmal zutreffen, daß kleine Pfefferkuchen auch bei uns gebacken werden, aber die sind dann etwas ganz anderes. Die richtigen Weihnachtspfefferkuchen, die ein Gesicht und Arme und Beine haben, werden alle in der Pfefferkuchenstadt gebacken, und wenn sie einmal zufällig bei uns aus dem Backofen kommen, so sind sie eben auf diesem Wege aus dem Märchenlande hereinspaziert.

Zu Weihnachten wandern die Pfefferkuchenleute in großen Scharen auf die Erde, zu einer ganz bestimmten Stunde. Diese Stunde werde ich aber nicht sagen. Sonst würden alle neugierigen Leute aufpassen und sich hinstellen, um zuzusehen. Das würde die Pfefferkuchenleute stören, und sie kämen am Ende überhaupt nicht mehr auf die Erde. Was aber wäre Weihnachten ohne Pfefferkuchen?

Es ist freilich wahr, daß auch außerhalb der Weihnachtszeit Pfefferkuchen zu haben sind, aber diese werden von ihrer Familie gering geachtet und gelten als Abenteurer. Die richtigen Pfefferkuchenleute wandern alle zu Weihnachten auf die Erde, um sich an den Tannenbaum mit den brennenden Kerzen zu hängen und von den Menschen gegessen zu werden. Denn das ist ihre Bestimmung, und zwar wollen sie von Menschen und nicht von Mäusen verspeist werden. Warum, weiß ich nicht, und mir erscheint es etwas einseitig, denn den Mäusen schmeckt es genauso gut wie uns, und sie wollen auch ihre Weihnacht feiern. Es ist das wohl nur eine törichte Etikettefrage, aber die Pfefferkuchenleute sind darin sehr eigensinnig, so daß die Mäuse sie nur ganz ausnahmsweise erwischen, wenn mal ein Pfefferkuchen nicht aufgepaßt hat und vom Tannenbaum heruntergefallen ist. Das hat dann seine besonderen Gründe, und von einer solchen Geschichte will ich erzählen.

Es war nämlich einmal unter den vielen Pfefferkuchenleuten, die zur Weihnacht in die Welt gewandert waren, ein Pfefferkuchenmann dabei, der süße Mandelaugen und viele Korinthen im Leibe hatte, aber auch leider eine große und dicke Rosine im Kopf. Es ist gar nicht gut, wenn jemand Rosinen im Kopf hat, und bei einem gewöhnlichen Pfefferkuchen ist es sogar recht bedenklich. So dachte der Pfefferkuchenmann, daß er etwas ganz Besonderes wäre und darum auch etwas ganz Besonderes erleben müsse, etwas ganz und gar nicht Pfefferkuchenmäßiges, und das dachte er immer wieder, als er am Weihnachtsbaum hing und die Kerzen über und unter ihm brannten und der goldene Stern auf der Spitze der grünen Tanne auf ihn und alle anderen herabschaute.

Als nun die letzte Kerze am Weihnachtsbaum erloschen war und die Menschen schlafen gegangen waren, da guckte der Pfefferkuchenmann um sich und sah, daß neben ihm eine Pfefferkuchenfrau hing, freundlich und angenehm, bloß mit ein wenig zerflossenen Füßen. In der blauen Dämmerung der Weihnacht aber leuchtete der goldene Stern auf der Tanne. Nun ist es unter den Pfefferkuchenleuten Sitte, daß sie in blauer Dämmerung, wenn die letzte Kerze erloschen ist, sich gerne küssen, wenn sie sich erreichen können. Wenn sie sich aber nicht erreichen können, dann küssen sie sich nicht. Darin ist es bei den Pfefferkuchen genauso wie bei den Menschen. Trotzdem nun der Pfefferkuchenmann eine große und dicke Rosine im Kopf hatte und eigentlich etwas Besonderes erwartete, überkam ihn jedoch beim Anblick der Pfefferkuchenfrau ein sehr angenehmes Gefühl, wie von Honig, Sirup und Zucker.

«Oh», sagte der Pfefferkuchenmann zur Pfefferkuchenfrau und seufzte.

«Ach», sagte die Pfefferkuchenfrau zum Pfefferkuchenmann und seufzte auch.

So beginnen ja die meisten Gespräche über die Liebe. Und da sich die beiden erreichen konnten, so neigten sie sich zueinander und hätten sich beinahe geküßt, als die Pfefferkuchenfrau plötzlich etwas bemerkte, was eine Pfefferkuchenfrau durchaus nicht leiden kann.

«Sieh bloß die Tänzerin dort an», rief sie entrüstet, «ist es nicht ein Skandal, wie sie mit den Beinen schlenkert?!»

Die Pfefferkuchenfrau hätte besser daran getan, den Mund zu halten, aber das kann keine Frau in einem solchen Falle, ganz gleich, ob sie ein Pfefferkuchen ist oder nicht.

Der Pfefferkuchenmann sah nach der anderen Seite. Dort wiegte sich eine kleine Tänzerin auf dem Tannenast mit schlanken, auf Draht gezogenen Armen und Beinen und mit einem Kleidchen von rotem Seidenpapier. Bei jedem leisen Luftzug drehte sie sich hin und her, wie das so leichte Personen begreiflicherweise tun müssen, und tatsächlich: Sie schlenkerte mit den Beinen und wippte bei jeder Bewegung mit dem bunten Rocksaum. Sie war eben aus Papier.

Dem Pfefferkuchenmann traten die Korinthen förmlich aus dem Leibe vor lauter Wonne, und seine süßen Mandelaugen verrutschten völlig nach der Seite der kleinen Tänzerin.

«Das ist das Besondere», sagte er, «und ich bin ja auch etwas Besonderes. Das ist etwas anderes als die Pfefferkuchenfrau mit den zerflossenen Füßen.»

Und die große, dicke Rosine in seinem Kopfe schwoll und schwoll.

«So etwas sollte verboten werden», sagte die Pfefferkuchenfrau, «das ist eine leichtsinnige Person, und sie gehört nicht auf den Tannenbaum. Der goldene Stern dort oben sollte das nicht dulden. Er ist hier die Polizei.»

Der goldene Stern auf der Spitze des Tannenbaumes aber war keine Polizei. Er schaute auf die fetten Pfefferkuchenleute mit den zerflossenen Beinen, auf die erloschenen Kerzen und auf die kleine Tänzerin aus Papier mit der gleichen Geduld und Güte. Denn es war der Stern der Heiligen Nacht, und er hatte schon viele Kerzen brennen und viele Kerzen erlöschen sehen.

Der Pfefferkuchenmann drehte die süßen Mandelaugen immer mehr und mehr nach der kleinen Tänzerin.

«Ich liebe Sie! Oh!» sagte er und hatte jetzt Gefühle in seinem ganzen Teig, gegen die Honig, Sirup und Zucker gar nichts mehr waren.

Doch wenn der Pfefferkuchenmann auch noch so süße Mandelaugen machte und «Oh!» sagte, die kleine Tänzerin sagte noch lange nicht «Ach!» dazu, denn sie war ganz und gar keine Pfefferkuchenfrau. Sie drehte sich im leisen Luftzug hin und her, einem Luftzug, durch den ein Pfefferkuchen sich nun und nimmer bewegt hätte, sie schlenkerte mit den Beinen und wippte mit dem bunten Rocksaum dazu, aber «Ach!» sagte sie nicht. Sie war eben aus Papier.

Als die Pfefferkuchenfrau sah, daß der Pfefferkuchenmann sich von ihr abgewandt hatte und nur noch mit verrutschten Mandelaugen nach der papiernen Tänzerin sah, da weinte sie zwei dicke Tränen von Zimt aus ihren Mandelaugen, und das will schon etwas heißen.

Aber mit dem Pfefferkuchenmann geschah etwas sehr Sonderbares. Seine Mandelaugen waren so verrutscht, daß er sie gar nicht mehr zurückwenden konnte, sondern nur immer die kleine Tänzerin anstarren mußte, und die große Rosine in seinem Kopf war so geschwollen, daß er nichts anderes mehr denken und fühlen konnte als buntes Papier, und das ist selbst für einen Pfefferkuchen ein bißchen dürftig.

Wenn einem aber die Rosinen im Kopfe schwellen und die Augen verrutschen, so paßt man nicht mehr auf sich selber auf, und so fiel der Pfefferkuchenmann mit einem Male vom Tannenbaum herunter auf die Diele, und dort verspeisten ihn die Mäuse. Die Mäuse wollten auch Weihnacht feiern, und man konnte ihnen das wohl gönnen. Aber vom Pfefferkuchenstandpunkt aus war das Ende gegen die Etikette, und für jeden, der ein richtiger Pfefferkuchen ist, ist die Etikette der Pfefferkuchen etwas sehr Wichtiges.

«Es sind zuviel Nelken darin», sagte die eine Maus und knusperte, «aber sonst ist er vorzüglich.»

«Es ist zuwenig Ingwer dabei», meinte die andere Maus und knabberte, «aber sonst ist er ausgezeichnet.»

Die dritte Maus sagte gar nichts. Aber sie verspeiste mit Appetit die große, dicke Rosine, die der Pfefferkuchenmann im Kopf gehabt hatte.

«Pfui», sagte die Pfefferkuchenfrau und weinte keine einzige Träne von Zimt mehr, «das ist ja gegen alle Etikette!»

Daß man sie nicht geküßt hat, kann eine Pfefferkuchenfrau vergessen, aber ein Ende gegen die Etikette ist ihr etwas Scheußliches, und so denken alle wirklichen Pfefferkuchenleute auf dieser Erde.

«Pfui», sagte sie noch einmal und warf sich einem fetten Pfefferkuchenmann an den Hals, der einen gequollenen Bauch hatte, aber dafür auch keine Rosinen im Kopf, sondern ganz gewöhnlichen Teig – und er nahm sie in seine zerflossenen und soliden Arme. Nachher aber sind sie beide von Menschen verspeist worden und nicht von Mäusen, und das war in der Ordnung und nach der Etikette der Pfefferkuchen.

Was aus der kleinen Tänzerin geworden ist, weiß ich nicht. Wahrscheinlich endete sie auf dem Kehrichthaufen, denn das tun die meisten von ihnen, wenn sie nur aus Papier sind. Natürlich wird sich vorher noch mancher Pfefferkuchenmann die süßen Mandelaugen nach ihr verrutscht haben und wird schließlich von Mäusen gegessen worden sein, ganz gegen die Etikette.

Von allen blieb nur der goldene Stern auf der Spitze des Tannenbaumes übrig, denn der ist unvergänglich und kündet, daß es Weihnacht auf der Erde werden soll. Und er schaut auf Menschen und Mäuse, auf die fetten Pfefferkuchen und die kleine Tänzerin, auf die großen Rosinen im Kopf, die süßen Mandelaugen und auf den Kehrichthaufen mit der gleichen Geduld und Güte. Denn es ist der Stern der Heiligen Nacht, und er hat schon viele Kerzen brennen und viele Kerzen erlöschen sehen.

Alles andere wechselt und bleibt sich doch immer gleich. Es kommt wieder und es geht wieder – und besonders die verliebten Pfefferkuchenleute sind etwas sehr Alltägliches. Nur dürfen sie sich nicht nach den kleinen Tänzerinnen aus Seidenpapier die süßen Mandelaugen verrutschen und müssen auch nicht Rosinen, sondern ganz gewöhnlichen Teig im Kopfe haben – und der gewöhnliche Teig im Kopf soll überhaupt für eine jede Pfefferkuchenliebe das Allerbeste sein.

Die Geschichte von der hohlen Nuß

Es war einmal ein kleines Märchenkind, das war vom Himmel auf die Erde heruntergefallen, sozusagen aus Versehen. Es ist recht schmerzhaft, wenn man so vom Himmel auf die Erde herunterfällt. Wir alle haben das ja einmal erlebt, aber wenn man ein Märchenkind ist, tut es besonders weh.

Das Märchenkind war sehr klein. Es war so klein, daß es gar nicht lohnt, zu sagen, wie klein es eigentlich war. Die Märchenkinder sind alle so klein auf der Erde, denn ihre großen Seelen sehn ja die Menschen nicht, die alles nach der Elle messen und auf der Marktwaage wägen. So gingen alle die vielen Menschen an dem kleinen Märchenkind vorbei und bemerkten es gar nicht.

«Du, höre mal», sagte das Märchenkind zu einem jeden, der vorbeikam, «gib mir doch bitte ein Königreich, damit ich darin wohnen kann.»

«Ich verstehe nicht», sagten die Menschen, «wer hier etwas von einem Königreich spricht? Es ist doch gar niemand da. Was gibt es für sonderbare Sinnestäuschungen!»

Da wandte sich das Märchenkind an die Tiere, denn die Tiere reden nicht von Sinnestäuschungen und wissen ganz genau, wer ein Märchenkind ist. Sie wissen es schon darum, weil die meisten Menschen ihnen immer so deutlich zeigen, daß sie keine Märchenkinder sind.

Die Tiere waren sehr freundlich, sie wußten es auch nur allzu gut, was es heißt, vom Himmel auf die Erde heruntergefallen zu sein, und setzten sich um das kleine Märchenkind herum und gaben ihm gute Ratschläge. Man sah allgemein ein, daß das Märchenkind eine Wohnung haben müsse, und das heißt in diesem Falle natürlich ein

Königreich, denn wo ein richtiges Märchenkind wohnt, da ist immer ein Königreich für Kinder und Tiere und für die wenigen großen Menschen, die das Kleine sehen können und nicht an gelehrten Sinnestäuschungen leiden.

«Richten Sie sich bei mir ein», sagte der Maulwurf, «in meinem Hause ist es angenehm kühl und feucht, und wenn Sie die Nase recht tief in die Erde stecken, so riechen Sie es schon von weitem, wenn ein fetter Engerling sich nähert. Es ist ein unnachahmlicher Duft.»

«Vielen Dank», sagte das Märchenkind, «ich friere schon oben auf der Erde reichlich und finde es hier schon dunkel genug, ich will nicht noch tiefer hinein und es noch dunkler haben.»

«Das ist sehr töricht von Ihnen, liebes Kind», sagte der Maulwurf, «die fetten Engerlinge mit dem unnachahmlichen Duft sind nur zu haben, wenn man die Nase ganz tief in die Erde hineinsteckt.»

«Es ist gewöhnlich, mit der Nase herumzuschnüffeln und Engerlinge zu fressen», sagte die Libelle, «und es macht die Sache nicht besser, wenn man dabei auch einen vornehmen Samtrock trägt. Sie müssen es wie ich machen und sich mehr auf das Luftige beschränken. Sie gaukeln einfach von Blüte zu Blüte und bespiegeln sich selbst im Wasser.»

Ich muß leider hinzufügen, daß die Libelle das in einem leichtfertigen Tone sagte und daß sie, wenn auch nicht übermäßig, so doch merklich mit den Flügeln kokettierte.

«Das ewige Umhergaukeln ist auch nichts für mich, und wenn ich mich im Spiegel sehe, so fühle ich nur um so deutlicher, wie einsam ich bin», sagte das Märchenkind, «ich möchte lieber in einer richtigen Wohnung seßhaft werden. Gerne würde ich, zum Beispiel, in der hohlen Nuß wohnen, die unter dem Haselstrauch liegt, aber ich weiß nicht recht, wie ich da hineinkommen soll, die Löcher erscheinen mir so eng und klein.»

Denn wenn das Märchenkind auch klein war – die Löcher der hohlen Nuß waren noch viel kleiner.

Wie das Märchenkind aber darüber nachdachte, wie man wohl in die hohle Nuß gelangen könnte, dachte es sich einfach hinein und war mitten darin, noch ehe der Maulwurf einen Engerling gefunden und die Libelle ihre wippenden Flügel im Wasser bespiegelt hatte.

In der hohlen Nuß war es wunderschön, so schön, wie es in einer hohlen Nuß nur sein kann, wenn man sich erst richtig hineingedacht hat. Der Wurm, der den Kern verspeist hatte, war ein überaus tüchtiger Fachmann gewesen, und es lohnte sich schon, zu betrachten, wie sauber er die Wände gefeilt und wie hübsch und glatt und rund er die beiden Öffnungen gebohrt hatte, eine als Tür und die andere als Fenster. Ein paar rauhe Stellen hatte er sorgsam nachgelassen, so daß man Spinnweb und Marienfäden daran aufhängen konnte, und aus Spinnweb und Marienfäden spann sich das Märchenkind ein ganzes Königreich in die hohle Nuß herein.

Als aber alles fertig und es ein richtiges, eigengebautes Königreich geworden war, da holte sich das Märchenkind, weil es ja nun eine Prinzessin war, in das Königreich einen Prinzen, der eben vorüberging und keine Wohnung hatte, weil er auch gerade vom Himmel auf die Erde gefallen war.

So war nun das Märchenkind eine Prinzessin und hatte einen Prinzen und ein Königreich, und das alles in einer hohlen Nuß. Das war ja eigentlich recht viel auf einmal, aber es tat der Prinzessin doch sehr leid, daß sie den Himmel nicht auch in die hohle Nuß herunterholen konnte. Denn wenn man vom Himmel auf die Erde gefallen ist und es einem sehr weh getan hat, so sehnt man sich immer tüchtig nach dem Himmelreich.

Wie sich das Märchenkind aber so gehörig nach dem Himmel sehnte und nach ihm ausguckte, da kam plötzlich der ganze Himmel mitten in die hohle Nuß geflogen, und als die Prinzessin näher hinguckte, was das eigentlich wäre, da wiegte sich ein kleines Kind in einer Wiege aus Spinnweb und Marienfäden. Es lohnt gar nicht, zu sagen, wie klein das Kind war. Es war viel zu klein, um überhaupt viel darüber zu reden.

Ihr denkt nun vielleicht, daß das eine unwahrscheinliche Geschichte sei. Aber das ist sie gar nicht. Es ist sehr einfach, sich ein ganzes Königreich in einer hohlen Nuß zu bauen. Man muß bloß ein Märchenkind sein und sich ein bißchen hineindenken können. Freilich muß man gerade vom Himmel heruntergefallen sein und sich auf der Erde weh getan haben. Und die Menschen müssen einem gesagt haben, daß sie einen gar nicht bemerken und daß man überhaupt nicht auf der Welt sei.

Und wenn es schon einfach, obwohl ein wenig schmerzhaft und einsam ist, sich ein Königreich in eine hohle Nuß zu bauen – so ist es doch sicherlich ganz einfach, den Himmel auf die Erde herunterzuholen. Sucht bloß ein paar richtige Kinderhände, die holen euch den ganzen Himmel auf die Erde herunter – und sogar in eine hohle Nuß.

Der Meisterkelch

Es war einmal vor vielen, vielen Jahren, da stand eine einsame kleine Glashütte tief drinnen im Schwarzwald. Sie lag ganz verborgen im grünen Tannengrund, und nur selten kam eines Menschen Fuß in ihre Nähe. Aber der Glasschleifer, der in ihr lebte, war nicht allein. Die Tiere des Waldes waren um ihn, und die ewigen Sterne standen über ihm, und wenn nachts der Feuerschein der Glashütte durch die dunklen Tannenzweige lohte, so sah man die Elfen tanzen in weißen Schleiern und mit Kronen von Edelstein im Haar.

Auch die Wurzelwatschel kam häufig an der Hütte vorüber, guckte hinein und sagte guten Abend. Die Wurzelwatschel war ein graues, unscheinbares Weibchen mit einem Gesicht wie ein verschrumpelter Apfel. Sie ging im Walde spazieren und gab den Elfen, den Tieren und den Pilzen gute Ratschläge. Wovon sie lebte, wußte man eigentlich nicht. Nur selten aß sie einmal eine Wacholderbeere, und das stärkte sie schon erheblich. Wenn der Winter kam, setzte sie sich hin und fror einfach ein, und im Frühjahr taute sie wieder auf und ging dann sofort spazieren. So lebte sie mit den Keimen in der Erde und kam mit den ersten Knospen und Blüten wieder hervor, und darum kannte sie alle Wurzeln des Lebens und alle lichten und dunklen Kräfte der Welt.

In der einsamen Glashütte aber wohnte der Glasgießer und Glasschleifer sehr still für sich. Er mischte selber die heiße Glasmasse, blies oder goß sie in Formen und schliff die Gläser, so gut er es vermochte. Denn es war vor vielen, vielen Jahren, als ein Mensch noch ein ganzes Werk mit seinen beiden Händen schuf, und nicht wie heute, da sich hundert Hände an hundert Teilen regen. Es war bescheidene Ware, die der Glasschleifer fertigte, und der Händler, der manchmal in der einsamen Glashütte vorsprach, zahlte nicht allzuviel dafür. So war der Glasschleifer arm geblieben, aber er hatte sein Brot und lebte bescheiden davon und konnte auch des Sonntags ins Dorf gehn, um zu feiern.

Oft sehnte er sich freilich nach einem besseren Leben, und noch mehr träumte er davon, daß er einmal ein Meister werden und so herrliche Kelche schleifen könne, daß die Kenner aus ihnen trinken und bei ihrem Zusammenklingen seinen Namen nennen würden.

«Du wirst vielleicht noch ein Meister werden», sagte dann die Wurzelwatschel zu ihm, «aber das ist ein gutes Stück Arbeit und ein weiter Weg. Man muß zu den Wurzeln des Lebens gehen und durch die dunklen und lichten Kräfte der Welt.»

Dem Glasschleifer war es nicht sonderlich recht, das zu hören, denn er hoffte immer, es möge sich ein leichterer und bequemerer Weg zur Meisterschaft finden lassen, und so denken viele, die keine Meister geworden sind.

«Ich lebe doch tief drinnen im grünen Tannengrund», sagte der Glasschleifer, «und die Sterne stehen über mir. Da ist es gewiß möglich, daß sich ein Wunder ereignet und mir die fertige Meisterschaft schenkt.»

«Die Meisterschaft ist immer ein Wunder», sagte die Wurzelwatschel, «und wer sie gewinnen will, muß den grünen Tannengrund lieben und die Tiere und Blumen, und die Sterne müssen über ihm stehen und über seinem Werk. Aber geschenkt wird die Meisterschaft keinem, der nicht zu den Wurzeln des Lebens gegangen ist und durch die dunklen und lichten Kräfte der Welt.»

«Wir wollen sehen, wer recht behält», sagte der Glasschleifer und fachte das Feuer an, daß es weit durch den Tannengrund lohte, «ich will die Geister rufen, die mir die Meisterschaft schenken sollen.»

Als aber die Nacht kam und der Glasschleifer vor dem Feuer seiner Glashütte kniete, geschah es, daß auf einmal die gläserne Frau vor ihm stand. Denn die gläserne Frau ist einer von jenen Geistern, die sehr bald kommen, wenn man sie ruft. Die gläserne Frau war sehr schön, und sie trug ein Königsgewand aus leuchtendem, biegsamem Glase und eine Krone von Glas auf dem Haar.

«Du willst ein Meister werden?» fragte die gläserne Frau und lachte. Und wenn sie lachte, klang es, als ob Glas zerspringt, feines, dünnes Glas.

«Ja, das will ich gerne, wenn es nicht allzu schwer ist», meinte der Glasschleifer.

«Es ist gar nicht schwer», sagte die gläserne Frau, «wenn du mir folgen und mir gehören willst. Komm mit mir in meinen Glaspalast, dort will ich dich lehren, Kelche zu schleifen, wie nur ein Meister sie schleifen kann, und wir wollen zusammen goldenen Wein aus den geschliffenen Kelchen trinken. Nur mußt du mir versprechen, nicht des Nachts aus meinem Palast zu gehen und die Sterne über dir zu schaun. Auch darfst du niemals einen Kelch bis zur Neige leeren, sondern mußt dir immer aus einem neuen Kelch den goldenen Wein von mir kredenzen lassen.»

«Das will ich gern versprechen», sagte der Glasschleifer, «es erscheint mir leicht, das zu erfüllen, und der Weg zur Meisterschaft ist nicht so schwer, wie die Wurzelwatschel sagte.»

Da lachte die gläserne Frau wieder, und es klang, als ob Glas zerspringt, feines, dünnes Glas.

«Komm herab», sagte sie und nahm den Glasschleifer bei der Hand.

Der Boden öffnete sich, eine verborgene Treppe wurde sichtbar, und auf ihren Stufen führte die gläserne Frau den Glasschleifer in ihren Glaspalast hinunter.

Im Glaspalast waren alle Wände und Dielen, alle Stühle und Tische von lauterem Glas, und es blitzte von allen Seiten in tausend Lichtern. Es war eine flammende Pracht überall, wie sie sich der Glasschleifer nie hatte träumen lassen. Im Königssaal aber stand ein gläserner Thron, und auf ihn setzte sich die gläserne Frau neben den Glasschleifer und küßte ihn. Ein Hofgesinde von jungen, schönen Frauen umgab sie, und sie tranken goldenen Wein aus geschliffenen Kelchen.

«Aus diesen Kelchen trinkt man den Zauber der Stunde», sagte die gläserne Frau, «aber man darf sie nie bis auf die Neige leeren. Solche Kelche sind sehr gesucht in der Welt draußen, und die Menschen bezahlen viel, um sie zu bekommen. Mir aber liegt daran, daß recht viele meiner Kelche in die Welt gelangen und daß recht viele Menschen aus ihnen trinken. Dann sehn sie die Sterne über sich nicht mehr, die mir feindlich sind.»

«Und wie werden diese Kelche geschliffen, schöne Königin?» fragte der Glasschleifer, «es ist das Geheimnis dieser Meisterschaft, das du mich lehren wolltest.»

«Die Meisterschaft ist keine schwere», sagte die gläserne Frau, «meine Zwerge gießen und blasen die Kelche aus den dunklen Kräften der Welt und schleifen sie in tausend sich brechenden Lichtern mit lauter kalten Gedanken. Ich selbst aber mache zuletzt mein Zeichen darauf, und daraus trinken alle den Zauber der Stunde. Schau her!»

Da sprangen zwei riesige Türen auf, und der Glasschleifer sah in einen großen, dunklen Saal, in dem schwefelgelbes Feuer lohte. Um das Feuer herum aber standen lauter Zwerge, wie aus dunklem Glase gegossen. Es waren keine Lichtgestalten wie die Elfen auf dem Wiesenrain. Sie rührten die Glasmasse und gossen die Gläser und schliffen sie mit seltsamen, scharfen Werkzeugen, bis sie in tausend kalten Lichtern blitzten.

«Siehe», sagte die gläserne Frau und nahm einen herrlich geschliffenen Kelch aus der dunklen Werkstatt in ihre Hände, «ich mache nun mein Zauberzeichen darauf, und es ist wieder ein Kelch fertig, wie wir ihn tausendmal trinken. Aber meine Macht reicht nicht aus, diese Kelche ins Menschenland hinauszusenden, und darum muß ich einen Menschen finden, der mir seinen Namen und seine Seele dafür schenkt. Nur mit diesem letzten Schliff kann ich die Kelche in die Welt gelangen lassen, so daß die Menschen den Zauber der Stunde daraus trinken und die Sterne über sich nicht mehr sehen. Ich kann das nicht, aber dir ist es ein leichtes. Dann bist du ein Meister geworden, und die Menschen, die aus diesen Kelchen trinken, werden bei ihrem Zusammenklingen deinen Namen nennen. Ich aber küsse dich dafür in meinem Glaspalast bei Tag und Nacht.»

«Ich dachte es mir, daß die Meisterschaft ein leichtes sein müsse, wenn man sich mit den richtigen Kräften verbindet», sagte der Glasschleifer, und er küßte die gläserne Frau und schliff seinen Namen in ihre schimmernden Kelche, voller Stolz darauf, daß sie diesen Namen hinaustragen sollten in alle Welt.

So verging eine lange Zeit, und die gläserne Frau und der Glasschleifer tranken goldenen Wein aus ihren Kelchen im Zauber der Stunde und schliffen viele schimmernde Kelche für das Land der Menschen, die voller Sehnsucht auf diese Kelche warteten.

«Wir haben nun genug», sagte die gläserne Frau, «es ist an der Zeit, daß du diese Kelche hinausträgst in die Welt und sie unter die Menschen gelangen. Heute wird der Händler an deiner Glashütte vorüberkommen. Trage die Kelche hinauf und gib sie ihm, wenn er nach deiner Ware fragt. Er wird dir viel Gold dafür bieten. Dann denke nicht, daß es nutzlos für uns sei, weil wir hier alle Schätze der Erde haben und in der Pracht unseres Palastes leben. Es ist ein besonderes Gold, das dir der Händler gibt, und mir ist viel daran gelegen, denn an diesem Golde hängt etwas von den Seelen der Menschen. Geh nun hinauf in deine Glashütte. Aber komme wieder, ehe es Nacht wird, damit du die Sterne nicht über dir siehst.»

Da trugen sie die Kelche in die Glashütte hinauf, und der Glasschleifer setzte sich davor und wartete auf den Händler. Es kam ihm seltsam vor, nach so langer Zeit den grünen Tannengrund wiederzusehen, die Tiere, die Blumen und die Pilze, und wieder in der ärmlichen Glashütte zu sitzen, statt in dem Palast der gläsernen Frau. Er freute sich, das alles wiederzusehen, und freute sich doch nicht darüber.

Da kam eine kleine Elfe und guckte zum Fenster herein. «Das sind hübsch geschliffene Gläser, aber Kelche der Kunst sind es nicht. Wer aus ihnen trinkt, wird sich nicht nach einem weißen Elfenschleier sehnen. Uns hast du nicht damit erlöst.»

Auch die Tiere des Waldes kamen, wie früher, zur Glashütte und schauten sich die neuen Werke an.

«Kalte Kristalle sind das», sagten sie, «aber Kelche des Lebens sind es nicht. Wer aus ihnen trinkt, wird die Tiere nicht lieben lernen und den grünen Tannengrund. Uns hast du nicht damit geholfen.»

Und ein Eichkätzchen warf ihm sogar eine hohle Nuß vor die Füße und lachte dazu.

Auch die Wurzelwatschel kam und besah sich alles genau von allen Seiten.

«Eine geschickte Arbeit», sagte sie, «aber Meisterwerke sind es nicht, und du bist kein Meister geworden.»

Und die Tannenzweige rauschten dazu, die Blumen nickten im Winde, und die Pilze wackelten sehr bedenklich mit den Köpfen, denn alle waren der gleichen Meinung wie die alte Wurzelwatschel. Das verdroß den Glasschleifer, und er war traurig geworden.

Inzwischen kam der Händler mit seinem Wagen und besah sich die neue Ware. Sein Pferd aber wandte den Kopf weg, denn auch ihm gefielen die Kelche nicht.

«Das ist eine weit wertvollere Ware, als Ihr sie sonst gehabt habt», sagte der Händler, «und ich kann Euch viel Geld dafür geben. Denn die Menschen suchen eifrig nach solchen Kelchen und sehnen sich sehr danach. Solche Kelche sind zwar nicht selten, aber da sie allzu leicht zerspringen, so brauchen die Leute immer wieder neue, weil sie so gerne daraus trinken. Ihr habt sonderbare Fortschritte gemacht in der Zeit, seit ich nicht hier war.»

«Sind es nun Meisterwerke und bin ich ein Meister geworden oder nicht?» fragte der Glasschleifer, denn hieran war ihm vor allem gelegen. Den goldenen Wein und alle Zauberpracht hatte er ja übergenug im Glaspalast der gläsernen Frau.

Der Händler bewegte den dicken Kopf hin und her und wog die geschliffenen Kelche in den Händen.

«Mir sind diese Kelche am liebsten von allen», sagte er, «denn es sind die Kelche für die vielen und nicht für die wenigen, und ich verdiene das meiste Geld an ihnen. Die vielen werden Euch alle Meister nennen, wenn sie aus Euren Kelchen den Zauber der Stunde trinken. So werdet Ihr Meister von heute auf morgen sein. Die Kelche gehen auch bald entzwei. Es ist gut für mich, daß sie so zerbrechlich sind.»

«Aber was werden die wenigen sagen?» fragte der Glasschleifer, «ich will, daß auch sie mich Meister nennen sollen, und ich will, daß meine Werke dauern sollen, auch wenn ich einmal gestorben bin. Nur dann bin ich ein wirklicher Meister geworden.»

«Die Kelche der wenigen sind es nicht und auch nicht die Kelche, die dauern», sagte der Händler, «dann müßten die Gläser ganz anders beschaffen sein. Aber mir sind diese Kelche die liebsten, und Ihr findet mit ihnen, was ich auch finde, Geld und den Ruhm des Tages. Was wollt Ihr noch mehr haben?»

«Ich will aber kein Händler, sondern ein wirklicher Meister sein», rief der Glasschleifer.

«Dann müßt Ihr andere Kelche schleifen, doch das ist eine beschwerliche und oft sehr undankbare Sache», sagte der Händler lächelnd und packte sorgsam die schimmernden Gläser ein. Dann zahlte er dem Glasschleifer seinen Lohn in lauter blanken Goldstükken auf den Tisch und fuhr in die Welt hinaus, um die Kelche der gläsernen Frau unter die Menschen zu bringen. Und alle Menschen, die daraus tranken, schauten in ihrer Seele den Glaspalast der gläsernen Frau mit all seiner Pracht und mit seinem Hofgesinde und lebten im Zauber der Stunde. Die Sterne über sich aber sahen sie nicht mehr.

Der Glasschleifer ging wieder in den Glaspalast der gläsernen Frau zurück und gab ihr das Gold, das ihm der Händler gezahlt hatte. Und als die gläserne Frau das Gold sah, an dem etwas von den Seelen der Menschen hing, da lachte sie, und es klang, als ob Glas zerspringt, feines, dünnes Glas.

Aber der Glasschleifer schliff nur noch ungern seinen Namen in die Kelche der gläsernen Frau, er blieb still und in sich gekehrt und dachte immer darüber nach, was ihm die Elfe, die Tiere und die Wurzelwatschel gesagt hatten.

«Ich will das Geheimnis von den Kelchen der gläsernen Frau ergründen», sagte er, «vielleicht erfahre ich dann, wie es um die wirkliche Meisterschaft bestellt ist.»

Und eines Tages, als ihm die gläserne Frau den goldenen Wein aus ihrem geschliffenen Kelch kredenzte, da ergriff er ihn und leerte ihn bis auf die Neige. Kaum aber hatte er den letzten Tropfen getrunken und dem Kelch auf den Grund geschaut, so sah er, daß die gläserne Frau kein Herz voll Blut, sondern von kaltem, hartem, geschliffenem Glas hatte.

Da begriff er, daß er in die Irre gegangen war und geholfen hatte, auch die anderen Menschen in die Irre zu führen, wie es die gläserne Frau gewollt, so daß sie die Sterne nicht mehr über sich sahen. Und er erfaßte, daß er kein Meister geworden war, sondern nur einer von den vielen, die Händler sind mit den Seelen der Menschen.

Die gläserne Frau stand vor ihm und sah ihn mit schreckensweiten Augen an.

Da warf er ihr den geschliffenen Kelch vor die Füße, daß er in tausend Scherben ging.

Um die gleiche Stunde aber zersprangen alle die Kelche, die er aus dem Glaspalast der gläsernen Frau zu den Menschen hinausgesandt hatte. Die Menschen, die aus diesen Kelchen tranken, erwachten jäh aus dem Zauber der Stunde. Sie schauten sich tief in die gläsernen Herzen hinein und wandten sich voneinander ab. Die Sterne aber sahen sie wieder über sich. Denn alle dunklen und lichten Kräfte der Welt sind geheimnisvoll miteinander verwoben.

Der Glasschleifer saß wieder in seiner kleinen, ärmlichen Glashütte, einsam in einer einsamen Werkstatt. Um ihn herum war wieder der grüne Tannengrund, und über ihm standen die ewigen Sterne in der dunklen Nacht.

«Nun muß es Winter werden», sagte die Wurzelwatschel, «ein langer Winter, bis der Frühling kommt.»

Und dann fror die Wurzelwatschel ein.

Es wurde Winter, ein langer, dunkler Winter in der Glashütte und im Tannengrund und in der Seele des Glasschleifers. Vielleicht waren es auch viele Winter, wer mag das wissen? Der Winter einer Seele ist nicht nach Monden zu messen.

Der Glasschleifer arbeitete still für sich, bescheidene, billige Ware, und lebte so zurückgezogen, daß er kaum noch des Sonntags ins Dorf ging, um zu feiern. Aber er horchte auf die rauschenden Zweige im grünen Tannengrund, er sprach in brüderlicher Liebe mit den Tieren und fertigte armen Kindern Murmeln aus blankem Glas. So grub seine Seele beharrlich nach den Wurzeln des Lebens.

Der Händler kam und ging und nahm die billige Ware. Doch wenn er wieder nach den schimmernden Kelchen fragte, dann schüttelte der Glasschleifer den Kopf.

«Solche Kelche will ich nicht wieder schleifen», sagte er, «um alles Gold der Erde nicht mehr.»

Der Winter einer Seele ist nicht nach Monden zu messen, aber einmal geht er zu Ende und der Frühling kommt. Und auf einmal ergriff den Glasschleifer die Sehnsucht, doch noch ein wirkliches Meisterwerk zu schaffen. Da mischte er die Glasmasse sehr sorgsam und blies einen Kelch daraus, der anders gestaltet war als alle Kelche, die er bisher gesehen. Es war in einer jener dunklen und einsamen Stunden, wie so viele über ihn gekommen waren seit jenem Augenblick, als er den Glaspalast der gläsernen Frau verlassen hatte. Und er nahm den Kelch und schliff ihn in vielen anderen einsamen und dunklen Stunden, und nur die Sterne standen über ihm. Es schien ihm aber, als habe der Kelch einen seltsamen Schimmer von durchlichtetem Blut, als wäre ein heller Rubin in das Glas gegossen worden. Das war das Herzblut dessen, der ihn geschaffen hatte.

Als der Kelch fertig war, war der Winter vergangen – oder waren es viele Winter, wer mag das wissen? Der Frühling kam, und die Wurzelwatschel taute wieder auf.

«Das ist ein Meisterkelch», sagte sie, «und nun bist du ein wirklicher Meister geworden. Du bist zu den Wurzeln des Lebens gegangen und durch die dunklen und lichten Kräfte der Welt.»

Die Tannenzweige und Frühlingsblumen neigten sich bei diesen Worten, und die Pilze nickten zufrieden mit den Köpfen.

«Das ist der Kelch des Lebens», sagten die Tiere, «wer aus ihm trinkt, der wird die armen Kinder und die Tiere lieben und den grünen Tannengrund. Du hast uns viel damit geholfen.»

«Das ist der Kelch der Kunst», sagten die Elfen, «wer aus ihm trinkt, der wird sich nach den weißen Elfenschleiern sehnen, und du hast uns damit erlöst.»

Die ewigen Sterne aber standen am Himmel und spiegelten klar und makellos ihr Licht im geschliffenen Meisterkelch.

Da hatte der Glasschleifer den Frieden gefunden, den Frieden in seiner Seele und den Frieden in seiner Werkstatt.

Und er schuf noch manche solche Kelche, wenn es auch nur wenige sein konnten im Vergleich zu den vielen Kelchen der gläsernen Frau, welche von dunklen Kräften gegossen und von Menschen geschliffen werden, die nur Meister von heute auf morgen sind. Die Kelche der gläsernen Frau zerspringen ja auch immer wieder, wenn der Zauber der Stunde vorüber ist.

Die wirklichen Meisterkelche aber zerbrechen nicht, und wenn auch nur die wenigen daraus trinken, so wird aus ihnen noch getrunken nach aber hundert Jahren. Und wenn man sie bis auf die Neige leert, so schaut man nicht in gläserne Herzen, sondern in den grünen Tannengrund mit den Elfen, den Tieren und Blumen und den ewigen Sternen darüber.

Aber die Meisterkelche sind selten. Denn es geben nicht viele ihr Herzblut darum.

Die geborgte Krone

Es war einmal ein Igel, der hatte seine Wohnung in einem hohlen Baumstamm an einem grünen Tümpel und hieß Schnäuzchen Piekenknäul. Es war ein schöner Sommermorgen, Schnäuzchen Piekenknäul saß vor seiner Behausung, trank Eichelkaffee und las die Wald- und Wiesenzeitung. Im Tümpel plätscherte ein kleiner grüner Frosch mit Namen Quellauge und quakte.

«Quake nicht so laut», sagte Schnäuzchen Piekenknäul, «es stört mich beim Lesen.» Und dabei wippte er voller Ärger mit seinen Moospantoffeln.

Der Frosch Benjamin Quellauge machte den Mund noch einmal so weit auf und quakte noch lauter. Dabei spritzte er mit der nassen Hand Wasser in die große Kaffeetasse von Schnäuzchen Piekenknäul.

«Mach, daß du fortkommst, du grüner Lümmel», fauchte Schnäuzchen Piekenknäul, «ich werde einen Moospantoffel nach dir werfen, daß er gerade in deinen großen Mund fliegt.»

«Ich bin kein grüner Lümmel», sage Benjamin Quellauge, «ich bin ein Frosch.»

«Das ist auch was Rechtes», knurrte Schnäuzchen Piekenknäul.

Das durfte Schnäuzchen Piekenknäul natürlich nicht sagen, auch wenn man ihm Wasser in den Kaffee gespritzt hatte, denn ein Frosch ist, wie jeder weiß, eine sehr achtbare Person.

«Ich bin auch gar kein gewöhnlicher Frosch», sagte Benjamin Quellauge, «ich bin ein gekrönter Frosch, und das ist mehr als ein dicker Igel, der bloß Zeitung lesen und Kaffee trinken kann.»

Das hätte nun wieder Benjamin Quellauge nicht sagen dürfen.

«In der Zeitung steht, daß Frösche quaken. Es steht nicht darin, daß sie Kronen tragen», sagte Schnäuzchen Piekenknäul, denn er glaubte nur das, was in der Wald- und Wiesenzeitung stand, und so machen es viele Leute. «Wo ist denn deine Krone – hä, hä?» fragte Schnäuzchen Piekenknäul und trank Kaffee.

«Meine Krone ist eine heimliche Krone, man sieht sie nicht alle Tage», sagte Benjamin Quellauge, «und dumme Leute, die bloß glauben, was in der Wald- und Wiesenzeitung steht, sehn sie überhaupt nicht.»

«Es gibt keine heimlichen Kronen, denn davon steht nichts in der Zeitung», sagte Schnäuzchen Piekenknäul, «es gibt nur Kronen, die man sieht, und das steht dann auch in der Zeitung.»

«Du wirst schon sehen, daß ich einmal eine Krone trage und daß es in der Zeitung steht», sagte Benjamin Quellauge und schwamm davon. Denn dieses Gespräch hatte ihn sehr aufgeregt und geärgert, wie jeder begreifen wird, der weiß, daß ein Frosch eine sehr achtbare Person ist und sich nicht solche herablassenden Dinge sagen läßt von jemand, der bloß Zeitung lesen und Kaffee trinken kann.

Aber wenn auch Benjamin Quellauge, wie alle Frösche, eine sehr achtbare Person war – eine Krone hatte er darum doch nicht, denn Kronen tragen lange nicht alle Frösche, und es ist mit den heimlichen Kronen überhaupt eine seltsame Sache. Es gibt schon heimliche Kronen in der Welt, und gar nicht so wenige, aber es tragen sie nur die, welche gut zu den Tieren und Blumen sind und die verstehen, in Gottes Schöpfung zu lesen – und das sind leider nur wenige, und so gibt es noch viele heimliche Kronen, die irgendwo liegen und nur darauf warten, daß sie jemand findet, der sie tragen darf. Es ist etwas sehr Schönes und Großes um solch eine heimliche Krone, aber die anderen sehn sie meist gar nicht, und am wenigsten die, welche nur immer die Wald- und Wiesenzeitung lesen und Kaffee dazu trinken.

Der Frosch Benjamin Quellauge aber wollte gar zu gerne eine heimliche Krone haben, und er dachte so sehr darüber nach, daß er noch einmal so grün wurde und daß ihm seine bedeutenden Augen noch bedeutender aus dem Kopf quollen, was einen sehr übertriebenen Eindruck machte. Da fiel ihm ein, daß die kleine Elfe Silberkind, die unter den Marienblumen lebte, solche eine heimliche Krone trug, denn die Elfen sind gut zu den Tieren und Blumen, und darum tragen sie alle kleine, heimliche Kronen. Silberkind aber hieß die kleine Elfe darum, weil sie ein silbernes Kleidchen und silberne Falterflügel hatte.

Benjamin Quellauge hupfte in großen Sätzen zu den Marienblumen, wobei er einige Blumen rücksichtslos mit den Ellbogen anstieß – schon ein Beweis, daß er noch gar nicht reif war für die heimlichen Elfenkronen.

«Guten Tag, Silberkind», sagte Benjamin Quellauge, «borge mir doch, bitte, deine Krone, ich möchte auch einmal damit spazierengehen.»

«Das ist noch zu früh für dich», sagte die Elfe Silberkind.

Da weinte Benjamin Quellauge aus seinen bedeutenden Augen zwei ebenso bedeutende Tränen, denn es kränkte ihn sehr, daß er die Krone nicht kriegen sollte. Das rührte die Elfe Silberkind, und weil sie immer gut zu den Tieren und Blumen war, gab sie ihm ihre kleine Krone.

«Da hast du die Krone, Benjamin Quellauge», sagte sie, «aber gehe vorsichtig damit um und bringe sie mir heute noch wieder. Du darfst auch beim Hupfen die Blumen nicht so mit dem Ellbogen anstoßen, denn das mögen sie nicht leiden. Nimm Rücksicht, Benjamin Quellauge.»

Benjamin Quellauge bedankte sich und bemühte sich, vorsichtig zu hupfen und niemand anzustoßen. Wie er aber wieder an seinem Tümpel angekommen war, da wurde er sehr großartig. Er stellte sich aufrecht auf die Beine, setzte die Krone auf den nassen, grünen Kopf, spazierte umher und quakte. Vor allem aber wollte er, daß Schnäuzchen Piekenknäul die Krone sehen sollte, denn Schnäuzchen Piekenknäul hatte ihn beleidigt und hatte gesagt, daß er ein grüner Lümmel wäre. Doch weil Schnäuzchen Piekenknäul gerade ausgegangen war, so behielt Benjamin Quellauge die heimliche Krone auch noch bis zum anderen Tage, und sie gefiel ihm so gut, daß er sie überhaupt nicht mehr hergeben wollte. Die kleine Elfe Silberkind aber weinte, und sie schwur es sich zu, ihre heimliche Krone nie wieder einem grünen Frosch zu borgen.

Endlich sah Benjamin Quellauge, wie Schnäuzchen Piekenknäul wieder vor seiner Wohnung saß, die Wald- und Wiesenzeitung las und seinen Eichelkaffee dazu trank. Da stellte er sich aufrecht hin und spazierte mit der Krone auf dem nassen, grünen Kopf an Schnäuzchen Piekenknäul vorbei und quakte dazu.

«Siehst du jetzt, daß ich eine Krone habe?» fragte er großartig und sah Schnäuzchen Piekenknäul aus seinen quellenden Augen verachtungsvoll an.

Schnäuzchen Piekenknäul blieb der Kaffee in der Schnauze stekken.

«Wahrhaftig», sagte er, «es steht auch in der Zeitung!»

Und richtig, so war es. In der Wald- und Wiesenzeitung stand es mit großen Buchstaben gedruckt, daß der Frosch Benjamin Quellauge mit einer Krone spazierengehe und quake. «Ehre ihm und allen solchen Fröschen!» hatte die Zeitung hinzugefügt, denn die Wald- und Wiesenzeitung, die niemals etwas von den heimlichen Kronen weiß, druckt es mit großen Buchstaben, wenn irgendwelche grüne Frösche mit geborgten Kronen spazierengehen und quaken.

Es ist aber eine eigne Sache mit einer heimlichen Krone. Es behält sie niemand, der sie nur geborgt hat, und sie kehrt immer zu dem zurück, dem sie gehört, wenn das auch die Wald- und Wiesenzeitung nicht merken kann.

Und plötzlich gluckste es schrecklich im Tümpel, und aus dem tiefen Wasser stieg eine grausige, große Person hervor, mit einem Krötenkopf und Krötenarmen und einer buntgetupften Schürze über dem dicken Bauch, und das war die Tümpeltante. Die Tümpeltante war die Gerechtigkeit in diesem Sumpf, an dem Schnäuzchen Piekenknäul und Benjamin Quellauge wohnten und an dessen Ufern die Wald- und Wiesenzeitung erschien.

«Uh-uh», sagte die Tümpeltante und rollte mit den Krötenaugen, «uh-uh! Das ist nicht deine Krone, du grüner Lümmel, das ist die Krone der Elfe Silberkind, und Silberkind sitzt unter den Marienblumen und weint um ihre Krone. Willst du Silberkind gleich die Krone wiedergeben, Benjamin Quellauge?»

Benjamin Quellauge sprang vor Schreck in die große Kaffeetasse von Schnäuzchen Piekenknäul und ruderte angstvoll darin herum.

«Uh-uh», sagte die Tümpeltante, «uh-uh. Und du Schnäuzchen Piekenknäul, hast du nicht gesagt, daß es keine heimlichen Kronen gibt? Aber wenn ein grüner Frosch mit einer geborgten Krone herumspaziert und quakt, dann glaubst du, das sei eine wirkliche Krone, bloß weil es in deiner dummen Wald- und Wiesenzeitung steht! Uh-uh, Schnäuzchen Piekenknäul, dafür werde ich dir deinen ganzen Kaffee austrinken!»

Die Tümpeltante näherte sich drohend. Schnäuzchen Piekenknäul verschwand so schnell in seinem Baumloch, daß er beide Moospantoffeln verlor. Die Tümpeltante fischte Benjamin Quellauge aus der Kaffeetasse und tat ihn unsanft wieder in den Tümpel zurück. Und die heimliche Krone wickelte sie in ihre Schürze, um sie Silberkind wiederzugeben. Vorher aber trank die Tümpeltante den ganzen Kaffee von Schnäuzchen Piekenknäul aus.

Es spazieren so viele in der Welt herum mit geborgten Kronen und quaken – und die Leute sehen gar nicht, daß es nur geborgte Kronen sind, weil sie nur das glauben, was in der Wald- und Wiesenzeitung steht. Wer aber eine geborgte Krone trägt, der fällt bestimmt noch einmal in eine fremde Kaffeetasse.

Von den heimlichen Kronen steht freilich nichts in der Wald- und Wiesenzeitung. Man muß schon selber richtig die Augen aufmachen in Gottes großer Schöpfung und die Tiere und Blumen lieben, dann wird man schauen, wo alle die heimlichen Kronen sind, und wird bald selbst eine tragen. Und der liebe Gott schenkt einem dann einmal zur heimlichen Krone noch ein silbernes Kleid und silberne Schwingen wie der Elfe Silberkind – und dann ist es einem ganz gleich, ob das in der Zeitung steht oder nicht. Macht man es aber wie Schnäuzchen Piekenknäul, dann kommt eines Tages die Tümpeltante und trinkt einem allen Kaffee aus!

Die getupften Teufelchen

Es waren einmal sieben kleine Teufelchen, eines kleiner als das andere, und das kleinste war so klein, daß man es nur durch ein Vergrößerungsglas sehen konnte – mit bloßem Auge überhaupt nicht. Es versteht sich von selbst, daß die sieben kleinen Teufelchen in der Hölle wohnten und alle sieben ganz schwarz waren.

Nun ist es für ein kleines Teufelchen ja nicht gerade schlimm, sondern eigentlich ganz verständlich, daß es in der Hölle wohnt, aber so überaus erfreulich, wie sich manche das vielleicht denken werden, ist es auch nicht. Denn die großen Teufel sind doch sehr unangenehme Leute, und die Teufelchen merken das auch manchmal, solange sie noch klein sind. Erst später lernen sie all das dumme Zeug von den großen Teufeln und werden selbst große Teufel, und dann passen sie auch wirklich nur noch in die Hölle hinein.

Die sieben kleinen Teufelchen waren aber noch sehr klein und hatten noch nicht so viel dummes Zeug von den großen Teufeln gelernt, und darum fanden sie es oft gar nicht nett in der Hölle, und sie beschlossen einmal, aus dem Rauchfang herauszukriechen, denn sie turnen ja auch so schon den ganzen Tag darin herum und machen allerlei schöne Übungen. Das größte der Teufelchen kletterte voran, und eines hing sich immer an den Schwanz des anderen. So ging es ganz einfach, und zum Schluß kam das kleinste Teufelchen, das so klein war, daß man es nur durch ein Vergrößerungsglas sehen konnte – mit bloßem Auge überhaupt nicht.

Der Rauchfang der Hölle aber, in dem die kleinen Teufelchen hochkletterten, war ein ganz besonders hoher Höllenschornstein, und sein Ende ragte bis in die Wolken. Als nun die Teufelchen eines nach dem anderen hinausgeklettert waren und sich vergnügt auf den Rand des Rauchfangs setzten, kam gerade eine Wolke vorbei und nahm die sieben Teufelchen mit. Eigentlich nur im Versehen, denn sie hatte gar nicht genauer hingeguckt, sondern war nur ganz eilig vorbeigeflogen.

Die Wolke aber flog gerade auf die Himmelswiese, denn dort hatte sie einiges zu erledigen. Was, weiß ich eben nicht, und das ist auch ganz einerlei. Die kleinen Teufelchen freuten sich sehr, daß sie mitreisen durften durch die blaue Luft und den goldenen Sonnenschein, und als sie auf der Himmelswiese angekommen waren, stiegen sie alle miteinander aus und gingen spazieren. Auf der Himmelswiese aber spielten lauter kleine Englein in weißen Kleidern und mit silbernen Flügeln, und ihr könnt euch denken, daß die Englein große Augen machten, als sie plötzlich die kleinen schwarzen Teufelchen auf der Himmelswiese sahen. Den Teufelchen aber gefielen die weißen Englein über alle Maßen, und sie wollten gerne mit ihnen spielen.

«Wir sind sieben kleine Teufelchen aus der Hölle, und wir wollen gerne mit euch spielen», sagten sie.

«Ihr seid so schwarz», sagte ein kleiner Engel, «und ihr seid auch gar nicht sieben, sondern nur sechs. Im Himmel aber darf man nicht schwindeln.»

«Es ist wahr, daß wir sehr schwarz sind», sagte ein kleines Teufelchen, «aber das tut doch nichts? Und geschwindelt haben wir gar nicht, denn wir sind sieben kleine Teufelchen. Das kleinste ist aber so klein, daß man es nur mit einem Vergrößerungsglas sehen kann – mit bloßem Auge überhaupt nicht.»

Da holten die kleinen Englein ein gewaltiges Vergrößerungsglas und besahen sich das kleinste Teufelchen, das so klein war, daß man es mit bloßem Auge nicht sehen konnte. Das erbarmte die Englein, daß das Teufelchen so klein war, und sie beschlossen, mit den sieben kleinen Teufelchen zu spielen, und die Sonne schien dazu auf die Himmelswiese und freute sich, daß die Englein mit den Teufelchen spielten, denn das ist etwas von der Welt, die einmal kommen soll, wenn alle wieder Kinder werden.

Als aber die kleinen Teufelchen eine Weile mit den Englein gespielt hatten, bekamen sie lauter weiße Tupfen auf ihrer schwarzen Haut, und das sah sehr spaßhaft aus.

«Ihr seid ja auf einmal ganz getupft», sagten die Englein und lachten.

Die kleinen Teufelchen bespiegelten sich im Himmelsblau und

fanden, daß sie sehr schön geworden wären durch die weißen Tupfen. Es war doch einmal etwas anderes. Auch das kleinste Teufelchen wurde durch das Vergrößerungsglas betrachtet, und richtig, es hatte auch lauter weiße Tupfen, sogar noch viel mehr als die anderen, und das kam daher, weil es so klein war.

«Das müssen wir unserer Großmutter erzählen», riefen die kleinen Teufelchen, setzten sich auf die nächste Wolke, die gerade vorbeikam, und segelten wieder nach ihrem Höllenrauchfang ab. Sie rutschten darin hinunter, eines nach dem anderen und eines an den Schwanz des anderen angehakt, und so kamen sie wieder unten in der Hölle an.

«Großmama», riefen die Teufelchen, «Großmama, sieh bloß, was wir für schöne weiße Tupfen bekommen haben!»

Des Teufels Großmutter machte Augen wie Suppenteller, und der Kochlöffel fiel ihr aus der Hand.

«Wo seid ihr gewesen?» schrie sie böse, «in der Mehlkiste oder auf der Himmelswiese?»

«Auf der Himmelswiese», sagten die kleinen Teufelchen, «und es ist sehr schön dort, und die Englein haben mit uns gespielt, und dadurch haben wir die hübschen weißen Tupfen bekommen.»

«Ich werde euch lehren, euch wieder so hübsche weiße Tupfer zu holen», sagte des Teufels Großmutter voller Ärger, «das geht sehr schwer wieder ab, ich kenne das.»

Und sie nahm die sieben Teufelchen beim Kragen und schrubbte sie mit einer ungeheuren Bürste ganz erschrecklich ab. Aber die weißen Tupfen blieben. Da schmierte des Teufels Großmutter die sieben kleinen Teufelchen mit Ofenruß und Stiefelwichse ein und putzte fleißig mit einem ledernen Lappen nach. Es half den Teufelchen gar nichts, daß sie schrien, sie wurden alle schwarz und blank geputzt, und dann steckte sie des Teufels Großmutter alle sieben in einen großen Kessel.

Auch das kleinste Teufelchen, das man mit bloßem Auge nicht sehen konnte, hatte sie mit hineingesteckt, denn des Teufels Großmutter hatte Augen wie Suppenteller und brauchte kein Vergrößerungsglas.

«Jetzt bleibt ihr schön in der Hölle», sagte sie und machte den Deckel vom Kessel zu.

Den Teufelchen aber gefiel es gar nicht mehr in der Hölle, seit sie auf der Himmelswiese gewesen waren, und im dunklen Kessel gefiel es ihnen erst recht nicht, was jeder gut verstehen wird. Und als sie eine Weile im dunklen Kessel gesessen hatten, bekamen sie es so satt, daß sie alle zusammen versuchten, den Deckel aufzuheben. Sie bemühten sich sehr damit, und nur das kleinste Teufelchen bemühte sich nicht, denn das hätte doch keinen Zweck gehabt, weil es viel zu klein war. Endlich gelang es, den Deckel vom Kessel ein ganz klein wenig aufzuheben, und durch den Spalt schlüpften die sieben kleinen Teufelchen und kletterten durch den Schornstein wieder hinaus aus der Hölle, eines immer am Schwanz des anderen angehakt. Und als sie oben waren, kam gerade dieselbe Wolke vorbeigesegelt, die sie damals auf die Himmelswiese mitgenommen hatte.

«Ach, bitte», sagten die Teufelchen, «bringe uns doch wieder auf die Himmelswiese zu den weißen Englein.»

«Sehr gerne», sagte die Wolke, denn sie war stets gefällig, und für eine Wolke ist das ja auch eine Kleinigkeit.

Die Englein freuten sich sehr, als die kleinen Teufelchen wieder angekommen waren, und sie holten auch schnell das gewaltige Vergrößerungsglas, um zu sehen, ob das kleinste Teufelchen, das man mit bloßem Auge nicht sehen konnte, auch wieder dabei wäre. Und die sieben Teufelchen freuten sich noch mehr als die Englein, daß sie nun wieder auf der Himmelswiese waren, und sie spielten alle miteinander, und die Sonne schien auf die Himmelswiese und freute sich, daß die Englein mit den Teufelchen spielten, denn das ist etwas von der Welt, die einmal kommen soll, wenn alle wieder Kinder werden.

Die sieben kleinen Teufelchen aber bekamen immer mehr weiße Tupfen, wie man sich ja denken kann, und schließlich wurden sie alle ganz weiß und kriegten noch wunderhübsche Flügel dazu, so daß sie richtige Englein geworden waren und ganz auf der Himmelswiese geblieben sind.

Das ist die Geschichte von den sieben kleinen getupften Teufelchen, und es ist zwar nur eine kleine, aber eine sehr wichtige Geschichte. Denn einmal müssen auch alle die großen Teufel wieder Engel werden, wenn die Welt so sein wird, wie sie einmal werden soll. Und dann müssen die großen Teufel erst einmal wieder so werden wie die sieben kleinen getupften Teufelchen, denn ohne daß sie wieder Kinder werden, kommen die großen Teufel nicht in den Himmel. Es schadet auch nichts, daß sie schwarze Kinder sind und

Schwänze haben, denn so waren ja auch die sieben kleinen getupften Teufelchen. Nur Kinder müssen sie werden, sonst lernen sie es nicht, aus der Hölle herauszukriechen und mit den Englein auf der Himmelswiese zu spielen. Und je größer ein Teufel ist, um so kleiner muß er wieder als Kind werden, das versteht sich von selbst. Und des Teufels Großmutter, die eine ganz große und fette, schwarze Person ist, die müßte schon so klein werden wie das kleinste von den sieben kleinen Teufelchen, so klein, daß man sie nur noch mit dem Vergrößerungsglas sehen könnte – mit bloßem Auge überhaupt nicht.

Aber ich fürchte, das dauert noch ein bißchen lange.

Tip-Tip-Tipsel

Der Regen rann an der grauen Mauer entlang und fiel in dicken, schweren Tropfen auf das Fenstersims, tip-tip, tip-tip, tip-tip. Der Maler in seiner Werkstatt hatte den Kopf in die Hand gestützt und schaute müde auf ein großes Bild, das vor ihm auf der Staffelei stand – es war eine graue, trübe Landschaft, ohne Farben und ohne Freude, genauso grau wie der Alltag draußen und der immer rinnende Regen an den Fenstern, tip-tip, tip-tip, tip-tip.

Diese Landschaft ist wie mein Leben, dachte der Maler, so grau, so öde und so farblos ist wohl ein jedes Dasein in der Werkstatt. Man müßte Liebe haben, Macht oder Geld.

«Tip-tip, tip-tip», sagte der Regen und rann in dicken, schweren Tropfen auf das Fenstersims.

«Tip-tip, tip-tip. Tip-Tip-Tipsel», sagte es plötzlich, und vor dem Maler saß ein kleines zierliches Geschöpfchen in einem nassen grauen Regenmantel und sah ihn sehr vergnügt und freundlich an.

«Tip-Tip-Tipsel», sagte das kleine Geschöpf noch einmal, gleichsam um sich vorzustellen, «ich heiße Tip-Tip-Tipsel.»

«Das freut mich sehr», sagte der Maler höflich, «aber Tip-Tip-Tipsel ist ein etwas sonderbarer Name. Immerhin bin ich dankbar für die Gesellschaft, ich fühlte mich gerade sehr einsam und verlassen.»

«Das geht allen so, die in einer wirklichen Werkstatt schaffen», sagte Tip-Tip-Tipsel, «mein Name ist aber gar nicht sonderbar. Er kommt einfach davon her, daß ich sehr nahe mit den Regentropfen verwandt bin. Die sagen den ganzen Tag tip-tip, tip-tip, tip-tip, und darum heiße ich Tip-Tip-Tipsel.»

«Ich möchte gewiß niemand zu nahe treten, aber ich finde es sehr langweilig, immer bloß tip-tip, tip-tip, tip-tip zu hören. Das ist genauso grau und so langweilig und so öde wie das ganze Leben.»

«Das kommt ganz auf die Auffassung an», meinte Tip-Tip-Tipsel, «du weißt eben noch nicht, warum es in jeder wirklichen Werkstatt die grauen Regentage geben muß.»

«Nein, das weiß ich wahrhaftig nicht», sagte der Maler und ärgerte sich, «ich kann mir nun wohl auch denken, warum du Tip-Tip-Tipsel heißt und mit den Regentropfen verwandt bist, denn du hast genauso ein nasses und graues Kleid an wie sie, aber es paßt gar nicht zu dir, denn du hast ein feines Gesicht und zierliche Glieder und siehst eigentlich sehr hübsch aus.»

«Du wirst schon sehen, wie gut das zu mir paßt und wie nötig die grauen Regentage für die wirkliche Werkstatt sind», sagte Tip-Tip-Tipsel und lachte.

Dabei wiegte er sich auf der Staffelei hin und her und beguckte sich das Bild des Malers von oben herab. Tip-Tip-Tipsel konnte sich das leisten, er war kaum größer als eine Hand und so leicht wie die Regentropfen.

«Das ist ein schönes Bild, das du gemalt hast», meinte Tip-Tip-Tipsel, «aber es ist sicher noch nicht fertig, mir scheint, es fehlt noch etwas daran.»

«Das Bild ist fertig», sagte der Maler mürrisch, «aber du hast doch recht, es fehlt wirklich etwas daran, vielleicht sogar sehr viel. Das Bild ist so grau und so öde wie das Leben, und da fehlt vieles daran, Liebe, Macht und Geld, wer weiß, was alles. So ist es unerträglich.»

«Ich will dir sagen, was daran fehlt», meinte Tip-Tip-Tipsel, «es fehlt eine Brücke auf dem Bilde.»

«Eine Brücke?» fragte der Maler erstaunt, «ich wüßte nicht, wozu hier eine Brücke stehen sollte. Es ist eine Stadt mit engen Gassen und Toren, in denen man sich müde herumdrückt, es ist keine Weite darin und es ist kein Fluß, auf dem man fortschwimmen könnte. Was soll da eine Brücke?»

«Ein Fluß ist gar nicht nötig», sagte Tip-Tip-Tipsel, «wir brauchen auch nicht fortzuschwimmen, es ist doch ganz nett und heimlich in den engen Gassen und Toren, und es läßt sich gut darin eine wirkliche Werkstatt aufschlagen. Aber eine Brücke muß das Bild trotzdem haben, und zwar eine Brücke in die Luft hinein, in den Himmel und in die Ferne.»

«Ich wüßte nicht, wie man eine Brücke in die Luft bauen könnte», sagte der Maler, «könnte man das, ich hätte es schon lange versucht, um aus diesen engen Gassen und Toren und aus dem gräßlichen Regengrau des Alltags herauszukommen.»

«Siehst du», sagte Tip-Tip-Tipsel, «jetzt bist du ganz umsonst ärgerlich. Eine Brücke in die Luft kann man nicht bauen mitten aus der Sonnenlandschaft heraus, auch nicht von goldenen Thronen und aus den Geldpalästen. Man kann sie eben nur bauen aus dem grauen Regentag heraus, aus der wirklichen Werkstatt des Lebens, und da sitzt du doch mitten darin. Paß einmal auf.»

Als Tip-Tip-Tipsel das gesagt hatte, fiel ein Sonnenstrahl durch die Wolken, und mitten im Alltagsgrau der Werkstatt stand auf einmal ein Regenbogen und leuchtete in sieben Farben. Er stand gerade vor Tip-Tip-Tipsel und dem Maler, und sein anderes Ende führte weit hinaus, in den Himmel, in die Ferne, und verlor sich irgendwo, wo man ihn gar nicht mehr sehen konnte. Der Sonnenstrahl war auch auf Tip-Tip-Tipsel gefallen und hatte auch ihn in sieben leuchtende Farben getaucht, und nun sah er wunderschön aus und gar nicht mehr grau und naß. Aber man konnte es nun wohl verstehen, warum er den Regentropfen so nahe verwandt und so naß und grau sein mußte. Denn nur dadurch konnte sich der Sonnenstrahl in all seinen sieben Farben in ihm spiegeln.

«Das ist die Brücke in die Luft, in den Himmel und in die Ferne, und sie baut sich nur aus der wirklichen Werkstatt des Lebens und aus dem Regengrau des Alltags auf. Nur darin können sich alle die sieben Farben spiegeln», sagte Tip-Tip-Tipsel, «und nun wollen wir beide aus den engen Gassen und Toren hinaus in das Tal der Träume gehen. Die Brücke der sieben Farben führt auch noch viel weiter, durch allerlei wundersame Gefilde, bis weit hinaus in das kristallene Land. Doch das ist für dich heute noch zu weit, dazu wird es Zeit für dich sein, wenn deine Sterbeglocke läutet. Aber in das Tal der Träume können wir ganz bequem wandern. Du brauchst nur auf die Brücke der sieben Farben zu springen, und in einem Augenblick sind wir drüben im Tal der Träume. Im Tal der Träume aber kannst du alles wünschen, was du nur willst. Da gibt es tausend Möglichkeiten, und du brauchst sie nur zu denken, schon sind sie da und stehen vor dir. Gib mir die Hand und komm mit auf die Brücke der sieben Farben und in das Tal der Träume.»

Da gab der Maler Tip-Tip-Tipsel seine Hand, und wie er das getan hatte, kam es ihm vor, als wäre er ebenso klein und zierlich geworden wie Tip-Tip-Tipsel, und in einem Nu stand er oben auf der Brücke der sieben Farben und glitt mit Tip-Tip-Tipsel zusammen so schnell auf den lichten Strahlen dahin, als habe er gar keine Beine mehr und als rutsche er ganz von selbst, wohin er nur wolle. Und ehe er sich's versah, waren sie beide auf einer weiten grünen Wiese, in einem tiefen Tal.

«Das ist das Tal der Träume», sagte Tip-Tip-Tipsel, «und nun kannst du dir wünschen, was du nur willst. Du brauchst es nur zu sagen, dann wächst es ganz einfach aus dieser Wiese heraus. Ist das nicht eine feine Einrichtung?»

«Dann will ich mir wünschen, was ich im Leben immer wollte und niemals fand», sagte der Maler.

«Das kannst du hier alles haben», sagte Tip-Tip-Tipsel, «aber du wirst schon sehen, daß das alles ein bißchen anders aussieht, wenn man über die Brücke der sieben Farben gegangen ist und es vom Tal der Träume aus betrachtet.»

«Ich habe Liebe gesucht und habe sie nicht gefunden», sagte der Maler, «ich will sie mir jetzt wünschen. Ich habe die Werkstatt und das ewige Regengrau des Lebens allzu satt.»

Da öffnete sich die grüne Wiese, und mitten aus ihr heraus wuchs eine Insel, von blauem Wasser umspült, und auf der Insel war ein kleiner Marmortempel in einem Rosengarten, und auf die Insel führte ein Steg von Rosenranken hinüber. Vom Gestade des Rosenufers aber winkten drei wunderschöne Frauen, eine mit schwarzem Haar, eine mit blondem Haar und eine mit rotem Haar.

Und als der Maler den Rosensteg überschritten und das Rosenufer betreten hatte, da küßten ihn die drei schönen Frauen und führten ihn mitten in den Rosengarten und in den Marmortempel hinein. Die Nacht sank über sie nieder mit ihren dunklen Schleiern, und in der warmen Sommerluft sangen die leisen Lieder lockender Lauten. Die Rosen dufteten, und an das Gestade des Rosenufers schlugen die Wellen des Wassers gleichmäßig, wie ein Wiegengesang, und warfen Perlen und schimmernde Muscheln an den Strand.

Der Maler wußte nicht mehr, wie lange er im Rosengarten und im Marmortempel verweilt hatte. Aber einmal schien es ihm, als sei es Morgen geworden. Die Rosen dufteten nicht mehr so wie in der blauen Sommernacht, die Saiten der lockenden Lauten klangen ein wenig verstimmt, und die schönen Frauen sprachen von Dingen, die nicht mehr Priesterinnendienst im Marmortempel der Liebe waren. Und je mehr die schönen Frauen redeten, um so welker erschienen die Rosen und um so zerrissener klangen die Saiten der Laute, bis sie ganz verstummten.

«Ich sehne mich nach meiner Werkstatt», sagte der Maler, «mir ist, als habe ich noch vieles zu schaffen.»

«Sei nicht albern, Kleiner», meinte die Frau mit den schwarzen Haaren, «komm, küsse mich und laß die dummen Gedanken fahren. Man muß nicht denken, wenn man liebt.»

«Du wirst doch nicht in eine Werkstatt gehen und dir die Hände schmutzig machen», rief die Frau mit den blonden Haaren. «Wie kann man sich nach einer Werkstatt sehnen, wenn man im Tempel der Liebe ist?»

«Wenn du schon schaffen willst», sagte die Frau mit den roten Haaren, «so sammle die Perlen am Strande und fasse sie zu einem Diadem.»

Und die drei schönen Frauen banden den Maler mit Rosenketten und wollten ihn nicht mehr fortlassen aus dem Marmortempel der Liebe und vom Gestade des Rosenufers. Eine Rosenranke nach der anderen flochten sie ihm um Hände und Füße, und dabei sprachen sie unaufhörlich.

Dem Maler schien es, als hätten die drei schönen Frauen gelbe Gänseschnäbel bekommen, und als er das zu sehen meinte, wünschte er sich weit fort vom Gestade des Rosenufers, und eine Sehnsucht, zu schaffen, überkam ihn, wie seit langem nicht.

Kaum aber hatte er das gewünscht, so versank die ganze Insel mit dem Rosengarten und dem marmornen Tempel der Liebe. Der Maler stand wieder neben Tip-Tip-Tipsel im Tal der Träume, und über die große grüne Wiese wanderten wackelnd und schnatternd drei weiße Gänse, eine hinter der anderen.

«War es schön?» fragte Tip-Tip-Tipsel.

«Ja, es war ganz schön», sagte der Maler etwas gedehnt und

schaute den drei weißen Gänsen nach, «aber auf die Dauer schien es mir doch nicht das Richtige zu sein. Die lauen Sommernächte sind so reizvoll im Rosengarten, mit den leisen Liedern lockender Lauten, aber es dürfte kein Morgen grauen über dem Tempel der Liebe.»

«Es gibt keine Liebe, über der niemals ein Morgen graut», sagte Tip-Tip-Tipsel, «oder sie muß etwas von der großen Liebe in sich haben, die alle Menschen und Tiere umfaßt, und die gedeiht nur in der wirklichen Werkstatt des Lebens. Die andere aber bleibt am besten ein Ausflug ins Tal der Träume, denn wenn du sie auf der Erde suchst, so kannst du sie nicht wieder so bequem hinwegwünschen wie hier. Doch das war ja nicht alles, was du dir gewünscht hast. Du wolltest noch die Macht kennenlernen, als du einsam in deiner Werkstatt saßest und die Regentropfen an deinem Fenster herabrannen, tip-tip, tip-tip.»

«Ja, Ehre und Macht hätte ich wohl gerne einmal kennengelernt», sagte der Maler.

Kaum hatte er das gesagt, so wuchs aus der Wiese ein prachtvoller Palast hervor, zuerst erschienen die Turmspitzen, dann die Söller und Erker und schließlich der ganze große Park des Kaiserschlosses in China. Und in einem Augenblick saß der Maler mitten auf dem goldenen Thron, in einem gelben Gewande, das mit lauter Gold und Edelsteinen besetzt war, mit einer Krone auf dem Kopf und mit einem Zepter in der Hand. Um ihn herum aber standen lauter fette Mandarine, die aussahen wie dicke gelbe Zitronen mit Zöpfen hintendran, und der Maler bemerkte mit Schrecken, daß er selbst einen langen Zopf trug, der ihm überaus unbequem war.

Die dicken gelben Zitronen mit Beinen warfen sich vor ihm auf den Bauch, machten Kotau und beteten seinen Zopf an. Denn dieser war für sie das Sinnbild der Macht.

«Bitte, hört doch auf, vor mir auf dem Bauch zu liegen», sagte der Maler, «ich finde das unbeschreiblich langweilig und albern. Erzählt mir lieber etwas Lustiges und Unterhaltendes.»

Da standen die fetten Mandarine mit den Zöpfen auf und sagten: «Nenne uns diejenigen, denen wir den Kopf abschlagen können. Das ist lustig und das ist unterhaltend. Sssit – Kopf ab!»

«Es ist nichts Lustiges und nichts Unterhaltendes, einem Menschen den Kopf abschlagen zu lassen», sagte der Maler, «ihr solltet euch schämen, wenn ihr nichts Besseres versteht.»

«Für uns ist das aber sehr lustig und unterhaltend, wenn wir jemand den Kopf abschlagen können», sagten die dicken Zitronen mit Zöpfen und Beinen, «das ist Sieg und Ehre und Macht.»

«Ist es denn auch für die lustig und unterhaltend, denen ihr den Kopf abschlagt?» fragte der Maler.

«Darauf haben uns die, denen wir den Kopf abgeschlagen haben, keine Antwort gegeben», sagten die Mandarine, «wie kannst du denn überhaupt so etwas fragen, wozu trägst du denn einen Zopf und sitzt auf einem goldenen Throne? Du bist doch der Herrscher aller deiner Untertanen. Sage uns nur, wem wir den Kopf abschlagen dürfen, wir wollen das mit Vergnügen tun. Sssit – Kopf ab!»

Und alle fielen auf den Bauch vor ihm und machten Kotau.

Da riß der Maler seinen Zopf ab und warf ihn mit der Krone den fetten Mandarinen vor die Füße.

«Ich will euren Zopf nicht tragen und will eure Krone nicht haben», sagte er, «schlagt euch selber den Kopf ab, ihr dicken, dummen Zitronen!»

Da machten die fetten Mandarine nicht mehr Kotau vor ihm, sie standen auf und waren sehr böse, denn so hatten sie das Kopfabschlagen nicht gemeint.

«Revolution, Revolution», schrien sie, «wenn du den Zopf nicht trägst, darfst du auch keine Macht mehr haben. Wir werden dir selber den Kopf abschlagen. Paß du nur auf! Sssit – Kopf ab!»

Jetzt ist es aber die höchste Zeit, daß ich hier herauskomme, dachte der Maler, und kaum hatte er das gedacht, da versank der ganze Kaiserpalast mit all seinen spitzen Türmen, mit seinen Erkern und Söllern, mit dem großen Park und dem goldenen Thron und mit allen fetten Mandarinen. Der Maler aber stand wieder neben Tip-Tip-Tipsel, und auf der großen grünen Wiese kollerten ein paar dicke gelbe Zitronen mit Zöpfen und Beinen und schrien: «Sssit – Kopf ab.»

«War es schön?» fragte Tip-Tip-Tipsel.

«Nein, es war nicht schön», sagte der Maler, «ich mag durchaus keinen Zopf tragen, und dicke gelbe Zitronen mit Zöpfen und Beinen sind keine passende Gesellschaft für einen anständigen Menschen. Es ist auch nicht schön, vor dem einen Kotau zu machen und dem anderen den Kopf abzuschlagen, das ist eine scheußliche Methode und nicht nach meinem Geschmack.»

«Es ist nur gut, daß du das im Tal der Träume erlebt hast und nicht auf der Erde», sagte Tip-Tip-Tipsel, «auf der Erde hättest du deinen Zopf nicht so bald wegwerfen können und wärest nicht mit so heiler Haut davongekommen. Die Macht, die an den Zöpfen hängt, ist auch keine sehr sichere Sache, sie ist ein bißchen vergänglich. Die Macht, die im Schaffen und in der Werkstatt des Lebens liegt, ist sehr viel dauerhafter. Die lebt noch weiter, wenn den dikken gelben Zitronen schon lange die Köpfe abgeschlagen sind. Aber hattest du dir nicht auch Geld gewünscht? Das kannst du auch noch kennenlernen im Tal der Träume.»

«Eigentlich habe ich genug gesehen», sagte der Maler, «und ich sehne mich zurück in meine Werkstatt. Aber schließlich könnte ich gerade die Werkstatt sehr schön gestalten, wenn ich viel Geld hätte.»

Kaum hatte er das gesagt, da wuchs aus der grünen Wiese eine große Stadt hervor, mit Fabriken und rauchenden Schloten, und der Maler saß auf einer gewaltigen Geldkiste in einem herrlichen Hause. Um ihn herum aber standen lauter Lakaien und warteten auf seine Befehle. Sie standen ganz steif und still da, und wenn er etwas von ihnen haben wollte, mußte er ihnen erst ein Goldstück in den Mund werfen. Sonst rührten sie sich überhaupt nicht. Der Mund eines jeden Lakaien aber war sehr groß und klappte immer auf und zu, so daß sie alle aussahen wie riesige Sparbüchsen, die nach einem gleichen Muster in der Fabrik gefertigt und aufgestellt waren.

Das war ja einigermaßen langweilig, aber der Maler meinte, daß es doch ganz schön wäre, so reich zu sein, und er dachte sich eine Menge Dinge aus, die er gerne kaufen wollte. Doch immer, wenn er nach etwas fragte, war es schon da, und es wurde ihm gleich gebracht, sobald er nur einem Lakaien ein Goldstück in das Sparkassenmaul steckte. So kam der Maler um die ganze Freude.

«Das ist ja das reine Warenhaus», sagte er, «ich weiß nicht, was ich dann eigentlich hier noch suchen soll. Ich will wenigstens ein bißchen spazierengehen und mir überlegen, was ich vielleicht mit dem vielen Gelde anfangen könnte.»

«Das Spazierengehen kostet ein Goldstück», sagte der Lakai und sperrte sein Sparkassenmaul auf, als der Maler die Hand auf die Türklinke legte, um ins Freie zu gelangen.

«Ich habe zwar Goldstücke genug in der Kiste», sagte der Maler wütend, «aber es ist doch geradezu blödsinnig, daß ich für das Spazierengehen ein Goldstück bezahlen soll.»

Doch die Tür war nicht zu öffnen, und der Lakai stand davor und machte den Rachen überhaupt gar nicht mehr zu. Sein Kopf sah aus wie ein einziges großes Loch.

«Schön», sagte der Maler, «wenn ich nicht spazierengehen darf, ohne zu bezahlen, dann gehe ich nicht spazieren. Es fällt mir nicht ein, jemand dafür ein Goldstück in den Rachen zu werfen. Ich bin nicht verrückt. Wenn ich nicht spazierengehen darf, will ich eben arbeiten. Ich will in meine Werkstatt und schaffen.»

Da aber war es, als ob alle die steifen und stummen Lakaien plötzlich Leben bekämen. Sie rissen die Sparkassenmäuler entsetzlich weit auf und schrien: «Was? Arbeiten will er? Schaffen will er? Wer soll denn dann auf der Geldkiste sitzen und uns die Goldstücke in den Rachen werfen? Nein, das gibt es nicht, hinein mit ihm in die Geldkiste!»

Und die Lakaien ergriffen den Maler, sperrten ihn in die große Geldkiste, machten den Deckel zu und setzten sich sogar noch darauf.

Wenn ich doch bloß aus dieser scheußlichen Geldkiste wieder heraus wäre! dachte der Maler, und kaum hatte er das gedacht, so versank die Stadt mit den Fabriken und rauchenden Schloten, und das herrliche Haus mit den vielen Lakaien und der gewaltigen Geldkiste war verschwunden. Der Maler aber stand wieder neben Tip-Tip-Tipsel, und aus der großen, grünen Wiese guckte noch ein Kopf hervor, mit einem Maul wie eine Sparbüchse, und klappte die Kinnlade voller Erbosung auf und zu.

«War es schön?» fragte Tip-Tip-Tipsel.

«Es war entsetzlich», sagte der Maler, «ich möchte wahrhaftig nie wieder in einer Geldkiste eingesperrt sein. Es ist sehr dunkel darin, die Luft ist allzu schlecht, und es ist überhaupt ein recht enges Behältnis.»

«Ja, die Geldkiste darf eben nicht so groß sein, daß der ganze Mensch darin verschwindet», sagte Tip-Tip-Tipsel, «auf der Erde wärest du auch nicht so bald wieder aus einer Geldkiste herausgekommen. Es ist nur gut, daß du das im Tal der Träume erlebt hast, da konntest du dich gleich wieder wegwünschen. Aber wie denkst du nun über die regengrauen Tage und über deine einsame Werkstatt?»

«Davon wollte ich gerade sprechen», sagte der Maler, «ich möchte am liebsten gleich wieder dorthin zurück.»

Und als der Maler das gesagt hatte, glitt er über die Brücke der sieben Farben mit Tip-Tip-Tipsel zusammen auf die Erde zurück und saß in einem Augenblick wieder vor seiner Staffelei und vor dem Bilde mit der grauen Landschaft. Dann gab ihm Tip-Tip-Tipsel die Hand, sagte freundlich «Auf Wiedersehen!» und war verschwunden.

Der Maler aber nahm Pinsel und Palette und malte mit schönen, leuchtenden Farben einen großen Regenbogen in die graue Landschaft hinein, und der schimmerte wie ein Edelstein über den engen Gassen und Toren und über der Werkstatt des Lebens.

Tip-Tip-Tipsel ist noch oft zum Maler in seine Werkstatt gekommen, und sie sind beide noch oft zusammen auf der Brücke der sieben Farben in das Tal der Träume gewandert. Und der Maler malte noch viele farbenfrohe Bilder, und er malte das Tal der Träume in den Alltag des Daseins hinein. Er malte auch schöne Frauen mit Gänseschnäbeln, dicke, gelbe Zitronen mit Zöpfen und Beinen und Sparbüchsen mit gewaltigen Mäulern. Die vielen Menschen, die diese Bilder sahen, lachten darüber und fanden sie sehr komisch. Sie merkten aber gar nicht, daß gerade diese Bilder sie alle selber vorstellten.

Wie hätten sie das auch bemerken sollen? Sie schnattern in den Rosengärten, tragen ihre Zöpfe auf den Thronen oder sitzen eingesperrt in einer Geldkiste und sind niemals mit Tip-Tip-Tipsel auf der Brücke der sieben Farben aus der wirklichen Werkstatt des Lebens in das Tal der Träume gegangen.

Das ist die Geschichte von Tip-Tip-Tipsel.

Archibald Pickelbeul

In einem Blumentopf im Fenster lebte einmal ein Kaktus – dick, grün und beschaulich. Er setzte Pickel um Pickel, Beule um Beule an, und dieser Kaktus hieß Archibald Pickelbeul.

Neben ihm stand eine Rose und reckte duftende Blüten ins Sonnenlicht. Aber Herr Pickelbeul nahm kein Interesse an ihr, weder ein sachliches noch ein persönliches. Denn sachliche Interessen hatte er überhaupt nicht, und sein persönliches Interesse erschöpfte sich restlos darin, seinen fetten grünen Bauch in der Sonne zu wärmen und Pickel um Pickel und Beule um Beule anzusetzen, aber langsam und ohne Übereilung. Der Pickel, der heute nicht kommt, kommt morgen, und die Beule, die morgen nicht kommt, kommt übermorgen. Also war Archibald Pickelbeul.

«Dasein ist alles», sagte Archibald Pickelbeul – und er war da.

«Herr Pickelbeul», meinte die Rose und neigte verbindlich eine Blüte zu ihm hinüber, «wollen Sie nicht auch einmal blühen?»

«Wozu?» fragte Archibald Pickelbeul.

«Es ist Sommer, und die ganze Natur jubelt.»

«Soll sie ruhig tun», sagte Archibald Pickelbeul.

«Sie verjüngt sich.»

«Das tu ich auch, Beule um Beule.»

«Ihre Beulen in Ehren, aber Sie sollten blühen», sagte die Rose, «warum blühen Sie nicht?»

«Es juckt mich nicht», sagte Archibald Pickelbeul unhöflich.

«Es juckt Sie nicht?» fragte die Rose enttäuscht. «Was hat denn das damit zu tun? Muß es Sie jucken, damit Sie blühen? Ist Blühen nicht Schönheit, die von selbst in der Sonne erwacht? Ein Mysterium?»

«Nun ja, dann juckt's doch», sagte Archibald Pickelbeul.

Über die Scheiben seines Glases guckte der Laubfrosch Moritz Fingerfeucht. In der ihm eigenen pneumatischen Art klebte er an seiner Umgebung und blickte mit ebenso vorwurfsvollen als erheblichen Augen auf Archibald Pickelbeul.

«Sie sollten nicht davon reden, daß es Sie juckt», sagte er, «man sollte viel eher meinen, daß es einen selbst jucken kann, wenn man Sie ansieht samt Ihren Haaren und Stacheln. Ich möchte mich nicht auf Sie setzen.»

«Dazu habe ich Sie auch nicht eingeladen», sagte Archibald Pickelbeul nicht unrichtig.

«Herr Pickelbeul», sagte Moritz Fingerfeucht, «Herr Archibald Pickelbeul, gerade wenn man so aussieht wie Sie, sollte man etwas für die Schönheit tun und wenigstens blühen.»

«Was tun denn Sie für die Schönheit?» fragte Archibald Pickelbeul geärgert.

Moritz Fingerfeucht machte mit dem schlüpfrigen Arm eine großartige Geste. «Ich singe – und auch wenn ich nicht sänge, ich bin schön an sich», sagte er mit bescheidenem Selbstbewußtsein.

«Tun Sie Ihren großen Mund zu», sagte Archibald Pickelbeul.

«Ich weiß, Herr Pickelbeul ist mehr für das Zweckmäßige», sagte die Rose einlenkend, «aber, mein lieber Herr Pickelbeul, sehen Sie sich Frau Knolle im Garten unten an, eine brave Kartoffelmutter und eine hochachtbare Person. Sie übersieht keineswegs die Notwendigkeit der Beulenbildung in der Erde, aber auch sie blüht regelmäßig und ohne daß es sie juckt. Blühen ist Schönheit, die von selbst in der Sonne erwacht ...»

«Ich weiß schon», sagte Archibald Pickelbeul.

«Ich nehme ein gewisses biologisches Interesse an Ihnen», sagte Moritz Fingerfeucht, «wann juckt es Sie, und wann und wo blühen Sie?»

«Wenn's mich eben juckt», sagte Archibald Pickelbeul, «irgendwann und irgendwo, wahrscheinlich auf dem Bauch.»

«Archibald», flötete die Rose und streute eine duftende Blüte über ihn, «der Sommer ist da, die Sonne scheint, und alles blüht – Archibald, willst du nicht auch blühen?»

«Aber wenn's mich doch nicht juckt!» schrie Archibald Pickelbeul voll Erbosung.

Viele Leute heißen Archibald Pickelbeul oder so ähnlich. Pickel um Pickel und Beule um Beule setzen sie an, eine stacheliger als die andere. Sie blühen gar nicht oder selten einmal, irgendwann und irgendwo, meistens auf dem Bauch. Aber sonst – Sommer, Sonne, Schönheit – es juckt sie eben nicht!

Porzellan

Porzellan ist so rein, so weiß und kühl, und man sollte gar nicht glauben, wie lebendig es werden kann, und so ist vieles im Leben, das aussieht wie Porzellan. Am Tage steht es stumm und steif und zierlich da, aber wenn die Sonne gesunken ist und die letzten Lampen in der Dämmerung erlöschen, dann atmet das Porzellan tief auf im blauen Mondlicht und regt sich und redet. Und beim Porzellan ist es auch so, daß die größten Schnauzen am meisten reden. Aber das ist gar nicht immer gut.

«Der Mondschein ist heute so fade», sagte eine alte Kaffeekanne, die eine große und spitze Schnauze hatte und zur Kritik neigte. Alte Kaffeekannen haben meistens spitze Schnauzen und neigen zur Kritik.

Die Kaffeetassen um sie herum klirrten leise Beifall. Sie hatten dasselbe Muster und richteten sich ganz nach der Kaffeekanne.

«Wir sind eben immer der gleichen Meinung, meine Damen», sagte die Kaffeekanne befriedigt, «das kommt daher, weil wir alle aus derselben Familie sind und das gleiche vornehme, solide Zwiebelmuster haben, so gar nichts Leichtsinniges oder Selbständiges. Aber dort über uns, o du lieber Himmel, was ist das für eine bunte, gemischte Gesellschaft! Es ist mir, als stieße ich mich an eine scharfe Ecke, wenn ich daran denke, welch ein Gesindel über uns im Glasschrank steht.»

Die Kaffeekanne schlug die Augen in frommer Ergebung nach oben. Denn über ihr standen eine Nymphe und ein Mohr, eine Schäferin und ein Lautenspieler, und schließlich noch ein Chinese ohne Beine. Die alle konnten durch die Glasscheibe heruntergukken, und das taten sie auch. Es stand auch noch ein schwarzer Teufel dabei mit gruseligen, roten Augen und Hörnern auf dem Kopf. Aber über den sagte die Kaffeekanne grundsätzlich nichts Abfälliges, denn die Kaffeekannen mit der gespitzten Schnauze und der Teufel haben irgendwie gemeinsame Interessen.

«Sehen Sie nur, meine Damen», sagte die Kaffeekanne, «diese entsetzliche Nymphe! Hat sie irgend etwas an? So gut wie nichts! Es ist unsagbar peinlich. Wenn man bedenkt, daß die kleinen, unschuldigen Mokkatassen das sehen könnten!»

Die Kaffeetassen klirrten, und die kleinen, unschuldigen Mokkatassen kicherten vor Vergnügen, denn sie hatten natürlich alles gesehen.

«Was sagen Sie dazu, liebe Kusine?» fragte die Kaffeekanne eine dicke Teekanne, die neben ihr saß, und stieß sie mit dem Henkel in die Seite, «ist es nicht empörend?»

Die Teekanne war rund, sanft und behaglich. Sie schlummerte beinahe immer und verstand niemals, wenn man sie etwas fragte. Als die Kaffeekanne sie anstieß, hob sie den Deckel ab und grüßte.

«Guten Abend», sagte sie und schlief wieder ein.

«Haben Sie denn gar nichts anzuziehen?» rief die Kaffeekanne nach oben und schielte bedenklich nach der Nymphe, «in Griechenland ist es wohl sehr warm, Mademoiselle? Aber hier sind wir nicht in Griechenland, sondern woanders.»

Damit, daß man hier nicht in Griechenland war, sondern ganz woanders, hatte die Kaffeekanne nur allzu recht.

Die Nymphe sagte kein Wort und kehrte der Kaffeekanne einfach den Rücken zu. Sie war auf dem Rücken genauso nackt wie vorne.

«Entsetzlich, meine Damen», sagte die Kaffeekanne, «und sehen Sie einmal den schwarzen Mohr an. Ist das nicht scheußlich? Wenn man so schwarz ist, soll man nach Afrika gehen. Hier bei uns ist das doch eine Blamage.»

Daß der Teufel auch so schwarz war, ja, noch schwärzer, darüber sagte die Kaffeekanne kein Wort.

«Pst, Sie! Schwarzer!» rief die Kaffeekanne nach oben, «warum gehen Sie nicht nach Afrika?»

Der kleine Mohr aber hatte ein anderes Temperament als die griechische Nymphe.

«Bäh!» sagte er und streckte der Kaffeekanne die Zunge heraus.

Als der Teufel sah, daß es Streit geben würde, rieb er sich die Hände vor Vergnügen, rollte die roten Augen und kokettierte mit den Hörnern. Er hatte Sympathien für die alte Kaffeekanne, denn sie sorgte immer dafür, daß es ihm erfreulich ging und daß er etwas zu tun hatte.

Der Chinese sagte nichts und nickte mit dem Kopf. Es war dies das einzige, was er wollte oder konnte. Er hatte keine Beine, sondern nur einen Bauch, gelb wie eine Zitrone, und auf dem Bauch einen Kopf, mit dem er wackelte. Mehr brauchte er nicht, denn er war ein Weiser aus China, und da genügt das. Die Kaffeekanne konnte ihn eigentlich auch nicht leiden, aber da er auf alle Beleidigungen, die sie ihm zugerufen hatte, nur immer freundlich mit dem Kopfe nickte, fand sie es langweilig und ließ ihn in Ruhe. «Wackelkopf» war das letzte, was sie über ihn gesagt hatte, und das ist für einen Weisen aus China immerhin ein ziemlich starker Ausdruck. Aber auch dazu hatte er genickt, und seitdem hielt sie ihn für blödsinnig.

«Bäh!» sagte der kleine Mohr noch einmal und streckte die Zunge zum zweitenmal heraus. Es war eine lange, breite, rote und gesunde Zunge.

«Dieser schwarze Bengel ist abscheulich», sagte die Kaffeekanne, «mein Himmel, was sind das für afrikanische Manieren mitten unter unserem vornehmen Zwiebelmuster! Aber diese nackte Nymphe und der eklige kleine Mohr sind noch lange nicht das Schlimmste. Das Schlimmste, meine Damen, ist das Liebespaar über uns, das sich nicht schämen wird, sich demnächst vor unseren Augen zu küssen!»

Die Kaffeetassen klirrten entrüstet und sahen neugierig nach oben. Dort saß eine niedliche kleine Schäferin mit einem Blütenkranz im Haar, und vor ihr kniete ein Pierrot mit einer Laute und sang für sie ein altes Liebeslied aus der Provence. Sie sah zu ihm hinunter und wippte mit dem zierlichen Fuße den Takt der Melodie, die schon so viele vor ihnen gesungen hatten, im blauen Mondlicht und mit dem Blütenkranz im Haar.

Der Teufel rollte mit den roten Augen, kokettierte mit den Hörnern und rieg sich die Hände vor Vergnügen. Auf dem Gebiet der Liebe waren die alten Kaffeekannen mit der spitzen Schnauze für ihn von unbschätzbarer Bedeutung.

Die feine Porzellanuhr aber, die ganz oben auf dem Glasschrank über allen stand und allen ihre Stunden schlug, wollte auch wirklich gerade die Stunde schlagen, zu der die Schäferin und der Pierrot sich küssen sollten. Denn die Uhr geht ihren Gang, und sie nimmt keine Rücksicht auf die alten Kaffeekannen und ihre spitzen Schnauzen.

«Ja, das ist das Schlimmste», sagte die Kaffeekanne, «aber das Allerschlimmste ist es noch nicht. Das Allerschlimmste, meine Damen, ist . . .»

Die Kaffeetassen zitterten vor Aufregung, und die unschuldigen, kleinen Mokkatassen kicherten vor Vergnügen.

«Liebe Kusine, hören Sie auch, was das Allerschlimmste ist?» fragte die Kaffeekanne und stieß die dicke Teekanne mit dem Henkel an.

Die Teekanne wachte auf, hob den Deckel ab und grüßte.

«Guten Abend», sagte sie und schlief wieder ein.

«Das Allerschlimmste, meine Damen, ist, daß diese Liebenden, an denen wir mit Recht Anstoß nehmen, sich nicht einmal treu sind! Der Pierrot hat soeben mit der nackten Nymphe Blicke getauscht, und die leichtsinnige Schäferin hat ihren Blütenkranz dem schwarzen Negerscheusal geschenkt.»

Der Teufel rieb sich die Hände derartig vor Wonne, daß sie anfingen abzufärben und hellen Flecken bekamen.

Es war aber gar nicht wahr, was die Kaffeekanne gesagt hatte.

Denn die Nymphe hatte sich abgewandt, und auf dem Rücken hat auch eine Nymphe keine Augen, und der kleine Mohr hatte keinen Blütenkranz in der Hand, sondern ein großes Messer, wie das für einen Schwarzen aus Afrika einfach zur Garderobe gehört. Es war aber kein Mordmesser, sondern ein Messer für Butterbrote, denn der kleine Mohr war eine ganz harmlose Person und bloß aus Porzellan.

Die Lauten aber und die Herzen sind empfindliche Dinge, auch wenn sie nicht aus Porzellan sind, und sie fragen nicht immer, ob etwas wahr ist oder nicht. Und so geschah es, daß eine Saite auf der Laute des Pierrots zerriß und das Herz der kleinen Schäferin einen Sprung bekam. Das alte träumende Liebeslied aus der Provence verstummte, der Pierrot sah traurig zu Boden, und die kleine Schäferin sah traurig zur Seite. Die feine Porzellanuhr über ihnen schlug silbern die Stunde, da sie sich küssen sollten. Aber es war nicht mehr die Stunde, die ihnen schlug, und sie küßten sich nicht mehr. Es ist etwas Trauriges um einen Sprung im Herzen und um eine zerrissene Saite.

Der kleine Mohr aber war der Tapferste von allen. Er ergrimmte, als er das alles sah, so sehr, daß er sein Butterbrotmesser von sich warf und einen Putzlappen erwischte. Und mit diesem Putzlappen sprang er durch den schmalen Spalt zwischen den Fächern des Glasschrankes hindurch und stopfte der Kaffeekanne die spitze Schnauze, so daß sie nicht einmal mehr das Wort Kaffee aussprechen konnte.

Als aber der Teufel das sah, rieb er sich nicht mehr die Hände, sondern ihm wurde mit einem Male sehr flau zumute. Und dann fiel er um und zerbrach in lauter Scherben. Denn immer, wenn einer alten Kaffeekanne die spitze Schnauze gestopft wird, wird einem Teufel flau, und er geht kaputt. Darum kann man das gar nicht oft und nachdrücklich genug besorgen.

Die Nymphe lachte, und der kleine Mohr strich sich ein Butterbrot mit dem großen Butterbrotmesser, und das hatte er gewiß reichlich verdient. Die Schäferin sah den Pierrot an, und der Pierrot sah die Schäferin an, und dann küßten sie sich doch noch. Die Uhr aber tat ihnen den Gefallen und schlug die Stunde, die ihnen bestimmt war und die sie verpaßt hatten, noch einmal.

Es geschieht nur ganz selten im Leben, daß eine Stunde, die einem bestimmt war und die man verpaßt hat, noch einmal wieder schlägt. Darum soll man sehr vorsichtig sein mit allem, was von Porzellan ist und was so leicht einen Sprung bekommt. Nachher ist es zu spät.

Es haben ja wohl alle irgendeinen Sprung im Herzen, und daran ist selten etwas zu ändern. Und man mag wohl einen Sprung im Herzen bekommen um eine zerrissene Saite und um ein verstummtes Lied, um einen Kuß, der nicht geküßt wurde, oder um eine Stunde, die einem niemals schlug – aber keinesfalls soll man einen Sprung bekommen bloß wegen der spitzen Schnauze einer alten Kaffeekanne. Die soll man tüchtig mit einem Putzlappen stopfen, wo man sie nur immer findet. Denn die ist keinen Sprung im Herzen wert.

Der Weise aus China ohne Beine und mit dem gelben Bauch meinte wohl ganz dasselbe, denn er nickte mit dem Kopfe dazu. Aber es ist freilich wahr, daß er auch vorher stets mit dem Kopf genickt hatte. Wahrscheinlich konnte er gar nicht anders, und dann darf man auch nicht allzuviel darauf geben. Vielleicht war er auch gar kein Weiser, denn eigentlich war er nicht aus China, sondern aus Meißen.

Die dicke Teekanne aber hatte die ganze Geschichte verschlafen, und sie wußte nichts von einem Sprung im Herzen. Nur als der Teufel in Scherben ging, wachte sie schnell ein bißchen auf, hob den Deckel ab und grüßte.

«Guten Abend», sagte sie und schlief gleich wieder ein.

Mittsommernacht

Die hellblaue Dämmerung der Mittsommernacht hatte sich über Wald und Wiesen gebreitet, und die Fledermäuse waren fleißig umhergeflattert und hatten es überall gemeldet, daß heute zur Sonnenwende die Elfen im Elfenring tanzen würden. Und als die Nacht tiefblau geworden war und die Sterne über ihr hingen wie goldene Ampeln, da traten die Elfen in den Elfenring und faßten sich bei den Händen. Sie trugen Schleier von Spinnweb, und in ihren hängenden Haaren saßen Leuchtkäfer und bildeten smaragdene Diademe im Elfenhaar, wie sie kein Goldschmied der Welt hätte schmieden können. Die Leuchtkäfer aber taten das ganz ohne Mühe und aus lauter Gefälligkeit. Viele Tiere des Waldes, welche die Fledermäuse eingeladen hatten, waren gekommen, um zuzusehen, denn der Tanz der Elfen in der Mittsommernacht ist etwas ganz Besonderes. Die Welt harrt ja auf Erlösung, und zu jeder Sonnenwende fragt sie, ob es die große Sonnenwende ist und ob es Tag wird um Balders Bahre.

Es waren seltene Gäste unter den Tieren, und ein Einhorn und ein Bär wurden besonders bestaunt, die in grauen Zeiten hier im Walde gelebt hatten und nun im Geisterlande wohnten. Aber heute waren sie gekommen, denn in der Mittsommernacht verschwistern sich alle Welten, alle Geheimnisse von Gottes Schöpfung reden und werden sichtbar dem, der hören und sehen kann. Die Menschen können das nicht mehr, seit Balder von Loki getötet wurde, und seitdem sind die Menschen böse geworden zu den Tieren und zu den Märchenwesen. Aber es wird eine Wacht gehalten an Balders Bahre, und einmal wird er erwachen im Morgenlicht zur Sonnenwende, und darauf wartet die Welt.

Die Fledermäuse hatten sich, erschöpft von den vielen Einladungen, an den Ästen der Bäume aufgehängt, mit dem Kopf nach unten, so daß sie bequem zuschauen konnten. Auf der Spitze einer Tanne aber hockte ein Rabenrat von drei Raben, der immer «krah» sagte, und darum war er sehr beliebt, denn man hielt das stets für eine Zustimmung. Die Rabenräte, die nur «krah» sagen, sind ja auch anderswo eine sehr geschätzte Einrichtung. Die Pilze waren geradezu zahllos erschienen, denn die Pilze sind neugierig und erscheinen bei allen solchen Festlichkeiten, obwohl es ihnen große Mühe macht, auf ihren kurzen Beinen heranzuwackeln. Sie stören eigentlich sehr, denn alle müssen darauf achten, sie nicht zu treten, weil sie so viele sind und einer kleiner ist als der andere.

«Du frierst doch nicht?» fragte eine Elfe einen alten Stein, der nahe am Elfenring stand und sich den Moosrock sorgsam enger zog.

«Nein, vielen Dank, ich friere nicht», sagte der alte Stein, «wenn man viele tausend Jahre die Nebel der Erde um sich herum gehabt hat, friert man nicht mehr so leicht. Auch schaffen wir uns ja, wenn wir älter werden, die warmen Moosröcke an. Aber es krabbelt so sonderbar auf meinem Rücken und auf meinem Kopf, darum zog ich mir den Moosrock und die Moosmütze fester.»

Die Elfe guckte hin. Auf dem Kopf des alten Steines saß ein Igelkind und schnullte an der Pfote.

«Es ist bloß ein Igelkind», sagte die Elfe, «tu die Pfote aus dem Mund, Kleiner.»

«Die Feier im Elfenring beginnt!» rief die Elfenkönigin und schwang eine blaue Glockenblume als Zepter.

«Krah», krächzte der Rabenrat beifällig und putzte sich die Federn.

Das Igelkind sah die Elfenkönigin an. Sie gefiel ihm über alle Maßen, und es beschloß, sich bald mit ihr bekannt zu machen.

«Pfui», sagte die Elfenkönigin, «wer ist denn das?»

«Pfui», riefen die Elfen, «mit dem wollen wir nicht tanzen.»

«Den haben wir auch gar nicht eingeladen», meinten die Fledermäuse und raschelten erbost mit den Flughäuten.

«Das ist der Zauberer Zitterzipfel», sagte ein Eichhörnchen, «ich kenne ihn, denn ich werfe ihm manchmal Tannenzapfen auf den Kopf.»

Auf der grünen Wiese saß der Zauberer Zitterzipfel, ein langes, dürres, gelbes Scheusal mit einem hohen, lächerlichen Hut, und rührte mit dem Kochlöffel in einer Suppenschüssel.

«Zitterzipfel», fragte die Elfenkönigin, «Zitterzipfel, was ist das für ein alberner Hut, den du auf dem Kopf hast?»

«Das ist der Hokuspokushut meiner Wissenschaft, und er ist bei den Menschen sehr geschätzt», sagte der Zauberer Zitterzipfel.

«Zitterzipfel», fragte die Elfenkönigin, «Zitterzipfel, was ist das für eine eklige Suppe, in der du rührst?»

«Das ist meine Giftsuppe, die ich immer rühre, und sie ist bei den Menschen sehr bliebt», sagte der Zauberer Zitterzipfel.

«Zitterzipfel», sagte die Elfenkönigin, «wir sind hier nicht bei den Menschen, und wir machen uns gar nichts aus dem Hokuspokus deiner Wissenschaft und aus deiner ekligen Suppe.»

«Immer wenn Sonnenwende gefeiert wird, kommt irgend solch ein Zauberer Zitterzipfel, wackelt mit seinem Hokuspokushut und rührt seine Giftsuppe dazu», murrten die Tiere, «Zitterzipfel soll machen, daß er fortkommt. Hier geht es anständig zu, wir sind hier nicht unter Menschen.»

«Zitterzipfel», sagte die Elfenkönigin, «du hörst, daß du hier nicht beliebt bist. Wir haben dich auch nicht eingeladen. Mach, daß du fortkommst.»

Aber der Zauberer Zitterzipfel blieb sitzen. Er wackelte mit dem Hokuspokushut seiner Wissenschaft und rührte emsig in seiner Giftsuppe herum. Die Zitterzipfels sind überaus zähe Leute. Es ist ihnen ganz gleich, ob man sie eingeladen hat oder nicht. Sie kommen überall hin und rühren ihre Giftsuppen.

Der Bär brummte, und das Einhorn bewegte sein Horn bedenklich hin und her.

«Wir wollen uns nicht um Zitterzipfel kümmern», rief die Elfenkönigin, «mag er seine giftige Suppe rühren, wo er will. Kommt, wir wollen den Elfenring schließen und den Elfenreigen tanzen! Wer will heute mein König sein für eine blaue Mittsommernacht?»

Alle schwiegen, denn das war eine große Ehre, und es wagte sich niemand zu melden. Bloß dem Igelkind schien nun der richtige Augenblick gekommen, um sich mit der Elfenkönigin bekannt zu machen.

«Ich will dein König sein!» rief es und sah die Elfenkönigin aus seinen schlauen Äuglein liebevoll an.

Die Elfenkönigin schaute auf das Igelkind und lachte.

«Tu die Pfote aus dem Mund, Kleiner», sagte sie.

«Dich werde ich gleich in meine Giftsuppe stopfen», sagte der Zauberer Zitterzipfel und streckte den dürren, langen Arm nach dem Igelkind aus, «solche Versuche sind die vornehmste Beschäftigung der Zitterzipfels, und davon haben sie ihre große Hokuspokuswissenschaft.»

«Untersteh dich!» riefen die Elfen und stellten sich vor das Igelkind.

«Fort mit dem Zitterzipfel!» befahl die Elfenkönigin.

In demselben Augenblick stürzten sich der Bär und das Einhorn auf den Zauberer Zitterzipfel. Das Einhorn stieß ihn mit dem Horn vor den Bauch, daß er umfiel und die Giftsuppe verschüttete, und der Bär ohrfeigte ihn und drückte ihm mit den Tatzen den Hokuspokushut ein. Und als der hohe Hut in sich zusammenfiel, da sah man es deutlich, daß er eigentlich bloß eine künstlich aufgeblasene Zipfelmütze war, und das erlebt man bei allen Hokuspokushüten, wenn man sie bloß richtig anfaßt. Darum soll man das immer eifrig tun, denn wir haben viel zu viele aufgeblasene Zipfelmützen in der Welt.

Der Zauberer Zitterzipfel zitterte am ganzen Leibe vor Wut. Aber er setzte sich wieder auf die grüne Wiese vor dem Elfenring und blieb dort sitzen. Die Zipfelmütze blies er wieder sehr kunstvoll auf und stopfte den Kochlöffel in die Suppenschüssel. Bloß die Giftsuppe war ausgeronnen, und das tat ihm sehr leid. Er spuckte aber mit Überzeugung in die Schüssel, um das wieder zu ersetzen. Die Zitterzipfels sind überaus zähe Leute. Man kann sie vor den Bauch stoßen, wie oft man will, und man kann ihnen den hohen Hokuspokushut ihrer Wissenschaft eintreiben, sie bleiben sitzen und spucken und rühren weiter in ihrer ekligen Giftsuppe. Sie werden wohl erst verschwinden, wenn die große Sonnenwende kommt und Balder erwacht.

«Der Bär soll mein König sein!» rief die Elfenkönigin, «für die Ohrfeigen, die er Zitterzipfel gegeben hat, und weil er ihm seinen albernen Hut vom Kopfe schlug. Der Bär soll mein König sein für diese blaue Mittsommernacht!»

«Krah», sagte der Rabenrat und schlug begeistert mit den Flügeln, und alle Pilze schrien: «Hoch!»

Der Bär lächelte, daß seine Mundwinkel bis an die Ohren reichten.

«Viel Ehre, viel Ehre», murmelte er, «darauf habe ich nicht gerechnet, ich war ja eigentlich nur hierhergekommen, um mich ein wenig zu zerstreuen.»

«Komm zu mir, Meister Petz!» sagte die Elfenkönigin. Da trottete der Bär zur Elfenkönigin und setzte sich neben sie, und sie krönte ihn mit einer kleinen, goldenen Krone zu ihrem König für eine blaue Mittsommernacht. Das Krönlein war so klein, daß es beinahe im Fell des Bären verschwand.

«Es wird schon halten in deinem dicken Pelz, Meister Petz», sagte die Elfenkönigin und küßte den Bären mitten auf die Schnauze.

Der Bär beschnupperte sie voller Zärtlichkeit und flüsterte ihr Schmeicheleien ins Ohr, denn die hört auch eine Elfenkönigin gerne, und die versteht auch ein Bär in der Mittsommernacht zu sagen.

Da flammte ein Wetterleuchten auf in der Ferne, in grünen und blauen Flammen.

«Nun schlingt den Elfenreigen im Elfenring!» rief die Elfenkönigin und schwang ihr Glockenblumenzepter.

Die Elfen faßten sich bei den Händen und schlossen den Elfenring. Mit den funkelnden Diademen von Leuchtkäfern im hängenden Haar und im Wetterleuchten der grünen und blauen Flammen tanzten sie beim fernen Donnergrollen und sangen das uralte Elfenlied dazu:

«Sonnenwendesommernacht –
Habt auf seltne Wunder acht.
Silbern west im Mondenschein
Elfenring und Elfenreihn.
Aus vergeßner Modergruft
Blüht's hervor im Rosenduft,
Funkelt hier und leuchtet dort,
Grauer Zeiten goldner Hort.
Edelsteine, hell und klar,
Opferschalen am Altar,
Königskronen aus Kristall,
Blanke Waffen von Walhall.
Und die Sehnsucht bangt und fragt,
Ob's um Balders Bahre tagt.
Sonnenwendesegen spricht
Tief im Grund und hoch im Licht.
Tu uns dein Geheimnis kund,
Hoch im Licht und tief im Grund.
Habt auf seltne Wunder acht –
Sonnenwendesommernacht.»

Da lohte ein blendender Blitz auf, der Donner dröhnte, als ob Himmel und Erde bebten, der Waldgrund im Elfenring wurde klar wie grünes Glas, und aus ihm leuchtete der heilige Hort aus dem Jugendland der Welt hervor, mit schimmernden Schalen von Edelsteinen und den blanken Waffen von Walhall.

Die Elfen verstummten, die Tiere neigten sich, und das Einhorn kniete nieder vor dem leuchtenden Hort.

«Vor abertausend Jahren habe ich diesen Schatz gesehen», sagte es, «ich sah, wie sie die schimmernden Schalen füllten am Altar, und ich sah, wie sie diese Königskronen trugen und die blanken Waffen von Walhall. Balder starb, und die heiligen Horte versanken. Aber nun wird es wieder Licht werden um Balders Bahre.»

Der Zauberer Zitterzipfel war verschwunden. Er hatte sich in Dunst aufgelöst und mit ihm der Hokuspokus seiner Wissenschaft.

Die Zitterzipfels sind überaus zähe Leute. Sie kommen überall hin, wo man sie nicht eingeladen hat, und wenn man sie auch vor den Bauch stößt und ihnen den Hokuspokushut vom Kopfe schlägt, daß er zur Zipfelmütze wird – sie bleiben ruhig sitzen und rühren weiter in ihrer Giftsuppe. Aber die schimmernden Opferschalen aus dem Jugendland der Welt und die blanken Waffen von Walhall können sie nicht ertragen. Dann lösen sie sich in Dunst auf, denn daraus sind sie geboren samt ihrer ganzen Hokuspokuswissenschaft.

Oben auf dem Gipfel des grünen Hügels aber stand Frau Freya. Sie breitete die Arme weit in die Mittsommernacht, und ihr zu Füßen saßen ihre wundervollen Katzen und schauten mit smaragdnen Augen auf den leuchtenden Hort aus dem Jugendland der Welt.

Die Elfenkönigin senkte ihr Zepter der blauen Glockenblume.

«Nun ist die große Sonnenwende gekommen», sagte sie, «wir alle können erlöst werden, und die Menschen werden wieder zurückgerufen in das Jugendland der Welt, zur Geschwisterschaft mit den Tieren und Märchenwesen, zum Garten, der einmal war. Aber wer wird uns helfen, wer wird die Opferschalen füllen und die Waffen von Walhall wieder aufnehmen?»

«Es gibt noch Menschen, die Lichtwaffen tragen», sagte der Bär. «Heute bin ich ja nur im Urlaub hierhergekommen, um mich ein wenig zu zerstreuen. Aber sonst geleite ich eine Menschenseele, die Lichtwaffen führt, und helfe sie betreuen mit meinen Tatzen. Ich will gehen, um ihr von dieser Mittsommernacht zu erzählen und ihr zu sagen, daß sie nicht mehr so allein steht und daß die große Sonnenwende gekommen ist.»

Und der Bär küßte die Elfenkönigin und verschwand im Walde. Auch die anderen Tiere wandten sich langsam ab und wanderten hinaus in den Wald, um es überall zu erzählen, daß der heilige Hort aus dem Jugendland der Welt wieder emporgetaucht sei und daß es wieder Licht werde um Balders Bahre. Auch der Rabenrat sagte «krah» und löste sich auf. Der Morgen graute, die Leuchtkäfer erloschen im Elfenhaar, die Elfen schwebten in den grünen Tannengrund hinaus, und leise verklang ihr Lied in der Ferne:

«Habt auf seltne Wunder acht –
Sonnenwendesommernacht.»

Frau Freya aber stieg vom Hügel herab mit ihren Katzen. Sie stellte sich vor den heiligen Hort und wartete auf die Sonne.

Dem Igelkind gefiel Frau Freya über alle Maßen, und es beschloß, sich bald mit ihr bekannt zu machen.

«Nun kommt, die ihr berufen seid», rief Frau Freya, «füllt wieder die Opferschalen und tragt die Waffen von Walhall!»

«Das will ich gern besorgen», sagte das Igelkind und sah Frau Freya aus seinen schlauen Äuglein liebevoll an.

Frau Freya neigte sich tief zum Igelkind hinab.

«Tu die Pfote aus dem Mund, Kleiner», sagte sie.

Da ging die Sonne auf, und Frau Freyas Katzen schnurrten.

Die Sonne durchlichtete den alten, heiligen Hort aus dem Jugendland der Welt mit ihren vergotteten Strahlen, und die Sonnenkräfte füllten die schimmernden Schalen von Edelstein und weihten die blanken Waffen von Walhall. Denn die Zeit der großen Sonnenwende ist gekommen, und es wird wieder Licht werden um Balders Bahre.

Aber erst wird ein Gewitter heraufziehen, um die Welt zu reinigen, mit Blitz und Donner, daß Himmel und Erde beben!

Schlafittchen

Bevor ich sage, wer Schlafittchen war, muß ich erst etwas von der Gletscherfrau erzählen. Die Gletscherfrau wohnte hoch oben in den Bergen auf einem Gletscher und war ganz aus Eis. Nur auf dem Kopf hatte sie ein bißchen Schnee, da, wo andre Leute die Haare haben. Das konnte nicht anders sein, denn sonst hätte sie nicht immer oben auf dem Gletscher leben können. Die Gletscherfrau war sehr alt und sehr dick und groß, denn jedes Jahr fror sie etwas dazu, und so war sie allmählich sehr umfangreich geworden. Dazu aß sie auch jeden Tag Kräutereis, das sie ganz vorzüglich zu bereiten verstand. Sie konnte das so schön machen, daß sie Köchin bei der Eiskönigin geworden war, und das will gewiß viel heißen, denn die Eiskönigin, die tief unten im blauen Gletschereis lebte, hatte eine Krone auf dem Kopf und war eine sehr anspruchsvolle

Person. Es ist vielleicht nicht ganz richtig, wenn ich sage, daß die Gletscherfrau Köchin bei der Eiskönigin war, aber wie soll man das anders sagen? Kochen tat sie natürlich nicht richtig, denn heiße Sachen konnten die kalten Leute gar nicht vertragen, sondern nur Kräutereis. Wenn die Gletscherfrau oder die Eiskönigin, zum Beispiel, eine Tasse heißen Tee getrunken hätten, so wäre ihnen der ganze Magen weggeschwommen. Kräutereis aber aßen sie jeden Tag, und sie froren immer fester dadurch und wurden dick und gesund dabei. Die Leute sind eben verschieden.

Es war dies aber durchaus nicht die einzige Tätigkeit, welche die Gletscherfrau hatte, sie war eine sehr rührige alte Dame und war den ganzen Tag über beschäftigt. Sie fegte und putzte den Gletscher, und außerdem guckte sie eifrig nach, ob sich nicht irgendwo in den Gletscherspalten ein Eiskind bildete, so ein kleines Geschöpf, das einmal in vielen Jahren eine Gletscherfrau oder ein Gletschermann werden könnte. Meist wurden diese Eiskinder aber Gletscherfrauen, denn die Arbeiten auf dem Gletscher sind durchaus hausfraulicher Natur. Es war das so, daß sich erst einmal ein paar kleine Arme und Beine bildeten, grade aus dem blauen Eise heraus, und dann ein Kopf mit zwei runden und noch ein bißchen dummen Augen. Das sah sehr spaßhaft aus, und man kann es wohl verstehen, daß es der Gletscherfrau viel Freude machte, dabei zuzusehen. Sie war auch sehr kinderlieb. Wenn nun solch ein Eiskind mit den kleinen Armen und Beinen und den runden, ein bißchen dummen Augen einigermaßen fertig war, dann brach es die Gletscherfrau aus dem Eise heraus und stellte es auf die Füße, so daß es laufen konnte. Erst tunkte sie es noch einmal in Gletscherwasser und putzte es tüchtig mit einem Schneetuch ab. Dann war das Eiskind fertig und konnte wachsen. Mittags fütterte die Gletscherfrau alle die vielen kleinen Eiskinder mit Kräutereis, und sie paßte auch sehr auf, daß keines von ihnen zuviel in die Sonne ging, damit es nicht zu schmelzen anfing, denn das wäre schade um alle die Mühe gewesen.

So hatte die Gletscherfrau schon viele, viele kleine Eiskinder abgebrochen, getunkt, geputzt und gefüttert, so daß der Gletscher geradezu von ihnen wimmelte. Das jüngste und kleinste der vielen Eiskinder aber hieß Schlafittchen. Selbstverständlich weiß ich auch, wie alle die anderen hießen, aber es hat keinen Sinn, daß ich es sage, und wir haben auch keine Zeit dazu, denn diese Geschichte ist die Geschichte von Schlafittchen, und das kommt daher, weil Schlafittchen etwas ganz Großes erlebte und die anderen Eiskinder nichts erlebten, sondern bloß umherliefen und weiterfroren. Warum, weiß ich nicht, und das ist auch ganz einerlei.

Eines Tages spielten die Eiskinder miteinander und warfen sich mit Schneebällen. Die Schneebälle flogen hin und her, und nachher liefen sie auf dem Gletscher immer weiter und sprangen über die Spalten, es sah sehr lustig aus. Denn es ist nicht so, daß die Schneebälle keine lebendigen Geschöpfe sind, sondern sie bekommen, wenn sie nur auf die Erde geworfen werden, sofort Augen, Mund und Nase und sehr viele kleine Beine, auf denen sie schrecklich schnell weiterlaufen, so daß es aussieht, als wenn sie rollten. Aber das ist nicht wahr, sie laufen auf den kleinen Beinen, und man kann sich denken, wie schnell das geht, denn sie haben die Beine überall, auf allen Seiten, oben und unten, auf der ganzen Schneekugel, und diese Kugel ist für sie der Kopf und der Leib zugleich. Ich muß das einmal sagen, weil darüber viele falsche Vorstellungen in Umlauf sind. Die Schneebälle sind meistens sehr frech, was leider wahr ist, und der kleinste war der frechste von allen.

«Tante Kühlkopf», sagte der kleine Schneeball zur Gletscherfrau, «weißt du was? Ich werde eine Lawine werden und die Welt in Schrecken setzen.»

Es ist nicht wahr, daß die Gletscherfrau Tante Kühlkopf hieß, das sagte der Schneeball bloß, weil er frech war.

«Du hast den Größenwahn, Kleiner», sagte die Gletscherfrau, «halte den Mund.»

«Tante Eisbein», sagte der Schneeball, «ich habe neulich über den Gletscherrand geguckt, es ist eine grüne Wiese unten, dort blühen Alpenrosen, und die Sonne scheint darauf.»

Es ist auch nicht wahr, daß die Gletscherfrau Tante Eisbein hieß, das sagte der Schneeball bloß, weil er frech war.

«Sonne, Wiese und Alpenrosen sind schreckliche Vorstellungen für unsereinen», sagte die Gletscherfrau, «halte den Mund.»

Mit diesen Worten ging die Gletscherfrau nach unten in die Tiefe des Gletschers auf einer schönen Eistreppe, um der Eiskönigin ihr Kräutereis zum Mittag zu bringen.

In Schlafittchens Seele aber war etwas Sonderbares vorgegangen, als es den Schneeball von der Wiese, der Sonne und den Alpenrosen sprechen hörte. Schlafittchens Seele war zwar eine kleine Eisseele, aber sie war um einige Grade wärmer als die der anderen Eiskinder, und das kommt auch auf einem Gletscher vor. So überkam Schlafittchens kleine Seele eine große Sehnsucht nach den Alpenrosen, und es kletterte auf seinen dünnen Beinen über den ganzen Gletscher, und am Ende rutschte es richtig auf die grüne Wiese hinunter mitten unter die blühenden Alpenrosen. Es war sehr schön dort, und die Alpenrosen steckten die Köpfe zusammen und wunderten sich über das kleine Eiskind, das auf einmal in ihre blühende Welt gekommen war. Es war aber viel zu heiß darin für Schlafittchen, und ehe sie sich's versahen, war Schlafittchen aufgetaut, und nur eine Pfütze war von ihm übriggeblieben, sonst gar nichts. Schlafittchen war das selbst sehr sonderbar vorgekommen, doch es ging so schnell, daß es nicht viel davon merkte, und das Sonderbarste war, daß es in der Pfütze weiterlebte, nur kam es sich jetzt den Alpenrosen und der grünen Wiese viel näher und verwandter vor. Es sah, wie die Alpenrosen die Köpfe nach der Sonne und nach den Wolken emporstreckten, die über sie hinzogen, und Schlafittchen war es, als müsse es auch zu der Sonne und zu den Wolken hinaufgehen können. Und wie es das dachte, schien die Sonne immer stärker und stärker, und die Wolken kamen näher und näher, und ehe die Eidechse, die hinzugelaufen war, um sich Schlafittchen in der Pfütze zu betrachten, Zeit fand, es zu beaugenscheinigen, war Schlafittchen verdunstet, und eine Wolke hatte es mit hinaufgenommen. Und in der Wolke zitterte das Sonnenlicht.

«Wo ist Schlafittchen?» fragte die Gletscherfrau, als sie der Eiskönigin das Kräutereis gebracht hatte und die Treppe wieder hinaufgestiegen war. Denn sie sah gleich, daß eines ihrer Eiskinder fehlte.

«Schlafittchen ist auf die grüne Wiese zu den Alpenrosen gegangen», sagte der Schneeball.

«Siehst du», sagte die Gletscherfrau, «warum hast du davon erzählt? Das ist eine schreckliche Geschichte. Halte den Mund.»

Die Gletscherfrau machte sich sogleich auf die Eisfüße und begann Schlafittchen zu suchen, obwohl es ihr selbst erbärmlich warm wurde auf der Alpenwiese. Aber aushalten konnte sie es schon eine Weile, sie war kein Eiskind mehr, sondern eine dicke, vergletscherte Person, und bei solchen Leuten dauerte es eine ganze Weile, bis die Sonne sie auftauen kann.

«Wo ist Schlafittchen?» fragte sie die Alpenrosen.

«Schlafittchen ist aufgetaut», sagten die Alpenrosen und neigten die Köpfe, denn es tat ihnen sehr leid. «Schlafittchen ist eine Pfütze geworden.»

«Wo ist die Pfütze?» fragte die Gletscherfrau, «ich werde sie schon wieder zusammenfrieren.»

«Die Pfütze war hier», sagte die Eidechse und wies mit der kleinen grünen Hand auf eine leere Stelle, «aber nun ist sie nicht mehr da. Schlafittchen ist verdunstet, und eine Wolke hat Schlafittchen aufgenommen und ist über die Berge gezogen ins Sonnenlicht hinein.»

Da wurde die Gletscherfrau sehr traurig und ging eilig wieder zurück zu der Eiskönigin.

«Schlafittchen ist verlorengegangen», rief sie. «Schlafittchen ist aufgetaut.»

«Friere es wieder zusammen», meinte die Eiskönigin.

«Das kann ich nicht», sagte die Gletscherfrau, «Schlafittchen ist verdunstet.»

Dabei weinte sie zwei große, heiße Tränen, und das ist sehr seltsam bei einer Gletscherfrau, die doch kalt und aus Eis ist und sich von nichts als von Kräutereis nährt. Die Tränen waren so heiß, daß sie zwei Löcher in die weiße Tischdecke der Eiskönigin brannten, denn diese Tischdecke war aus Schneekristallen gewoben und vertrug keine Tränen.

Als die Eiskönigin die Gletscherfrau weinen sah, bekam sie ordentlich einen Knacks in ihrem Eisherzen, und ich glaube, wenn nicht dazwischen die kleinen Seelen aus der Gletscherwelt verschwinden würden, so würden alle die kalten Leute immer vergletschert bleiben. Es ist dies wohl auch ein Geheimnis der Welt, die wir nicht begreifen.

«Nimm die Tischdecke», sagte die Eiskönigin, «und friere die beiden Löcher wieder hübsch zusammen. Aber ich will hinaufsteigen und mit den Wolken reden, daß sie Schlafittchen wieder hergeben.»

Da stieg die Eiskönigin hinauf in die Sternennacht, und die Sterne spiegelten sich in ihrem Diadem, und der Mond wob blasse Fäden um ihr blaues Königskleid. Die Eiskönigin aber breitete die Arme aus und rief die Wolken, daß sie alle kamen und sich über dem Gletscher zusammenballten. Es blitzte und donnerte in ihnen, es warf mit Hagel und Schnee und redete mit tausend Stimmen in der einsamen Bergeswelt.

«Wer von euch hat Schlafittchen in seinem Schoß?» fragte die Eiskönigin, «Schlafittchen ist aufgetaut, und Schlafittchen ist verdunstet, und die Gletscherfrau weint Tränen um Schlafittchen. Schlafittchen ist zu früh von hier fortgegangen, wir wollen es wiederhaben.»

«Wir geben sonst keiner Königin eine Seele wieder, nur weil sie es will», sagten die Wolken, «aber weil die Gletscherfrau Tränen um Schlafittchen geweint hat, wollen wir ihr Schlafittchen wiedergeben.»

Da warfen die Wolken kristallenen Hagel auf den Gletscher hinab, und aus den Hagelkristallen bildete sich eine Gestalt mit kleinen Armen und Beinen und runden Augen, und das war Schlafittchen. Die Gletscherfrau nahm es eilig in die Arme und fror es zusammen, sie tunkte es in Gletscherwasser und putzte es noch tüchtig ab. Und sie war sehr froh, Schlafittchen wiederzuhaben.

Die Eiskönigin aber stieg die Treppen hinab, und der Schneeball folgte ihr und sagte: «Ich werde keine Lawine werden, sondern ich werde dich heiraten.»

«Halte den Mund», sagte die Gletscherfrau.

Die Eiskönigin lachte und nahm den Schneeball in die Hand. «Ich werde ihn als Reichsapfel benutzen», sagte sie, «mein alter ist schon ein wenig verbraucht.»

«Nein, ich will heiraten», sagte der Schneeball. Er wurde aber weder geheiratet noch konnte er als Reichsapfel benutzt werden, er war viel zu unruhig und rutschte auf seinen vielen Beinen so sehr in der Hand der Eiskönigin auf und ab, daß es sie kitzelte und sie den Schneeball wieder hinauswarf. Die Könige und die Königinnen können es nämlich nicht vertragen, wenn ihre Reichsäpfel unruhig werden und ins Rutschen kommen. Das ist ihnen eine zu kitzlige Sache. Der Schneeball hätte besser sitzenbleiben sollen, es war sehr dumm von ihm, und er hätte ganz zufrieden sein können, denn beim Heiraten hätte er noch viel ruhiger dasitzen müssen.

«Die Eiskönigin ist dumm», sagte der Schneeball, «ich werde jetzt doch eine Lawine werden und auf die Wiese wandern, wo die Alpenrosen sind.»

«Dann wirst du auftauen und verdunsten wie Schlafittchen», warnte die Gletscherfrau, «bleibe lieber da und halte den Mund.»

«Dann wirst du gehen, wohin ich gegangen bin», sagte Schlafittchen, «ich habe so vieles erfahren an einem Tage. Es ist alles sehr wunderbar und gar nicht schlimm. Man war so, und man wird anders, aber man lebt immer, im Eis und in der Pfütze und in der Wolke, im Sonnenlicht und im Blitz und Donner. Es ist der Kreislauf des Lebens, und wir alle wandern ihn.»

«Das ist alles Unsinn», sagte die Gletscherfrau, «iß Kräutereis und sieh, daß du wieder zu Kräften kommst. Friere tüchtig zu und halte den Mund.»

Auf dem Gletscher und auch anderswo müssen alle die kleinen Seelen, die etwas von den anderen Welten wissen, immer den Mund halten, und das ist nicht gut. Gut aber ist es, daß es solche kleinen Seelen gibt wie Schlafittchen, denn sonst würden die kalten Leute auf dem Gletscher und anderswo sich niemals aus Eis und Schnee heraussehnen, sie würden nur Kräutereis essen und niemals an die grüne Wiese mit den Alpenrosen denken und niemals an die Wolken hoch über der Erde im Sonnenlicht. Das aber müssen sie tun, denn einmal werden sie alle den Weg gehen, den Schlafittchen ging.

Die neue Wohnung

Es war einmal ein Bär, der hieß Thaddäus Tatzentupf, und seine Frau hieß Thisbe Tatzentupf. Sie hatten zwei Kinder, die kleinen Tatzentupfs, und sie wohnten alle zusammen in einer Höhle im Walde. Es war eine sehr schöne und behagliche Höhle, wie ein jeder bestätigen konnte, der Tatzentupfs besuchte – denn Tatzentupfs hatten ein Schlafzimmer und ein Kinderzimmer, eine kühle Vorratskammer und einen Wohnraum mit einer schattigen und einer sonnigen Ecke. Thaddäus Tatzentupf hatte seine Wohnung auch immer sehr hübsch gefunden, nur in der letzten Zeit fand er allerlei daran auszusetzen. Sie gefiel ihm nicht mehr recht, er wußte selbst nicht, warum. Dann setzte er sich in die Ecke und brummte.

«Du bist angegriffen, Thaddäus», sagte Frau Tatzentupf und wischte sich die Pfoten mit der Schürze ab, denn sie buk gerade Pfannkuchen, und die kleinen Tatzentupfs standen dabei und holten sich die Pfannkuchen mit den Krallen gleich von der heißen Pfanne weg, wenn die Mutter nicht aufpaßte.

«Ich bin nicht angegriffen, ich bin erbost», sagte Thaddäus Tatzentupf und schnaufte durch die Nase, «diese Wohnung ist schrecklich. Was ist das wieder für ein Qualm von den Pfannkuchen, man kann ja gar nicht Atem holen, und der ganze Pelz riecht danach!»

«Das ist ein sehr lieblicher Duft», sagte Frau Tatzentupf, «aber du bist angegriffen, du solltest ein wenig spazierengehen.»

«Ich bin nicht angegriffen, ich bin erbost», sagte Thaddäus Tatzentupf und wanderte mit schlurfenden Schritten, wie auf Pantoffeln, in der Wohnung auf und ab. «Das Wohnzimmer ist viel zu heiß, die Sonne kommt den ganzen Tag durch die Fensterscheiben und brät einen förmlich.»

«Ich habe es gar nicht zu heiß, und dabei stehe ich hier und backe Pfannkuchen. Es ist doch schön, daß die Sonne scheint», sagte Frau Tatzentupf, «aber du bist eben angegriffen, Thaddäus.»

«Ich bin nicht angegriffen, ich bin erbost», sagte Thaddäus Tatzentupf, «was ist das für ein Kinderzimmer, es ist von oben bis unten zerkratzt, der Vorratsraum ist viel zu muffig, es ist unmöglich, daß sich die Nüsse darin halten können, und es gibt auch so wenig Nüsse in dieser Gegend, daß es gar nicht lohnt, hier zu leben. Das Schlafzimmer ist viel zu hell, das ist nichts für den Winterschlaf, auf den ich mich so freue, und überhaupt ...»

«Die Wände im Kinderzimmer müssen zerkratzt sein, das tun Kinder nun einmal, wenn es richtige Bärenkinder sind», sagte Frau Tatzentupf und stülpte den kleinen Tatzentupfs einen Pfannkuchen über die Nase, «die Nüsse in der Vorratskammer halten sich sehr gut, aber wir haben viele schon aufgegessen, und du solltest neue holen, Thaddäus. Es gibt auch viele Nüsse in dieser Gegend. Im Winter hast du fest geschlafen, daß ich dich kaum wecken konnte, als der Frühling kam. Aber du bist angegriffen, Thaddäus, setze dich in die kühle Ecke des Wohnzimmers und iß einen Pfannkuchen.»

«Ich bin nicht angegriffen, ich bin erbost», sagte Thaddäus Tatzentupf, setzte sich in die kühle Ecke und aß einen Pfannkuchen.

«Es ist kalt hier», meinte er nach einer Weile, als er den Pfannkuchen ganz heruntergeschluckt hatte, «es ist eine kalte und feuchte Wohnung, ich habe es immer gesagt, und wir werden uns hier alle noch den Rheumatismus holen.»

«Du hast doch eben gesagt, daß es zu heiß wäre», sagte Frau Tatzentupf.

«Nein, es ist nicht zu heiß, es ist zu kalt», sagte Thaddäus Tatzentupf, «man friert sogar in seinem dicken Pelz, wie soll das erst im Winter werden?»

«Du bist einfach angegriffen, Thaddäus», sagte Frau Tatzentupf, «du mußt spazierengehen.»

«Ich bin nicht angegriffen, ich bin erbost», sagte Thaddäus Tatzentupf, «ich werde auch nicht spazierengehen, aber ich werde ausgehen und uns eine neue Wohnung suchen.»

«Thaddäus!» rief Frau Tatzentupf entsetzt, «eine neue Wohnung, gerade jetzt, wo ich die schönen Pilze zum Winter eingemacht habe!»

«Die Pilze lassen wir da, es gibt anderswo viel mehr Pilze, hier gibt es gar nichts», sagte Thaddäus Tatzentupf und schnaubte bösartig durch die Nase.

«Thaddäus, die Zeit der Pilze ist doch vorüber, wir müssen jetzt Nüsse ernten», sagte Frau Tatzentupf. Aber Thaddäus Tatzentupf war bereits verschwunden und hatte sich auf die Suche nach einer neuen Wohnung begeben.

Am Abend kam er wieder.

«Thisbe», sagte er, «ich habe jetzt eine wundervolle Wohnung entdeckt, eine Wohnung, die wirklich warm ist. Morgen ziehen wir um.»

Am anderen Morgen kramten Tatzentupfs ihre Küchensachen zusammen und zogen um. Thaddäus Tatzentupf schleppte die Pfanne für die Pfannkuchen und einige Vorräte, und Frau Tatzentupf führte die kleinen Tatzentupfs bei der Pfote, und in die Schürze hatte sie Nüsse gewickelt. Aber die schönen Pilze mußte sie dalassen.

Die wirklich warme Wohnung war eine enge Höhle, in die durch ein Loch von oben den ganzen Tag die Sonne schien, und es war so heiß, daß Tatzentupfs in der Nacht kein Auge zutun konnten.

«Es ist entsetzlich hier», sagte Thaddäus Tatzentupf. Frau Tatzentupf sagte nicht mehr zu ihrem Manne, daß er bloß angegriffen sei. Denn sie war selbst sehr angegriffen.

«Hier kann ich keine Pfannkuchen backen, Thaddäus, sonst schmelze ich», sagte sie und seufzte.

«Es gibt hier auch keine Haselnüsse», sagten die kleinen Tatzentupfs. Frau Tatzentupf aber gab ihnen welche aus ihrer Schürze.

«Ich bin erbost», sagte Thaddäus Tatzentupf, «ich werde eine neue Wohnung suchen, die nicht so heiß ist.»

Am Abend kam er wieder. «Thisbe», sagte er, «ich habe jetzt eine Wohnung gefunden, die wirklich kühl ist. Morgen ziehen wir um.»

Am anderen Morgen kramten Tatzentupfs ihre Küchensachen zusammen und zogen um. Thaddäus Tatzentupf schleppte die Pfanne für die Pfannkuchen und einige Vorräte, und Frau Tatzentupf führte die kleinen Tatzentupfs an der Pfote.

Die wirklich kühle Wohnung war eine enge Höhle, in die niemals die Sonne schien, das Wasser lief von den Wänden herunter, und beim Erwachen waren Tatzentupfs so naß, als wenn sie gebadet hätten, und alle hatten einen gewaltigen Schnupfen.

«Es ist entsetzlich hier», sagte Thaddäus Tatzentupf.

Frau Tatzentupf sagte nicht mehr zu ihrem Manne, daß er bloß angegriffen sei, denn sie war selbst sehr angegriffen.

«In dieser Nässe hier kann ich auch kein Feuer machen und Pfannkuchen backen», sagte sie und seufzte.

«Ich bin erbost», sagte Thaddäus Tatzentupf, «ich werde eine neue Wohnung suchen.»

«Es gibt auch keine Haselnüsse hier», sagten die kleinen Tatzentupfs. Frau Tatzentupfs Schürze aber war leer, und so setzten sich die kleinen Tatzentupfs vor die nasse Höhle und weinten und niesten abwechselnd.

Da kam einer der Engel des Waldes, die den Tieren helfen und nachsehen, ob es ihnen gut geht, vorüber, und als er die kleinen Tatzentupfs sah und sie weinen und niesen hörte, fragte er, was ihnen fehle.

«Wir sind umgezogen und haben keine Nüsse mehr», sagte der eine kleine Tatzentupf und weinte.

«Wir sind umgezogen und haben Schnupfen», sagte der andere kleine Tatzentupf und nieste.

«Wir sind umbezogen und können keine Pfannkuchen backen», sagte Frau Tatzentupf und steckte eine geschwollene Nase zur Höhle hinaus.

Da schenkte der Engel des Waldes den kleinen Tatzentupfs Nüsse und half Frau Tatzentupf Feuer machen, so daß sie Pfannkuchen backen konnte.

Am Abend kam Thaddäus Tatzentupf wieder.

«Thisbe», sagte er, «ich habe keine Wohnung gefunden, ich bin erbost!» und dabei nieste er dröhnend.

«Du suchst eine Wohnung, Thaddäus Tatzentupf, ich werde dir eine schöne Wohnung zeigen», sagte der Engel des Waldes.

Das wäre sehr nett von dir», sagte Thaddäus Tatzentupf und bedankte sich viele Male. «Es sind heute wirklich schreckliche Zustände, du glaubst nicht, welche Mühe ich mir schon gegeben habe, und in der alten Wohnung war es einfach nicht mehr auszuhalten, ich war erbost.»

«Das kann ich mir vorstellen, sagte der Engel des Waldes, «aber du wirst bald in einer sehr schönen Wohnung sein.»

Am anderen Morgen kramten Tatzentupfs ihre Küchensachen zusammen und zogen um. Thaddäus Tatzentupf schleppte die Pfanne für die Pfannkuchen und einige Vorräte, und der Engel des Waldes ging neben ihm und war ihm behilflich. Frau Tatzentupf aber führte die kleinen Tatzentupfs an der Pfote.

Thaddäus Tatzentupf redete eifrig auf den Engel des Waldes ein. «Es sind heute wirklich schreckliche Zustände mit den Wohnungen, ich bin erbost», sagte er und machte erbitterte Bewegungen mit der Pfote, in der er die Pfanne für die Pfannkuchen hielt.

Der Engel des Waldes sagte gar nichts dazu, aber er führte Thaddäus Tatzentupf und seine Familie auf vielen gewundenen Wegen zu einer wunderschönen Höhle.

«Das ist die Wohnung, Thaddäus Tatzentupf», sagte er.

Frau Tatzentupf und die kleinen Tatzentupfs fühlten sich gleich zu Hause. Frau Tatzentupf buk Pfannkuchen, und die kleinen Tatzentupfs standen dabei und fuhren mit ihren Krallen in die heiße Pfanne hinein. Thaddäus aber wanderte mit schlurfenden Schritten, wie auf Pantoffeln, in der Wohnung auf und ab und beschnupperte sie von allen Seiten. «Thisbe», sagte er und rieb sich die Pfoten vor Vergnügen, «solch eine schöne Wohnung habe ich noch niemals gesehen. Diese kühle Vorratskammer, dieses nette Kinderzimmer mit den reizenden Krallenzeichnungen an der Wand, dieses dämmerige Schlafzimmer für den Winterschlaf, auf den ich mich so freue, und im Wohnraum ist eine sonnige und eine schattige Ecke, und vor dem Hause stehen so viele Nußbäume, daß man reichlich Vorräte sammeln kann. Und dazu dieser liebliche Duft der Pfannkuchen, der einem in die Schnauze steigt.»

«Papa», riefen die kleinen Tatzentupfs und kamen aus dem Kinderzimmer gelaufen, «wir haben auch die Pilze wiedergefunden, die Mama für den Winter eingemacht hat und die wir nicht mitnehmen konnten. Es ist doch schön, daß wir wieder in der alten Wohnung sind!»

Thaddäus Tatzentupf schnuffelte verlegen und kratzte sich den Kopf mit der Kralle.

«Ich hätte nie gedacht, daß das die alte Wohnung ist», sagte er, «wie konnte ich das bloß nicht gleich sehen?»

«Ich habe dich von einer anderen Seite an die Wohnung herangeführt», sagte der Engel des Waldes, «und wenn du wieder einmal umziehen willst, dann wende dich gleich an mich. Du kannst dir viel Mühe damit ersparen, Thaddäus Tatzentupf.»

Thaddäus Tatzentupf ist niemals wieder umgezogen. Er blieb in seiner schönen Wohnung und aß Pfannkuchen. Wenn er aber einmal brummte, dann sagte Frau Tatzentupf: «Du bist angegriffen, Thaddäus, besieh dir die Wohnung einmal von der anderen Seite.»

Das Pantoffelmännchen

Es war einmal ein kleines Männchen, das war ganz klein, und außerdem war es unsichtbar, so daß man nicht einmal sehen konnte, wie klein es eigentlich war. Es hätte sich auch gar nicht gelohnt, es zu sehen, denn es war wirklich nichts weiter dran. Es lief nur immer herum und war eben da. Bloß so.

Das Grasweibchen, das ein bißchen zaubern konnte, das hatte es einmal gesehen, denn wenn man zaubern kann – es braucht gar nicht viel zu sein –, dann sieht man alle unsichtbaren Dinge.

«Es lohnt nicht, das Männchen zu sehen», sagte das Grasweibchen, nachdem es ein bißchen gezaubert hatte, «es ist ganz klein, hat ein Köpfchen, dick und dumm wie eine Kartoffel, und dünne, lange Beinchen wie eine Heuschrecke. Sonst nichts. Es sieht aus wie dürres Holz, nicht so schön grün wie ich. Es läuft nur immer herum und ist eben da. Bloß so. Mehr kann ich nicht sagen.»

Das konnte nun auf sehr viele passen, und niemand beachtete das kleine Männchen, denn das lohnt sich nicht, und außerdem war es ja unsichtbar.

Das kleine Männchen aber ärgerte sich sehr, daß es von niemandem gesehen wurde, und es lief auf den Markt, wo eine dicke Marktfrau unter einem roten Schirm saß und mit Pantoffeln handelte. Es zog sich flugs ein Paar gewaltig große Pantoffeln an, in denen seine Heuschreckenbeinchen ganz versanken, und wanderte damit los.

Die Marktfrau hatte nichts bemerkt, nur so ein Rascheln gehört wie von Mäusen, aber auf einmal sah sie, wie zwei ihrer größten und schönsten Pantoffeln allein die Straße entlangliefen, und der Atem stockte ihr vor Entsetzen. Drei Kannen sehr heißen Kaffee hat sie austrinken müssen, bis ihr wieder gut wurde.

«Seht, die wandernden Pantoffeln!» riefen die Leute und blieben stehen, denn so etwas hatten sie noch nie gesehen.

Nun ist es zwar wahr, daß auch viele Menschen gerne auf großen Füßen wandeln und man sie gar nicht beachten würde, wenn sie nicht so gewaltige Pantoffeln durchs Leben trügen. Denn was drinsteckt, lohnt sich auch nicht immer zu sehen, sondern es läuft nur so herum und ist eben da. Bloß so. Aber daß große und schöne Pantoffeln – die besten, welche die Marktfrau hatte – ganz allein auf der Straße wanderten, eilig und geschäftig, als hätten sie etwas zu versäumen, das war schon über alle Maße erstaunlich, und alles wunderte sich sehr.

«Da sieht man es einmal deutlich», sagte der weise Kater Muffi Schnuffelbart, der sich auf der Fensterbank sonnte, «daß die großen Pantoffeln eigentlich die Hauptsache an den Leuten sind, denn nun wandern sie ganz allein davon. Es muß aber doch irgendein kleiner, unverschämter Kerl darin stecken, und wenn ich ihn sehen könnte, würde ich ihn aufessen, denn so etwas sollte nicht erlaubt sein, wo unsereiner, der klüger ist als alle die dummen Leute, auf anständigen und bescheidenen Pfoten einhergeht.»

Die Katzen sind eben überaus kluge Geschöpfe, und der Kater Muffi Schnuffelbart war ein ganz besonders erfahrener Herr.

Das Männchen aber freute sich gewaltig über das große Aufsehen, das es erregte.

«Jetzt sieht man doch, wer ich bin, und alle Leute staunen über mich», sagte es und drehte den dicken Kartoffelkopf geschmeichelt nach allen Seiten.

Aber die Leute sahen das Männchen gar nicht, sondern nur die großen Pantoffeln, und das ist oft so im Leben.

Und das Männchen lief immer schneller und schneller, daß die Pantoffeln nur so an den dürren Heuschreckenbeinen herumschlappten, und es ging auch wunderschön auf der breiten und bequemen Straße, auf der alle in großen Pantoffeln und gewaltigen Stiefeln herumlaufen. Wie es aber an eine Wiese kam, wo die Blumen blühten und der Holderbaum duftete und wo die große Straße aufhört, da wurde es sehr bedenklich, und es schien ihm, als ob es da nicht recht weiterginge, so gerne es nun auch hier gesehen und bewundert werden wollte. Denn die großen Füße und die großen Pantoffeln passen nur für die breite Straße, auf der alle Leute herumlaufen, aber nicht mehr in den Gottesgarten, wo die Blumen blühen und der Holderstrauch duftet, wo das Märchenland beginnt und wo man auf leisen Sohlen geht wie der Kater Muffi Schnuffelbart.

Wie nun das Männchen mit einem großen Satz auf seinen großen Pantoffeln mitten in das Märchenland hineinsprang, da verlor es beide Pantoffeln auf einmal und fiel kopfüber in ein Maulwurfsloch. Es dauerte eine ganze Weile, bis das Grasweibchen und sein Vetter, der Wiesenfrosch, die sich gerade sehr belehrend über heilsame Kräuter unterhielten, dem kleinen Männchen wieder heraushalfen. Das war nur gut, denn der Maulwurf hätte sich sehr über diese Sache geärgert, weil auch unsichtbare Leute einen erheblich stören können, wenn sie einem die Haustüre verstopfen.

Das Männchen pilgerte ins grüne Gras hinein, und von nun an hat es niemand mehr gesehen, es war wieder ganz unsichtbar, und es lohnte sich auch gar nicht, es zu sehen. Es war wirklich nichts weiter dran, denn es lief nur immer herum und war eben da. Bloß so.

Die Pantoffeln aber fand es nicht wieder. Die waren in einen solchen Schwung geraten, daß sie allein bis an den Waldrand weiterliefen, und dort fanden zwei Eulen sie und brachten sie zu sich nach Hause in ein Baumloch. Sie stellten sie nebeneinander auf und benutzten sie als Betten, und die waren so weich, so warm und bequem, wie Herr und Frau Käuzchen noch nie welche gehabt hatten.

Herr und Frau Käuzchen litten seit dieser Zeit auch niemals wieder an Krallenreißen, weil sie sich ganz tief in die Pantoffeln steckten und es überaus behaglich hatten. Die Federbetten dazu hatten sie ja selbst an sich, und Herr Käuzchen konnte sogar abends in seinem Pantoffelbett lesen, wobei ihm seine Laternenaugen selbsttätig und sehr angenehm leuchteten. Er las die Zeitung, die alle Eulen lesen, und die heißt «Das kakelbunte Ei».

Die dicke Kröte aber, die im Erdgeschoß des Baumes wohnte und sich gerade eine Moosjacke strickte, die sagte, das habe sie alles schon vorher gewußt, daß das mit dem Männchen so enden müsse, und so weiter – denn das Märchenland sei eben keine breite Straße, auf der man wie alle Leute in großen Pantoffeln herumlatschen könne.

Die Unken haben nämlich immer schon alles vorher gewußt, aber sie sagen es erst nachher – und das kann jeder!

Der Drache mit dem Kaffeekrug

In einem großen, tiefen Walde lebte einmal ein schrecklicher Drache, der spuckte Gift und pustete Feuer aus seinen Nasenlöchern und verspeiste Menschen und Tiere, so daß es wirklich sehr bedauerlich war. Drachen sind ja meist sehr unfreundliche Leute, die Gift spucken und Feuer pusten und Menschen und Tiere verspeisen, und so ist es kein Wunder, daß es auch dieser Drache tat, denn er hatte eben keine andere Erziehung als eine Drachenerziehung genossen, und das ist nicht ausreichend für eine anständige Lebensführung. Es war gar nicht nett, wie er so dasaß und alles auffraß mit Haut und Haaren, was ihm nur in den Weg kam. Nur die Knochen spuckte er wieder aus und ließ sie noch dazu überall unordentlich umherliegen. Es sah scheußlich aus, und alle waren sehr unzufrieden mit ihm.

Eines Tages war ein kleines Mädchen in den großen, tiefen Wald gegangen, um Beeren zu suchen, und die schönen Beeren hatten es immer weiter in den Wald hineingelockt, so daß es Abend wurde, als sich das kleine Mädchen darauf besann, heimzukehren. Die Dämmerung spann ihre seltsamen Schatten um die Kronen der Tannen, und aus der Ferne sang die Glocke der Dorfkirche das Ave-Maria. Da erschrak das kleine Mädchen und beschloß, eilig heimzugehen. Aber es hatte so viele Umwege gemacht und sich so weit von der sicheren Straße entfernt, daß ihm nur ein einziger gerader Weg übrigblieb, den es gehen mußte, wenn es vor Einbruch der Nacht noch zu Hause sein wollte. Doch an diesem Wege lauerte der Drache, und das kleine Mädchen wußte das, und es wußte auch, daß Menschen und Tiere diesen Weg vermieden, wenn sie nur irgend konnten. Im Walde allein zu nächtigen, war ihm aber zu grauenvoll, und es fürchtete auch, daß die Eltern sich sorgen würden, und so beschloß es, den Weg zu gehen, an dem der Drache lauerte, und es bat seinen Schutzengel, es zu behüten und gut nach Hause zu geleiten.

Kaum aber hatte das kleine Mädchen diesen Gedanken gehabt, so stand sein Schutzengel neben ihm.

«Guten Abend», sagte er, «das ist der Weg, an dem der Drache lauert.»

«Das weiß ich», sagte das kleine Mädchen, «ich weiß auch, daß er sehr unfreundlich ist und Menschen und Tiere verspeist und daß er Gift spuckt und Feuer pustet. Das ist nicht schön, aber ich muß den Weg gehen, sonst komme ich zu spät nach Hause. Ich habe mir auch gedacht, daß du mich schon behüten wirst.»

«Das werde ich gewiß tun», sagte der Engel, «ich werde gut aufpassen, und der Drache wird dich nicht fressen können. Aber sehen wirst du ihn auf diesem Wege, und er wird dich erschrecken. Darum wäre es mir lieber, wenn du einen anderen Weg gehen würdest.»

«Ich möchte aber gerne vor der Nacht zu Hause sein, und wenn du mich behütest, wird es schon gehen», sagte das kleine Mädchen, «vielleicht ist der Drache auch gerade spazierengegangen, und ich sehe ihn gar nicht.»

«Das sagen viele, wenn sie einen Drachenweg gehn», meinte der Engel, «aber der Drache ist nicht spazierengegangen, er sitzt, wo er immer sitzt, und du wirst ihn sehen müssen.»

«Das ist sehr schauerlich», sagte das kleine Mädchen, «was soll ich da bloß machen?»

«Du mußt an deinen Engel denken und darfst keine Angst haben», sagte der Engel, «siehst du, mein Kind, mit den Drachen ist es so, daß man keine Angst vor ihnen haben darf, und wenn man keine Angst hat, dann werden sie ganz klein, und es nützt ihnen auch gar nichts, daß sie Gift spucken und Feuer pusten.»

«Das will ich versuchen, ich werde an dich denken und will keine Angst haben», sagte das kleine Mädchen und wanderte tapfer mit seinem Korbe den Weg ins Tannendunkel hinein.

Der Engel verschwand vor den Augen des kleinen Mädchens. Aber in Wirklichkeit blieb er da, er ging nur hinter dem kleinen Mädchen den gleichen Weg, denn es war ja sein Schutzengel.

Es dauerte gar nicht lange, so hörte das kleine Mädchen in einer sehr lauten und unmanierlichen Weise husten und niesen. Das war der Drache, der Gift spuckte und Feuer pustete, und als das kleine Mädchen um eine dunkle Felsenecke bog, sah es den Drachen mit einemmal leibhaftig vor sich sitzen. Der Drache sah wirklich gräßlich aus, mit seinem riesigen langen Leib lag er auf dem Boden und schlug die Erde mit dem grünlichen Schuppenschwanz. An seinen kurzen, krummen Tatzen waren schreckliche Krallen, und spitze Dornen an seinen gezackten Flügeln, er spuckte Gift aus seinem Rachen und pustete Feuer aus seinen Nasenlöchern, und um ihn herum lagen lauter Knochen. Es war wirklich scheußlich.

Das kleine Mädchen erschrak sehr, aber es dachte an seinen Schutzengel und versuchte keine Angst zu haben, obwohl ihm das nicht so gut gelingen wollte.

«Es ist nicht schön, wie du dich benimmst», sagte das kleine Mädchen, «laß mich vorübergehen.»

«Das werde ich nicht tun», sagte der Drache und legte sich gerade vor den Weg, den das kleine Mädchen gehen mußte.

Ich will ein bißchen mit ihm reden, dachte das kleine Mädchen, vielleicht wird er dann netter und läßt mich vorbei. Er darf mir ja auch nichts tun, weil es mein Engel gesagt hat. «Sage mal, warum ißt du Menschen und Tiere?» fragte das kleine Mädchen. «Ist das denn schön, wenn alle dich fürchten? Ich möchte nicht so leben. Kannst du nicht Kartoffelsuppe essen? Du brauchst den Kochtopf doch bloß auf deine Nasenlöcher zu stellen, und in einer halben Stunde ist die Suppe gar. Du hast nicht einmal die Mühe, die wir damit haben.»

«Kartoffelsuppe?» fragte der Drache und lächelte dabei in einer greulichen Weise, so daß er alle seine spitzen Zähne zeigte, von denen einer genügt hätte, das kleine Mädchen zu zerreißen. Kartoffelsuppe hatte ihm noch niemals jemand angeboten.

«Ja, Kartoffelsuppe», sagte das kleine Mädchen, «Kartoffelsuppe ist etwas sehr Schönes. Es ist sehr dumm von dir, wenn du das nicht magst. Du kannst auch Kaffee trinken und Zwieback dazu essen. Ich will dir von meinem Kaffee und meinem Zwieback geben. Ich habe noch Kaffee in meinem Krug und Zwieback in meinem Korbe. Ich stelle dir beides hin, und du darfst essen. Aber du mußt mich vorüberlassen.»

«Ich werde dich auffressen», sagte der Drache.

«Untersteh dich», sagte das kleine Mädchen, «das darfst du gar nicht tun, das wird dir mein Engel niemals erlauben.»

«Ich werde deinen Engel nicht fragen», meinte der Drache.

Am Ende fragt er wirklich nicht, dachte das kleine Mädchen und bekam nun doch große Angst.

«Sieh, wie ich mit den Flügeln schlage», rief der Drache, «ich packe dich und zerreiße dich in der Luft.»

«Du kannst ja gar nicht richtig fliegen», sagte das kleine Mädchen, «um richtig in die Sonne fliegen zu können, muß man ein Vogel sein oder ein Engel mit silbernen Schwingen. Deine Flügel sind viel zu kurz, um in die Sonne zu fliegen, die sind bloß so da und nicht einmal schön.»

Das Herz schlug dem kleinen Mädchen wie ein Hammer in der Brust, aber es wollte nicht zeigen, daß es Angst hatte, denn das hatte der Engel ihm so gesagt.

«Sieh, wie ich mit den Tatzen den Boden stampfe», sagte der Drache, «ich mache nur einen einzigen Satz, und du bist in meinen Krallen.»

Da preßte das kleine Mädchen beide Hände aufs Herz und rief nach seinem Schutzengel. Kaum aber hatte es das getan, als es den ganzen Wald voller Licht sah. Und vor ihm stand sein Schutzengel, und um den Schutzengel herum standen lauter andere Engel mit Schwertern aus blauen Flammen in den Händen, und damit versperrten sie dem Drachen den Weg. Da war die ganze Angst des kleinen Mädchens verflogen, und der große Drache kam ihm mit einem Male sehr klein und sehr lächerlich vor, so ungefähr wie ein Dackel.

«Ach, du mit deinen Dackelbeinen», rief es, «du bist ja zu dumm! Siehst du denn nicht, daß lauter Engel um mich herumstehen und dir den Weg versperren? Wie willst du denn da herankriechen, um mir etwas zu tun? Trinke lieber Kaffee und iß Zwieback.»

Als das kleine Mädchen das gesagt hatte, verschwanden die Engel, und das Licht im Walde erlosch wieder. Der Drache aber war ganz klein geworden. Er hatte sich an den Krug des kleinen Mädchens gesetzt und trank daraus und stippte Zwieback in den Kaffee. Er sah jetzt auch wirklich beinahe aus wie ein Dackel, und das kleine Mädchen mußte lachen.

«Schmeckt es dir?» fragte das kleine Mädchen, «der Kaffee ist leider kalt geworden, aber du brauchst ja bloß einmal aus deiner Nase ein bißchen Feuer hineinzupusten, dann wird er wieder warm.»

Das tat der Drache, und als er fertig war, nahm das kleine Mädchen seinen Krug und seinen Korb wieder auf, sagte dem Drachen guten Abend und ging nach Hause.

Die Glocke der kleinen Dorfkirche sang noch immer das Ave-Maria, denn es war nur eine ganz kleine Weile gewesen, daß das kleine Mädchen mit dem Drachen geredet hatte. Und das ist immer so bei allen Erlebnissen, die zwischen dieser und jener Welt liegen. Menschen und Tiere im Walde aber waren von nun an von diesem Drachen errettet, denn er blieb klein wie ein Dackel und aß nur noch Kartoffelsuppe.

Es gibt so manche Wege im Leben, die an einem Drachen vorbeiführen, und sehr oft sind es die Wege, die am allergeradesten nach Hause führen. Das kleine Mädchen aber hatte nun keine Angst mehr davor, und es erzählte diese Geschichte überall.

«Wenn man einem Drachen begegnet», sagte es, «dann muß man an seinen Engel denken und darf keine Angst haben. Dann wird der Drache auf einmal ganz klein. Er setzt sich sanft und sittsam auf seine Dackelbeine und stippt Zwieback in den Kaffee.»

Und das, was das kleine Mädchen sagte – das ist wahr.

Der Mausball

Es war einmal ein alter Keller, und in dem alten Keller wohnten fleißige und friedliche Mäuse. Diese Mäuse führten ein mustergültiges Familienleben und teilten alles miteinander. Eines Tages aber fanden sie ein Fäßchen mit Butter, und es war eine große piepsende Freude unter ihnen, und sie beschlossen, ein Butterfest zu feiern und einen Mausball zu veranstalten.

«Wenn nur der Kater dabei nicht einen von uns erwischt», meinte eine kleine und etwas ängstliche Maus, «es wäre dann doch gleich einer weniger beim Tanzen, und es wäre auch schade.»

«Ich werde das schon besorgen», sagte eine alte, sehr erfahrene Maus, die vielfache Urgroßmutter war und von allen Mäusen hoch geachtet wurde, «ich werde mit dem Kater sprechen und ihm die Sache vorstellen.»

Sie kletterte auf das Kellerfenster, das gut vergittert war, und draußen sah sie den Kater in der Sonne sitzen und sich die Pfoten putzen.

«Guten Tag, lieber Herr Kater», sagte die alte Maus.

«Guten Tag», sagte der Kater.

«Lieber Herr Kater», sagte die alte Maus, «wir haben ein Fäßchen mit Butter gefunden, und wir sind arme Mäuse und wollen uns auch einmal etwas zugute tun. Wir wollen ergebenst bitten, daß Sie heute nacht nicht in den Keller kommen. Vielleicht gehen Sie draußen spazieren, es ist so schöner Mondschein, und Ihre Frau Gemahlin wird sich sicher auch einfinden. Wir wollen gerne ein wenig für uns sein, wir sind dann ruhiger, wie Sie gewiß verstehen werden. Wir wollen einen Mausball veranstalten, einen Maushausball.»

«Da muß man ja die Pfoten auf den Bauch halten und lachen», sagte der Kater.

«Dabei ist nichts zu lachen, verehrter Herr», meinte die alte Maus, «ein Mausball ist eine sehr feierliche Angelegenheit. Wir sind nicht schlechter als andere Leute.»

«Diebsgesindel seid ihr, Butter wollt ihr stehlen», sagte der Kater.

«Ach, lieber Herr, was sind das für Ausdrücke», klagte die alte Maus und wischte sich eine Träne der Kränkung mit der Pfote ab, «wir stehlen niemals etwas, und was wir heute nacht essen wollen, das ist ehrlich erschnupperte Butter.»

«Wir wollen Butter essen und den Reigen der Schönheit tanzen», piepste eine kleine, freche Maus, die hinter der Alten aufgetaucht war, und schlug dabei sehr leichtfertig einen Trommelwirbel mit dem Schwanze.

«Sei still», sagte die alte Maus besorgt.

«Graue Mäuse, graue Mäuse und der Reigen der Schönheit – da muß man ja die Pfoten auf den Bauch halten und lachen», sagte der Kater.

«Bitte, bitte, lieber Herr», sagte die alte Maus, «dabei ist nichts zu lachen. Heute nacht sind wir auch keine grauen Mäuse. Das graue Kleid ist unser Alltagskleid und gewiß sehr zweckmäßig, wie Sie zugeben werden. Heute nacht aber tanzen wir in bunten Kleidern – im Kostüm. Es ist doch ein Mausball, ein Maushausball.»

«Im Kostüm?» fragte der Kater und machte noch rundere Augen, als er sie sonst schon hatte, «da möchte ich aber gerne zusehen.»

«Wie es beliebt, lieber Herr, wie es beliebt», flötete die alte Maus verbindlich, «es wird uns eine Ehre sein, wenn Sie zusehen, aber bitte nur von außen durch das Kellerfenster. Es ist nur wegen der Sicherheit, lieber Herr, wie Sie gewiß verstehen werden.»

«Ich würde auch sonst niemand verspeisen, wenn ich es verspreche», sagte der Kater, der, wie alle Katzen, eine sehr vornehme Denkungsart hatte, «wann ist denn der Maushausball?»

«Zu gütig, zu gütig», sagte die alte Maus und verneigte sich mehrfach, «der Mausball ist um Mitternacht, um Mitternacht, lieber Herr, wenn Sie uns schon die Ehre antun wollen.»

Um Mitternacht saß der Kater am Kellerfenster und sah mit kreisrunden Augen in den Keller hinein.

«Graue Mäuse, graue Mäuse – und dazu bunte Kleider und der Reigen der Schönheit, es soll mich wundern, wie das alles zusammenkommt», murmelte der Kater, und es hätte sich gewiß ein jeder gewundert, wenn er so etwas hätte sehen sollen.

Aber es war ja Mitternacht, und um Mitternacht sieht alles ganz anders aus, als es sonst aussieht, und das kommt daher, weil das Märchen feine silberne Fäden spinnt von seiner silbernen Spindel, um Berg und Tal und Haus und Hof, so daß alles mit einem schimmernden Silbernetz umsponnen ist – und wer da hineinguckt, der schaut Dinge, die er noch niemals gesehen. Man muß aber gerade im richtigen Augenblick aufpassen, in dem das Märchen seine silberne Spindel zur Hand nimmt – und das verstehen nicht alle. Sonst sieht man nämlich gar nichts, auch wenn es um Mitternacht ist.

Und das Märchen spann feine silberne Fäden in den alten Keller hinein, und an den silbernen Fäden kletterten lauter sehr kleine und sehr spaßhafte Heinzelmännchen in den Keller hinab und brachten den Mäusen die schönsten Kleider, bunte Fräcke für die Mausherren und bunte Röcke für die Mausdamen, und sie halfen sogar allen beim Anziehen. Es war das, weil Mitternacht war und das Märchen feine silberne Fäden spann ...

Und jeder Mausherr nahm eine Mausdame bei der Pfote, und sie verneigten sich und begannen zu tanzen, immer um einen runden Tisch herum, so daß es wirklich sehr feierlich aussah, und der Mond beschien den Mausball mit einer ganz besonderen Sorgfalt. Dazu pfiffen die Mäuse eine gefühlvolle Melodie, und zwei Mäuse, die besonders schön singen konnten, sangen mit großer Rührung das berühmte Mauslied:

«Sieben Mäuse – sieben Mäuse –
knusper – knusper – im Gehäuse.
Tief im Keller – tief im Keller –
tanzen sie um einen Teller.
Knusper – knusper – im Gehäuse –
sieben Mäuse – sieben Mäuse.»

Es war wirklich sehr wunderbar, zu sehen, wie die kleinen, grauen Mäuse bei ihrem Mausball den Reigen der Schönheit tanzten in ihren bunten Fräcken und bunten Kleidern. Wie sie aber gerade alle mittendrin waren, kamen noch eilig zwei kleine Mausmädchen gelaufen, die hießen Lieschen und Lenchen Leckerlein, und sie waren so spät gekommen, weil sie schon in der Butter gesessen und sich dick und voll gegessen hatten. Nun wollten sie auch noch tanzen und hatten dabei Fettpfoten und Butterbeine, und so rutschten sie immer auf ihren Butterbeinen aus, wenn sie tanzen wollten, und die alte Maus war sehr ärgerlich über dieses Betragen. Denn das paßt nicht zu einer so feierlichen Angelegenheit, wie es ein Mausball ist.

Als aber der Kater Lieschen und Lenchen Leckerlein auf ihren Butterbeinen rutschen sah, konnte er es nicht mehr am Kellerfenster aushalten. Er schlich durch ein heimliches Loch, das er kannte, in den Keller und sprang mit einem gewaltigen Satz mitten in den Maushausball hinein.

Die Mäuse liefen entsetzt auseinander, so daß die bunten Fräcke und bunten Kleider flogen. Nur Lieschen und Lenchen Leckerlein konnten nicht so schnell entwischen, weil sie immer wieder auf ihren Fettpfoten und Butterbeinen ausrutschten, und der Kater hätte sie bestimmt verspeist, wenn er es nicht versprochen hätte, das heute nicht zu tun. Denn der Kater war ein hochanständiger Herr mit einer sehr vornehmen Denkungsart, und das war ein großes Glück.

Lieschen und Lenchen Leckerlein rutschten noch viele Male aus, bis sie glücklich bei ihrer Familie angekommen waren und alle Mäuse zusammen im Butterfaß saßen und Butter aßen.

«Da muß man ja die Pfoten auf den Bauch halten und lachen», sagte der Kater, und das tat er. Und das taten auch die Heinzelmännchen, als sie die bunten Fräcke und die bunten Kleider wieder schön einsammelten. Denn das Märchen spann seine silbernen Fäden wieder zurück auf die silberne Spindel, und Mitternacht war vorüber. Es war alles wie sonst, und kleine graue Mäuse saßen im Butterfaß und aßen Butter.

Aber es ist hübsch, daß wir das alles erlebt haben. Denn nun wissen wir, daß auch die kleinen, grauen Mäuse in bunten Fräcken und bunten Kleidern den Reigen der Schönheit tanzen können. Nur Fettpfoten und Butterbeine dürfen sie nicht dabei haben, wie Lieschen und Lenchen Leckerlein. Denn Fettpfoten und Butterbeine darf niemand haben, wenn er den Reigen der Schönheit tanzen will, sonst rutscht er dabei aus – und es wäre nur gut, wenn sich recht viele das merken wollten.

Der Garten der Welt

Am Himmel stand die silberne Sichel des Mondes und schaute mit den Sternen der Nacht hinab auf einen kleinen Garten. In jeden Garten, auch in den allerkleinsten, schauen die Sterne der Nacht und die silberne Sichel, und auf ihren lichten Strahlen verschwistern sich die Geheimnisse der Erde und des Himmels. Die ganze Welt ist ja ein Garten, und jeder Garten ist ein Garten der Welt.

In dem kleinen Garten aber wohnten friedlich beieinander eine Kröte, ein Frosch, eine Kartoffel und eine Lilie. Es lebten auch noch viele andere Leute darin, aber diese vier Bewohner standen unter sich in angenehmen, nachbarlichen Beziehungen.

«Guten Abend, liebe Tante», sagte der Frosch und küßte der alten Kröte die Hand.

Als die Kartoffel sah, daß der Frosch der Kröte die Hand küßte, mußte sie so lachen, daß ihr die Stengel zitterten.

«Das ist kein Grund zum Lachen, gnädige Frau», sagte die Kröte, «wenn mein Neffe gut erzogen ist und den Warzen meines Alters die schuldige Erfurcht bietet. Unterschätzen Sie nicht die glatten Umgangsformen eines Frosches. Die Etikette ist etwas sehr Wichtiges, meine Liebe, aber Sie denken zu wenig nach und lachen zuviel. Sie sind etwas primitiv. Nehmen Sie sich die weiße Lilie zum Beispiel – kaum daß ihr schlanker Stengel im Nachtwinde schwankt. Das ist Grazie, gnädige Frau, das ist Kultur.»

«Ich liebe diese Lilie, Tante», sagte der Frosch, und die Augen traten ihm schwärmerisch aus dem Kopfe.

«Du bist zu romantisch, mein Kind», sagte die Kröte, «das ist keine Liebe für einen Frosch. Suche dir eine Froschjungfrau, so braun und so schlüpfrig wie du, das ist für den Froschlaich das einzig Richtige, und darauf kommt es vor allem an im Leben. Die Liebe der weißen Lilie ist nichts für einen Frosch, mein nasser Neffe. Davon würdest du gar nichts haben. Höre auf eine alte Frau, die in Ehren ihre Warzen bekommen hat. Wenn du eine weiße Lilie liebst, so wirst du vielleicht ein Dichter werden, aber gewiß kein richtiger Frosch.»

«Ein Dichter wäre ja entsetzlich», sagte die Kartoffel.

«Wenn auch nicht entsetzlich, gnädige Frau», meinte die Kröte, «aber jedenfalls sehr traurig für die Familie.»

«Solch eine Lilie ist auch etwas sehr Vergängliches», sagte die Kartoffel, «sie tut mir eigentlich leid, die arme Person, obwohl sie entschieden einen zu großen Aufwand treibt. Ich kannte schon mehrere, und alle verwelkten sie in einigen Tagen. Eine Kartoffel ist dauerhafter und lebt in ihren Knollen weiter.»

Die weiße Lilie neigte sich freundlich zur Kröte, zum Frosch und zur Kartoffel und wiegte den schlanken Stengel im Wind. Unsichtbar den anderen aber stand in ihrem Kelche auf dem Goldgrund der kühlen weißen Blütenblätter der Lilienelf und breitete sehnsuchtsvoll die Arme aus ins Sternenlicht, empor zur silbernen Sichel. Leise regte er die feinen Falterflügel, als wolle er den Flug wagen in die Unendlichkeit hinaus, zu den lichten Strahlen, auf denen sich die Geheimnisse der Erde und des Himmels verschwistern. Die silberne Sichel und die Sterne der Nacht schauen ja immer hinab und warten darauf, daß sich ihnen die Arme der Sehnsucht entgegenstrecken, wenn es dunkel wird im Garten der Welt. Aber das tun nicht viele, und es leben nicht alle in weißen Lilienkelchen.

Der Frosch hatte sich an den Fuß der Lilie gesetzt und seufzte quakend.

Auf dem breiten Mittelweg des Gartens aber kam ein sehr seltsames und lächerliches Geschöpf herangekrochen, ein kleines Menschlein, von der Größe und der Dürre einer Spinne, mit einer überaus dicken Brille auf der Nase und mit einem schweren Buch, das die schwachen Ärmchen kaum schleppen konnten. Das war ein Brillenmännchen, wie es so viele gibt auf den breiten Mittelwegen im Garten der Welt.

Als die Kartoffel das Brillenmännchen sah, mußte sie so lachen, daß die Knollen unter ihr wackelten.

«Sie sind ein wenig primitiv, gnädige Frau», sagte die Kröte, «wie ich Ihnen schon einmal erklärte, aber diesmal lachen Sie wenigstens nicht ohne jede Ursache, wie neulich, als mein Neffe mir die Hand küßte. Wenn man weise wird und seine Warzen in Ehren bekommen hat, lacht man überhaupt nicht mehr, man lächelt nur.»

Und die Kröte lächelte.

«Im übrigen», fuhr sie fort, «sind diese Brillenmännchen wohl ungeheuer lächerlich, aber leider auch sehr schädlich. Sie verstauben den ganzen schönen Garten der Welt, denn sie kriechen überall umher und suchen nach Sandkörnchen, die sie in ihrem albernen Buch einfangen wollen. Man sollte sie auffressen, und ich sprach schon mit verschiedenen Interessenten darüber, auch mit dem Maulwurf, der wahrhaftig nicht wählerisch ist. Aber auch ihm sind die Brillenmännchen zu eklig, und so leben sie weiter.»

«Sie tun so, als hätte ich noch nie ein Brillenmännchen gesehen», sagte die Kartoffel, «Ihr Alter und Ihre Warzen in Ehren, aber Sie müssen nicht immer so belehrend sein. Eine Kartoffel hat auch ihre soliden Kenntnisse, und außerdem lebt sie in ihren Knollen weiter.»

«Dann verstehe ich nicht, warum Sie so unbeherrscht gelacht haben, gnädige Frau», sagte die Kröte beleidigt, «ich sage Ihnen das alles doch nur aus nachbarlicher Gefälligkeit. Schon im Interesse Ihrer Knollen sollten Sie das Bedürfnis haben, sich weiterzubilden.»

«Zurück von dieser Lilie!» quakte der Frosch und richtete sich hoch vor dem Brillenmännchen auf, ein Held vom Kopf bis zu den nassen Füßen.

«Ich weiß nichts von einer Lilie», sagte das Brillenmännchen, «von Lilien steht auch nichts in meinem Buche. Ich suche ein Sandkorn, verstehen Sie, ein ganz bestimmtes Sandkorn, wie es meine Kollegen noch nicht gefunden haben. Stören Sie mich nicht.»

Und das Brillenmännchen schnüffelte unangenehm und streckte den kleinen Kopf mit der großen Brille bedrohlich nach allen Seiten.

«Ich liebe diese Lilie! Ich stelle mich mit meiner ganzen Feuchtigkeit vor die Dame meines Herzens!» quakte der Frosch und tat den Mund unbeschreiblich weit auf.

«Hindern Sie meine wissenschaftlichen Beobachtungen nicht, und machen Sie kalte Umschläge», sagte das Brillenmännchen.

«Ist es nicht eine Taktlosigkeit, einem Frosch zu sagen, daß er kalte Umschläge machen soll?» fragte die Kröte, «ein Frosch ist froschkalt, und was sollen da die kalten Umschläge? Ist ein Frosch aber einmal warm geworden und liebt er eine weiße Lilie, dann ist er kein Frosch mehr, sondern ein Dichter, und das ist sehr traurig für die Familie. Oh, mein armer, nasser Neffe! Doch diese ekligen Brillenmännchen sollte nun endlich der Maulwurf fressen.»

Die Kartoffel wußte nicht, ob sie etwas sagen oder ob sie lachen sollte. Die kalten Umschläge erschienen ihr zu kompliziert.

Der Frosch sagte gar nichts mehr. Aber er handelte. Er packte das Brillenmännchen und warf es drei Beinlängen von sich und der weißen Lilie fort. Das schwere Buch warf er hinterdrein. Und dazu lachte er laut und quakend. So heldenhaft macht die Liebe zu einer weißen Lilie einen feuchten Frosch, und das ist schon etwas wert, wenn es auch nicht das Richtige ist für den Froschlaich und so weiter.

Das Brillenmännchen aber machte sich gar nichts draus.

«Hurra», schrie es, «jetzt habe ich das richtige Sandkorn gefunden!»

Und kaum hatte es das gesagt, so fiel es in ein Mauseloch. Die Kröte krabbelte eilig darauf zu, um dem Brillenmännchen behilflich zu sein. Sie war eine sehr gutmütige alte Dame, und die Weisheit des Lebens hatte sie gelehrt, auch denen behilflich zu sein, die eklig sind.

«Darf ich Ihnen nach oben helfen?» fragte sie teilnahmsvoll und guckte in das Mauseloch hinab.

«Ich bin gar nicht nach unten gekommen, sondern nach oben», sagte das Brillenmännchen aus dem Mauseloch heraus, «ich habe das richtige Sandkorn gefunden und bin am Ziel meiner Forschungen angelangt. Hier sind auch schon zwei andere Kollegen, und wir gründen zusammen eine Akademie.»

Die Brillenmännchen fallen nämlich alle zuletzt in ein Mauseloch, nur bilden sie sich ein, daß sie dabei nach oben gekommen sind, und wenn sie andre Brillenmännchen darin finden, dann gründen sie eine Akademie. Das ist ein wahres Glück für uns, denn wenn die Brillenmännchen nicht in die Mauselöcher fielen, sondern alle oben blieben, dann wäre es im Garten der Welt überhaupt nicht mehr auszuhalten.

«Oh, du weißes Lilienwunder!» quakte der Frosch und sank vor der Lilie in die schlüpfrigen Knie.

Als die Kartoffel hörte, wie der Frosch von einem weißen Lilienwunder quakte, mußte sie so lachen, daß die Erde um sie herum locker wurde. Die Kröte glättete ihr den Boden wieder, so wie man jemand auf die Schulter klopft, der sich verschluckt hat.

«Sie sind wirklich zu primitiv, gnädige Frau», sagte sie. «Gewiß ist das ein etwas überschwenglicher Ausdruck, und ich fürchte beinahe, daß mein armer Neffe ein Dichter werden wird und kein richtiger Frosch, und das wäre sehr traurig für die Familie. Aber es ist doch etwas Seltsames um die Lilien, die so weiß sind und so schnell verwelken. Und wenn man so bedenkt, daß sie unsere nächsten Nachbarn gewesen sind und wir eigentlich nicht viel davon gemerkt haben. Sehen Sie nur, es ist bald aus mit ihr – oh, du mein armer, nasser Neffe!»

Die Kröte atmete voller Erregung und machte glucksende Bewegungen mit der Kehle.

«Ja, sehr bedauerlich», sagte die Kartoffel, «nun ist der ganze Aufwand umsonst gewesen. Eine Kartoffel ist doch dauerhafter und lebt wenigstens in ihren Knollen weiter.»

Die Lilie hatte die welken Blütenblätter gesenkt. Aus dem verglimmenden Gold ihres weißen Kelches aber schwebte der Lilienelf auf feinen Falterflügeln zum Flug in die Unendlichkeit – empor zu den Sternen der Nacht und zur silbernen Sichel.

Es blühen so viele weiße Lilienwunder im Garten der Welt. Nur die Brillenmännchen merken nichts davon, und die Kartoffeln lachen darüber. Vielleicht ahnen sie die Kröten, wenn sie alt und weise werden, und die Frösche, wenn sie jung sind und lieben. Aber schauen kann man sie nur, wenn man die lichten Strahlen sucht, auf denen die Geheimnisse des Himmels und der Erde sich verschwistern, und wenn man sehnsuchtsvoll die Arme ausbreitet nach den Sternen der Nacht und nach der silbernen Sichel.

Und dazu muß es dunkel werden im Garten der Welt.

Schloß Elmenor

Irgendwo – auf einer weiten, menschenleeren Heide liegt Schloß Elmenor. Graue Nebel kriechen langsam um graue Mauern, an denen viele Geschlechter gebaut haben, auf den trotzigen Türmen knarren die Wetterfahnen, und die alten Bäume im Park neigen ihre Kronen und flüstern im Abendwind. Ein grüner, sumpfiger See schließt Schloß Elmenor ein wie ein smaragdener Ring, und in seinem farbigen Glase spiegeln sich die alten Tore und Türme wie ein Schatten ihrer selbst. Um die verfallenen Bogenfenster aber ranken sich wilde Rosen. Niemand schaut mehr aus diesen Fenstern hinaus, es ist ganz still und einsam geworden auf Schloß Elmenor, noch viel stiller und einsamer als auf der weiten, menschenleeren Heide.

Nur um Mitternacht huscht ein scheuer Schein von flackernden Kerzen von Fenster zu Fenster – es ist nicht geheuer darin, sagen die Leute, die ferne davon auf der weiten Heide wohnen – das sind die irren Lichter von Elmenor. Aber es weiß niemand Bescheid darum, denn es mag niemand hineingehen, und Schloß Elmenor schläft einen langen Schlaf, schon weit über hundert Jahre.

Das ist nicht immer so gewesen. Einmal war junges Leben in den verlassenen Hallen, Musik und Tanz in den Sälen und Blumenduft und leises Lachen in den verschwiegenen Kammern. Das war bis zu jener Nacht, als der schwarze Kavalier auf Schloß Elmenor kam und sich ungebeten an den Tisch setzte. Von jener Nacht will ich erzählen, weil das eine merkwürdige Geschichte ist – merkwürdig schon darum, weil eine solche Geschichte sich oft begeben hat und sich immer wieder begeben kann.

Denkt daran, ihr Heutigen und ihr Kommenden. Denn es gibt überall so viele alte, dunkle Häuser, und es gibt in ihnen so viele flackernde Kerzen um Mitternacht – wie die irren Lichter von Elmenor.

Jene Nacht aber, in welcher der schwarze Kavalier nach Schloß Elmenor kam, war eine kalte, düstere Herbstnacht, und es war am Vorabend von Allerseelen. Der Regen hing an den nassen Mauern und weinte in langsamen fallenden Tropfen von den welken Blättern im Park. Ein dicker grauer Nebel lag auf der Heide draußen, und das alte Schloß stand mitten darin wie eine verschwimmende Schattenzeichnung aus einem wirren Traumland.

Drinnen aber, im Saal neben der Schloßkapelle, saßen Damen im Reifrock und gepuderter Perücke und Kavaliere in seidenen Kniehosen, den Galanteriedegen durch den Rock von buntem Samt gesteckt. Das waren die Gäste der Marquise von Elmenor.

Die feinen Möbel mit den zierlich geschweiften Beinen und den goldenen Beschlägen nahmen sich ein wenig sonderbar aus zwischen den dicken, plumpen Mauern – wie ein lockeres Liebeslied in einem Gefängnis. Die Zeit der Aufklärung war gekommen, die grauen Wände von Elmenor hörten nicht mehr Beten und Schwören und Fluchen wie einst, sondern weiches, girrendes Frauenlachen und die spitzen Bonmots aus der Residenz.

«Mon dieu, was ist das für eine Nacht», sagte der alte Graf und humpelte auf dürren, gichtigen Beinen an den Kamin, um das Feuer mit der Ofenzange anzufachen, «der Sommer ist vorüber, im nassen Park kann man keine Pfänderspiele mehr aufführen. Überall welke Blätter, es erinnert sehr peinlich an die Auflösung.»

«Trinken Sie Burgunder», sagte die Marquise von Elmenor gleichgültig, «es ist gut für Ihr Alter. Unser Sommer ist auch vorüber, mon ami.»

«An so etwas denkt man nicht, meine Liebe», sagte der Graf, «und wenn man es bedenkt, so redet man besser nicht davon. Wir müssen nach Paris, ma chère, hier ist es wenig amüsant geworden. Ich glaube, wir sehen noch Gespenster in dem alten Kasten, wenn wir hierbleiben.»

«Es spukt nicht im Zeitalter der Aufklärung, Monsieur», sagte die Marquise gelangweilt, «das sollten Sie doch eigentlich wissen. Unsere Philosophen schreiben gelehrte Exkurse über die Vernunft, und Sie reden von Gespenstern. Das ist ennuyant, mein Herr.»

«Es soll ein Mann hier umgehen, mit dem Kopf unter dem Arm, aus der Zeit der Kreuzzüge», sagte eine junge Dame vorlaut.

«Hören Sie. Das ist ein Urahn von Ihnen, Marquise», sagte der alte Graf bedenklich. «Sie verleugnen Ihre eigne Familie, das ist nicht nett von Ihnen, Madame.»

«Pas grande chose, ich habe noch heute Kavaliere ohne Kopf im Hause», sagte die Marquise maliziös.

«Sie werden bissig, teure Freundin», sagte der Graf, «das sollten Sie nicht sein. Als Sie jung waren, haben Sie mich nicht so behandelt. Mon Dieu, die Zeit vergeht. Womit habe ich das verdient? Ich, der Ihnen immer zu Füßen lag, Marquise?»

«Als Sie jung waren, hatten Sie noch keine Gicht und sprachen nicht so dégoûtant von Auflösung und von Gespenstern, sondern von angenehmen Dingen, die durchaus anderer Art waren.»

«Ich kann es übrigens gut verstehen, daß der Mann ohne Kopf herumgeht. Wahrscheinlich hat er den Verstand verloren», sagte der alte Graf und seufzte, «als Sie noch jung waren, liebe Freundin, und noch nicht Rouge auflegten ...»

«Wie ungalant!» sagte die Marquise und klappte verärgert mit dem Fächer.

Die jungen Damen lachten.

«Was ich eigentlich sagen wollte, Marquise, ist aber viel galanter. Ich wollte sagen – als Sie noch jung waren und noch nicht Rouge auflegten, habe ich auch um Ihretwillen den Verstand verloren.»

«Kleinigkeiten verliert man leicht», sagte die Marquise, und diesmal lachten die Kavaliere.

Der Graf lenkte ab. «Der Mann ohne Kopf ist aus Ihrer Familie, also seien Sie nicht so herzlos. Auch war er ein Kreuzfahrer, und Sie sollten mehr Respekt davor haben, Madame!» sagte er.

«Unter einem Kreuzzug kann ich mir heute nicht viel mehr vorstellen», sagte die Marquise, und ihr Reifrock raschelte kokett und sündig, «wenn ich mir, par exemple, denken soll, daß Sie, lieber Graf, sich heute zu einem Kreuzzuge rüsten wollten – incroyable, nicht wahr?»

«Sie haben recht, liebste Freundin», sagte der Graf, «ich trage zwar seidene Wäsche, aber bei einem Kreuzzug würde ich mir ganz bestimmt den Schnupfen holen.»

«Wir wollen die arme Seele schlafen lassen und ihr angenehme Ruhe wünschen», sagte jemand, «auch wenn sie so taktlos ist, dazwischen mit dem Kopf unter dem Arm unter uns spazierenzugehen.»

«Wir wollen an sie denken, morgen ist Allerseelen», sagte das Fräulein von Elmenor leise, und irgendwie war es ihr, als liefe ein Schauer über sie.

«Mon dieu, mein Kind», sagte die Marquise, «du wirst sentimental. Allerseelen ist für arme Leute, die noch daran glauben. Es gibt keine Seele, ma chère, bloß die Vernunft, den Esprit. Violà tout. Man lebt und man liebt. Nachher ist es aus. Je mehr man liebte, um so mehr hat man gelebt. Der Tod versteht nicht zu küssen.»

«Die Lehre von der Seele ist Spielzeug», sagte der Graf, «aber sehr brauchbar pour la politique, sehr nötig für die Canaille. Wenn die Canaille nicht daran glauben wollte, so würde sie uns alle über den Haufen rennen. Ein Schafott ist schnell gebaut.»

«Fi donc», sagte die Marquise, «wie unappetitlich!»

«Wenn eure Seelen Spielzeug sind, verpfändet sie!» rief jemand, aber es war eine fremde Stimme, und man wußte nicht, wer diese Worte gesagt hatte. Das war auch gleichgültig, der Gedanke war hübsch.

«Ja, ein Pfänderspiel!» riefen die Damen und Kavaliere.

«Wofür verpfänden Sie Ihre Seele, Marquise?» fragte der alte Graf.

«Für eine Stunde der Jugend», sagte die Marquise und lächelte mit geschminkten Lippen, «Und Sie, mon ami?»

«Einstmals für ein Strumpfband von Ihnen, teure Freundin. Aber das ist nun impossible. Heute, vielleicht, um eine Flasche Burgunder. Vielleicht auch nicht. Kann man überhaupt etwas verlangen, wenn das Pfand nichts wert ist? Pour une bagatelle?»

«Würden Sie auch Ihre Seele verpfänden, Monsieur?» fragte das Fräulein von Elmenor den Kavalier, der neben ihr saß.

«Zehnmal, mein Fräulein», sagte er, «um die Rose von Ihrer Brust.»

«Das ist sehr kühn, mein Herr. Wissen Sie nicht, was das bedeutet?»

«Das bedeutet einen Kuß in einer verschwiegenen Kammer», sagte der Kavalier und neigte sich nahe zu ihr.

«Sie sind sehr dreist, und ich habe nicht gefragt, um eine Antwort zu bekommen. Auf solche Fragen antwortet man nicht. Sie sind ein Fant, mein Herr, ich habe keine Lust, Ihnen meine Rose zu schenken. Et puis – wenn die Seele nur eine Bagatelle ist, so bieten Sie ja auch nichts für einen Kuß. Und ist eine Liebe ohne Seele überhaupt eine Liebe?»

«Wenn die Seele aber doch ein Bagatelle ist», sagte der Kavalier, «was soll sie dann bei der Liebe, mein Fräulein?»

«Ich weiß es nicht», sagte das Fräulein von Elmenor und lachte, «vielleicht haben Sie recht. Mama sagt es ja auch. Ich werde es mir überlegen. Wir wollen sehen – nach Mitternacht.»

«Oh», sagte er beglückt, «nach Mitternacht?»

«Wer weiß, was nach Mitternacht sein wird», sagte das Fräulein von Elmenor, «Mitternacht ist bald.»

«Es wird kalt im Salon», sagte die Marquise und fröstelte, «es zieht so abscheulich aus der alten Kapelle nebenan. Die Tür muß sich geöffnet haben. Diese düstere Kapelle schockiert mich überhaupt schon seit langem.»

«Vielleicht sitzt der Mann ohne Kopf darin», sagte der Graf, «wir wollen die Türe schließen, wir wollen sie ganz schließen – pour toujours. Wir brauchen die alte Kapelle mit dem ungesunden Grabeshauch nicht so nahe an unserem eleganten Salon. Wir echauffieren uns nicht mehr um unser Seelenheil. Voilà!»

Er schloß die Tür zur Kapelle, öffnete das Fenster, an das der Regen schlug, und warf den Schlüssel in weitem Bogen hinaus in den dunklen, schlammigen See.

Die Damen und Kavaliere klatschten Beifall.

«Nun wollen wir ein Menuett tanzen!»

«Die Flöte liegt auf dem Spinett. Wer von den Herren spielt uns auf?»

Als der Graf sich umwandte, schien es, als wenn das Zimmer dunkler geworden wäre. Die Kerzen flackerten ängstlich, Schatten huschten an den Wänden, und die kunstvolle Pendüle auf dem Kaminsims schlug mit feinen, silberhellen Schlägen Mitternacht.

Am Platz des Grafen aber, ganz oben am Tische, saß der schwarze Kavalier.

Er war ungewöhnlich groß und hager und ganz in Schwarz gekleidet. Die dürren, langen Beine steckten in schwarzseidenen Kniehosen, ein schwarzer Rock umschloß eine Gestalt, die mehr einem Gerippe als einem menschlichen Körper glich, und auch sein Degen lag in schwarzer Scheide. Aus den zarten Spitzen der Ärmel ragten magere Hände hervor, knochig und von einer beinahe weißen Blässe. Die gleiche Farblosigkeit zeigte sein Gesicht, das fast an einen Totenkopf erinnerte. Die Augen ruhten tief in ihren Höhlen und waren groß und sehr ausdrucksvoll. Eine unheimliche Erscheinung war dieser ungebetene Gast.

Sogar die Marquise fühlte etwas wie Furcht in sich aufsteigen. Aber sie beherrschte sich.

«Monsieur», sagte sie, «wollen Sie mir erklären, wie Sie an diesen Platz kommen? Ich habe nicht die Ehre Ihrer Bekanntschaft. Man pflegt sich der Dame des Hauses vorzustellen, mein Herr.»

Der schwarze Kavalier verbeugte sich.

«Mein Name dürfte Ihnen unwillkommen kommen sein, Madame.»

«Wenn Sie schon ein Anonymus bleiben wollen», sagte der Graf amüsiert, «so gestatten Sie, daß wir Ihnen eine Rolle in unserem Cercle zuweisen. Wenn Sie nicht reden wollen, wie wäre es, wenn Sie spielten? Die Flöte liegt auf dem Spinett, mein Herr. Wir wollten gerade ein Menuett tanzen.»

«Sehr gern, Monsieur», sagte der schwarze Kavalier und lächelte. Die dünnen Lippen verzerrten sich und ließen große Zähne sehen. Es war mehr ein Grinsen als ein Lächeln.

«En avant, meine Damen und Herren», rief die Marquise, «treten Sie an zum Tanz. Wir haben einen fremden Ritter als Spielmann – wie geheimnisvoll und romantisch, nicht wahr? Ein Menuett, Monsieur, wenn es Ihnen beliebt!»

Sie lachte, aber sie war blaß beworden unter der Schminke.

«Zu Ihren Diensten, Madame!»

Der schwarze Kavalier erhob sich. Er sah nun noch weit größer und dürrer aus als vorher und überragte alle um eine Kopflänge. Man spöttelte, aber eigentlich nur, um ein Grauen zu ersticken.

Der schwarze Kavalier trat ans Spinett, nahm die Flöte und schlug den Deckel des Klaviers hastig zu. Die Saiten gaben einen wimmernden Ton von sich, der langsam verhallte.

«Soll man Sie nicht akkompagnieren, Monsieur?» fragte die Marquise.

«Nein, Madame. Es werden alle tanzen müssen. Auch Sie, Madame, wenn es beliebt.»

Mechanisch, willenlos, wie ein Puppe, stand die Marquise auf, und die Paare ordneten sich zum Tanz. Niemand sprach ein Wort.

Der schwarze Kavalier setzte die Flöte an die dünnen Lippen und begann zu spielen. Es war ein Menuett, und die Paare tanzten. Aber es war eine fremde Melodie, die keiner kannte. Sie war bar aller Harmonien, sie war so gräßlich, so über alle Begriffe entsetzlich, daß jedem die Lust am Tanzen verging. Und doch bewegten sich alle weiter, puppenhaft und taktmäßig nach diesem Menuett des Grauens.

«Das ist ein schrecklicher Scherz, Monsieur, c'est abominable», sagte die Marquise atemlos, mit einem letzten Rest ihrer Kräfte, «machen Sie ein Ende!»

«Das tue ich, Madame», sagte der schwarze Kavalier und setzte die Flöte von den Lippen.

«Meine Damen und Kavaliere, mein Auftrag war, Sie in jene Kapelle zu führen. Doch Sie haben sie verschlossen und den Schlüssel im See versenkt. Das ist schlimm für Sie, aber – que faire?»

«Und wohin führen Sie uns nun?» fragte der alte Graf, «unsere Geduld ist zu Ende.»

Der schwarze Kavalier lachte leise und häßlich.

«Lassen Sie den Degen stecken, echauffieren Sie sich nicht. Wohin ich Sie führe, meine Damen und Herren? Hat Ihnen mein Menuett das nicht verraten? In die Totengruft!»

Jemand schrie auf, leer und blechern, mit einer irren, ihm selber vollkommen fremden Stimme.

«Ist das etwas Besonderes?» sagte der schwarze Kavalier. «Pas grande chose, n'est-ce pas, Madame? Ihre Seelen leben doch weiter, oder haben Sie keine Seelen? Sie sprachen ja schon davon, was die Seele ist – ein Spielzeug, une bagatelle, nicht wahr? Nous verrons. Sie wollten nicht in die Kapelle. Eh bien, es ist auch hier sehr angenehm. Bleiben Sie hier, meine Damen und Kavaliere.»

«Was ist das für ein Spiel, Monsieur?» flüsterte die Marquise, «das ist entsetzlich.»

«Das Spiel ist aus, Madame», rief der schwarze Kavalier und warf ihr die Flöte vor die Füße. Die Flöte zerbrach. Das Menuett des Grauens war ihr letztes Menuett gewesen.

Da erloschen die Kerzen und der Sturm riß heulend die Fenster auf. Der schwarze Kavalier war verschwunden.

Die Chronik ließ es im ungewissen, wie der schreckliche Zufall zu erklären sei, daß der ganze kleine, intime Cercle der Marquise von Elmenor in einer Nacht verschieden war. War es ein plötzlicher, furchtbarer Schreck, der alle tödlich ergriffen hatte, oder war eine unbekannte Seuche durch eine der alten Türen geschritten und hatte den lebensfrohen Kreis mit ihren kalten Klauen dahingerafft? Der Chronist begnügte sich damit, aufzuzeichnen, daß man die Damen und Kavaliere im Salon neben der Kapelle am Morgen nach jener Novembernacht, die dem Tage Allerseelen voranging, verblichen aufgefunden habe, mit einem schwer zu beschreibenden Ausdruck des Entsetzens in den Zügen. Die Bestattung sei unter diesem unheimlichen Eindruck in großer Eile und ohne die besonderen, sonst üblichen Förmlichkeiten erfolgt. Begreiflich war es auch, daß niemand mehr nach diesem schrecklichen und geheimnisvollen Ereignis auf dem Landsitz der Marquise wohnen wollte. Schloß Elmenor war verlassen und lag in tiefem Schlafe.

Die Toten aber, die alle zusammen im Salon der Marquise gestorben waren um jene Mitternacht, als der schwarze Kavalier ihnen das Menuett des Grauens auf der Flöte gespielt hatte, die Toten von Elmenor schliefen nicht.

Sie saßen weiter auf den feinen, zerbrechlichen Stühlen mit den geschweiften Beinen und den goldenen Beschlägen, elegant und vornehm wie damals, aber mit blassen Gesichtern und, wie es ihnen selber schien, mit sehr schattenhaften Leibern und spinnwebdünnen Kleidern. Sie wußten nicht, waren sie tot oder lebendig. Sie lebten, und lebten doch nicht wie einst, sie lebten gleichsam ein feineres Dasein, ein Dasein in den Seelen. Aber gab es Seelen? Das alles war unklar, seltsam gedämpft und sehr qualvoll, wenn man versuchte, es zu begreifen. Wie ein Schleier lag es um sie, und nur eines erschien ihnen notwendig und unvermeidlich: den Schlüssel zur Kapelle wiederzufinden. Es war dies wie ein Gebot an ihnen hängengeblieben von den Worten des schwarzen Kavaliers. Alles andre war wesenlos geworden, nicht mehr zu ihnen gehörig, wie ihre irdischen Körper, die sie forttragen sahen nach der Totengruft von Schloß Elmenor.

Hier, im Salon, wo der schwarze Kavalier gestanden, war das

Letzte geschehen, was noch faßbar war. Alles andere griff irgendwie ins Leere, war mehr erträumt, als es gelebt war. So wiederholten sie Nacht für Nacht die Bewegungen und Reden der letzten Stunde, um vielleicht von hier aus, von jenem Augenblick, bevor ein dunkler Schleier auf sie alle fiel, den neuen Boden für ein neues Dasein zu finden. Aber das fühlten sie deutlich: Das alles war nichts, wenn sie nicht den Schlüssel zur Kapelle wiederfanden. Denn in die Kapelle sollten sie geführt werden, die sie sich selbst verschlossen hatten. Dies war ja der Auftrag des schwarzen Kavaliers gewesen.

So saßen sie beisammen und suchten den Schlüssel Nacht für Nacht, weit über hundert Jahre. Aber sie hatten kein Zeitempfinden mehr, und die kunstvolle Pendüle auf dem Kaminsims war stehengeblieben, nur wenige Minuten nach Mitternacht, als sich der schwarze Kavalier an den Tisch gesetzt hatte.

Über hundert Jahre vergingen, und Schloß Elmenor verfiel. Graue Nebel krochen langsam um graue Mauern, an denen viele Geschlechter gebaut hatten, auf den trotzigen Türmen knarrten die Wetterfahnen, und die alten Bäume im Park neigten ihre Kronen und flüsterten im Abendwind. Rundum war weite, menschenleere Heide.

Nur um Mitternacht huschte ein scheuer Schein von flackernden Kerzen von Fenster zu Fenster – das waren die irren Lichter von Elmenor.

Es war schon in der heutigen Zeit, als einmal ein Hirtenknabe auf der weiten, menschenleeren Heide war mit seinem Hunde und mit seinen Schafen. Es war Nacht geworden, eine weiche Sommernacht. Die Schafe hatten sich gelagert, Leuchtkäfer schwirrten durch die blaue Dämmerung, und ein Duft von Blüten hing über der Heide wie ein Märchentraum. Es war stille und friedvoll, und nur Schloß Elmenor stand drohend da wie ein dunkler Schatten. Es ging auf Mitternacht.

Der Hirtenknabe stützte den Kopf in die Hände und seufzte.

«Ich möchte mehr sein als nur ein Schäfer», sagte er.

Der Hund wedelte freundlich und beruhigend mit dem Schwanz und legte sich zu Füßen seines Herrn auf die Heide.

«Es ist etwas sehr Großes um einen wirklichen Hirten», sagte er, «nur sind die guten Hirten sehr selten. Wir alle aber, ich und die

Schafe, wissen es und werden es zu jeder Zeit bezeugen, daß du ein echter Hirtenknabe bist.»

«Ich möchte ein Sieger sein und kein Hirte», sagte der Knabe.

«Die wahren Sieger waren alle auch Hirten», sagte der Hund. Die Schäferhunde wissen so sehr viel.

«Vielleicht hast du recht», sagte der Knabe, «es ist eine sonderbare Nacht heute, und es mag sein, daß ich darum so viel über alles nachdenken muß. Es rief mich zweimal heute abend mit einer inneren Stimme, und nun, wo es um Mitternacht geht, ruft es mich zum dritten Male. Mir ist, als wäre es Schloß Elmenor, von wo ich gerufen werde.»

«Wenn es so ruft mit einer inneren Stimme, dann ist es eine Schwesterseele, die dich ruft, weil sie in Not ist», sagte der Hund, «dann mußt du gehen, wohin es dich ruft.»

Die Tiere sind so viel klüger als die Menschen, denn sie sind oft in Not und rufen nach einer Schwesterseele, aber das werden die Menschen erst verstehen, wenn sie Hirten und Sieger geworden sind, und dann wird die Erde erlöst werden durch den heiligen Gral, denn Hirten und Sieger zu rufen, ist seine Sendung.

«Es ist nicht geheuer in Elmenor», sagte der Hirtenknabe, «ich fürchte mich ein wenig, dort hineinzugehen. Es huscht ein scheuer Schein von Fenster zu Fenster, und es flackern darinnen Kerzen um Mitternacht.»

«Ich würde dich gerne begleiten», sagte der Hund, «aber ich muß deine Schafe bewachen, damit du in Frieden gehen kannst. Du brauchst dich auch nicht zu fürchten, denn du bist ein Hirte mit Waffen und Wehr. Du behütest, und du wirst selber behütet von anderen Hirten. Ihr seid eine geweihte Ritterschaft, und auf euch hoffen Menschen und Tiere.»

Da ging der Hirtenknabe hinaus nach Schloß Elmenor.

Als er den Saal betrat, in dem die flackernden Kerzen brannten, schlug die kunstvolle Pendüle auf dem Kaminsims Mitternacht, und das hatte sie nicht mehr getan seit über hundert Jahren. Um den Tisch herum aber saßen die Damen und Herren in den alten, verblichenen Gewändern, genauso wie in jener schauervollen Nacht, als ihnen der schwarze Kavalier erschienen war. Sie flüsterten miteinandern und schienen etwas zu suchen.

Der Hirtenknabe sah sie nur durch einen Schleier, wie Schattenrisse mit blassen Farben, alten Gemälden ähnlich, die nachgedunkelt sind. Nur eine Gestalt hob sich leuchtender aus den anderen hervor, und sie kam langsam und zögernd auf ihn zugeschritten. Das war das junge Fräulein von Elmenor, und dem Hirtenknaben schien es, als erkenne er jemand in ihr, den er lange vergessen und doch lange gesucht hatte.

«Bist du es, den ich gerufen habe, schöner Knabe?» fragte sie und lächelte, ein weiches, verlorenes und verträumtes Lächeln, so wie alte Pastellbilder lächeln in alten, verfallenen Häusern.

Und der Hirtenknabe sah, daß sie sehr schön war.

«Bist du es, die mich gerufen hat?» fragte er , «dann bist du wohl meine Schwesterseele und bist in Not gewesen, weil du mich riefst.»

«Wir alle hier sind in Not», sagte das Fräulein von Elmenor, «die anderen fühlen es nur noch nicht so tief wie ich. Wir suchen einen Schlüssel, den wir verloren haben, schon über hundert Jahre. Es ist so mühsam, hundert Jahre lang zu suchen. Es ist der Schlüssel zu jener Türe, den wir verloren haben. Sie führt in die Kapelle, und es steht ein Kreuz darin auf einem Altar. Wir haben uns selber die Türe verschlossen, und dann kam der schwarze Kavalier und setzte sich an unseren Tisch. Die anderen träumen immer noch und wissen nicht, ob sie leben oder ob sie gestorben sind, aber ich wurde wacher und wacher, und ich weiß es nun, daß wir nur durch das Kreuz auf dem Altar aus dieser Mitternacht wieder herausfinden können. Da rief ich in meiner Not nach meiner Schwesterseele, daß sie uns den Schlüssel zur verschlossenen Türe suchen helfe.»

«Ich brauche euren Schlüssel nicht zu suchen und nicht zu finden, ich bin ein Hirtenknabe, und zum Kreuz auf dem Altar steht mir jede Tür offen. Wenn die Sonne aufgeht, will ich dich dorthin geleiten.»

Das Fräulein von Elmenor sah den Hirtenknaben lange an, und ihre Augen wurden tief und lichtvoll.

«In jener Nacht, bevor der schwarze Kavalier gekommen war», sagte sie leise, «wollte ich die Rose an meiner Brust verschenken. Aber ich tat es nicht, und ich bin froh, daß ich es nicht getan habe. Es ist nichts um eine Liebe ohne Seele. Aber heute habe ich meine Schwesterseele gefunden, und heute will ich dir meine Rose schenken. Weißt du, was das bedeutet, schöner Knabe?»

«Vielleicht weiß ich es, schöne Dame», sagte der Hirtenknabe, «vielleicht war das schon viele Male, daß du mir deine Rose schenktest, vielleicht wird es wieder einmal sein. Wir kennen uns ja schon so lange, viele tausend Jahre.»

«Die Rose von der Brust bedeutet einen Kuß in einer verschwiegenen Kammer», sagte das Fräulein von Elmenor und lachte. Sie lachte zum erstenmal wieder seit über hundert Jahren.

Irgendwo in der Ferne der Heide hörte der Hirtenknabe den Schäferhund bellen, und er dachte an seine Herde.

«Ich werde dich einmal wieder küssen», sagte er, «aber heute bin ich in dieser Welt, die mich ruft, und du in jener. Ich darf dich heute nur geleiten, wenn die Sonne aufgeht, nicht mehr. Dann muß ich zurück zu meiner Herde.»

«Noch ging die Sonne nicht auf – und sind wir nicht Schwesterseelen, in dieser und in jener Welt?»

«In kaum einer Stunde ist Sonnenaufgang», sagte er.

«Auch eine Stunde kann eine Ewigkeit sein», sagte sie, und sie nahm die Rose von ihrer Brust und reichte sie dem Hirtenknaben. Und sie küßte ihn lange, lange – eine Stunde, die eine Ewigkeit war.

Dann ging die Sonne auf über der weiten Heide und über Schloß Elmenor.

Lautlos öffneten sich die verschlossenen Türen zur Kapelle, und der Hirtenknabe führte das schöne Fräulein von Elmenor an den Altar mit dem Kreuz darauf. Hier küßten sie sich zum letztenmal auf der Schwelle von dieser zu jener Welt.

Um sie herum standen Damen und Herren aus jener Nacht, als der schwarze Kavalier nach Schloß Elmenor gekommen war, und wie sie mit den träumenden Schattenaugen die Sonne über dem Kreuz erblickten, war es, als ob sie sich langsam auflösten und in klaren, durchleuchteten Gestalten über eine Brücke von Rosenranken am Fenster hinaufschritten, ins Morgenlicht hinein. Ihnen allen voran aber schritt der schwarze Kavalier – friedvoll und freundlich und in einem Kleide von Sonnengold.

Die letzte Gestalt, die der Hirtenknabe im Morgenlicht verschwinden sah, war das schöne Fräulein von Elmenor. Sie wandte sich noch einmal nach ihm um und sah ihn lange an mit den Augen der Schwesterseele.

Dann stand er allein in der alten Kapelle. Die Sonne spiegelte um Altar und Kreuz, und er hielt eine rote Rose in der Hand. In weiter Ferne läutete eine Glocke. Da ging der Hirtenknabe zu seiner Herde zurück.

Der Hirtenknabe hat niemals gefreit. Aber er wurde aus einem Hirtenknabe ein großer Hirte und ein Sieger, und er hütete die Seelen der Menschen und der Tiere. Er wanderte stille und einsame Wege, die sehr beschwerlich waren. Aber die rote Rose von Elmenor trug er immer auf seinem Herzen. Und er harrte geduldig auf den Tag, an dem dieses Pfand wieder eingelöst würde von seiner Schwesterseele in einem anderen Land.

Das ist die Geschichte von Schloß Elmenor.

Ihr Heutigen und ihr Kommenden, hütet die Seelen der Menschen und die Seelen der Tiere, sucht auf allen Wegen die Schwesterseelen und baut ihnen Sonnenbrücken zwischen dieser und jener Welt.

Und wenn ihr den Toten begegnet, ihr Heutigen und ihr Kommenden, und sie haben sich die Türen zum Heiligtum verschlossen – seid ihnen friedvolle Hirten und führt sie behutsam aus den verfallenen Mauern und den Schatten vergangener Zeiten zum Kreuz auf dem Altar und über die Rosenranken ins Morgenlicht hinein.

Die Welt ist so sehr verworren. Es gibt überall so viele alte, dunkle Häuser, und es gibt in ihnen so viele flackernde Kerzen um Mitternacht, wie die irren Lichter von Elmenor.

Ihr Heutigen und ihr Kommenden, werdet Hirten und werdet Sieger, auf daß die Erde erlöst werde durch den heiligen Gral. Denn Hirten und Sieger zu rufen, ist seine Sendung.

Der Königsgaukler

Ein indisches Märchen

Die Geburt Mantaos in der Lotosblume

Ich will euch erzählen die Geschichte von Mantao, dem Königsgaukler, und ich will erzählen, wie er in einer Lotosblume geboren wurde, als die Nacht ihren Sternenteppich breitete über das heilige Land von Indien. Viele, viele tausend Jahre ist es her, und wenn ich euch das sage, so wird es euch erscheinen, als seien viele, viele tausend Jahre eine lange Zeit. Aber das müßt ihr nicht denken. Viele, viele tausend Jahre ist eine ganz kurze Spanne Zeit, es ist eigentlich gar keine Zeit – viele, viele tausend Jahre, das ist so, als sei es eben erst geschehen, daß Mantao, der Königsgaukler, in einer Lotosblume geboren wurde. Ihr müßt euch nur denken, ihr säßet selber in einer Lotosblume darin, ihre feingliedrigen kühlen Blütenarme hüllten euch ein und in ihren weit geöffneten Kelch schauten die Sterne. Der Kelch der Lotosblume ist ein Wunderkelch, vergeßt das nicht – und nun beginnt sich der Wunderkelch zu drehen und ihr seid darin. Erst dreht er sich langsam, dann schneller und immer schneller – es ist, als ob die Sterne um euch kreisen und bunte Bilder in endloser Reihe an euch vorüberziehen, Bilder vom Leben der Geister, Menschen und Tiere, vom Wachstum der Pflanzen und Funkeln der Edelsteine, endlose Leben, seltsame ineinander verschlungen und mit feinen Fäden mit euch verbunden, als gehörten sie zu euch, und doch wieder von euch getrennt, denn ihr schaukelt euch ja im Schoß der Lotosblume und schaut darauf mit Augen, die zeitlos geworden sind. Seht ihr, so müßt ihr denken – was sind dann viele, viele tausend Jahre? Vergangenheit, Gegenwart und Zukunft gehen leise und unmerklich in eines über, und es ist euch, als wäre es erst heute geschehen, daß Mantao, der Königsgaukler, in einer Lotosblume geboren wurde.

Denkt euch, es wäre heute. Die Nacht breitete ihren Sternenteppich aus über Indiens heiliges Land, und auf dem Teppich der Sterne stieg langsam und feierlich ein Engel auf die Erde nieder, und dieser Engel trug Mantaos kleine Seele in den Armen, um sie behutsam und liebreich in den Kelch der Lotosblume zu legen. Wenn ich sage, daß er Mantaos kleine Seele trug, so müßt ihr das nicht so verstehen, als wenn Mantao eine kleine Seele gehabt habe, arm an Tiefe des Gefühls und schwach an geistigen Kräften. Mantaos, des Königsgauklers, Seele war groß und stark und reich, und wenn sie oben über den Sternen ihre Schwingen regte, dann klang es, als wenn Glocken läuteten in Frieden und Feierabend. Aber es war doch nur eine Menschenseele – und seht ihr, wenn der Engel, den jede Menschenseele zum Hüter hat, seine anvertraute Menschenseele aus der Welt über den Sternen hinabträgt auf diese Welt, dann wird die Menschenseele schwach und müde, wie ein kleines Kind, denn es ist ein weiter Weg und es dauert lange, bis sich die Menschenseele an die Erde gewöhnt und an den fremden Boden, der mehr Dornen als Rosen trägt. Ihr alle kennt das, denn ihr alle seid geboren auf dieser Erde und euer Engel hat euch auf dem Sternenteppich hinabgetragen, wenn ihr es auch vergessen habt. Aber ihr werdet euch gewiß erinnern, wenn ich es euch wieder beschreibe. Es ist, als wäre man sehr schwer geworden, als habe man Flügel gehabt, klingende tragende Schwingen – und diese seien einem genommen worden, so daß man nicht weiß, wie man sich bewegen soll. Es ist, als sei die Luft dick und trübe geworden und man könne nicht mehr gut sehen und hören, man müsse das alles noch einmal ganz von neuem lernen – man müsse von neuem atmen und leben lernen, aber langsamer, schwerer und schleppender. Es ist wie ein dickes Kleid, das man angezogen hat, die geschmeidigen Glieder sind wie in Watte gewickelt, und man ist müde, müde und benommen. Die Lotosblume aber dreht sich, dreht sich immer schneller und schneller, so daß man ganz schwindlig wird – und viele feine Fäden spinnen sich vom Kelch der Blume zu dem Boden hinüber, auf dem wir nun leben sollen und der mehr Dornen als Rosen trägt. Die Fäden halten immer fester und fester, und man fühlt nun deutlich, daß man sie alle erst wird lösen müssen in einer langen mühseligen Arbeit, ehe man wieder aufsteigen darf zu den lichten Fernen, aus denen man gekommen, zu der Welt über den Sternen. Nicht wahr, ihr erinnert euch jetzt und werdet nun auch verstehen, warum Mantaos Seele so klein war, daß es aussah, als trüge der Engel ein kleines Kind auf den Armen.

Leise und behutsam legte der Engel Mantaos Seele in den Kelch der Lotosblume. Er sah ernst und traurig dabei aus, denn er wußte, daß er Abschied von ihm nahm, wenn er auch stets unsichtbar um ihn sein würde, und er wußte, daß Mantao, der Königsgaukler, einen schweren und einsamen Weg wandern würde, ehe er wieder heimfand in die Welt über den Sternen. Es ist kein leichter Gang für einen Engel, wenn er seine anvertraute Menschenseele zur Erde geleitet, besonders wenn es eine starke und große Seele ist, an die sich die anderen anklammern – die ihren Weg nicht nur für sich, sondern auch für andere geht und die den Schild halten soll über allem, was atmet. Es ist schon schöner, diese Seele wieder zu empfangen, wenn sie heimkehrt in die Welt über den Sternen.

«Der Erhabene segne deinen Pfad», sagte der Engel, «und er segne deinen Pfad allen, für die du ausgegangen bist, Menschen, Tieren und allem Leben. Ich werde für dich auf die Kette der Dinge achten, ich werde den Fäden deines Lebens folgen und deinen Stern über dir halten im Tempel Brahmas und im Schmutz der Gosse. So werde ich immer bei dir sein, und doch ist es eine Trennung, denn Himmel und Erde sind ineinander verflochten und doch getrennt. Nun nehme ich Abschied von dir. Es ist ein harter Weg, den du wandern wirst. Nicht oft werden solche Seelen in den Kelch der Lotosblume gesenkt. Denn du wirst ein Königsgaukler sein, und du wirst sehr, sehr traurig werden, wenn du das begreifst, und doch wirst du sehr froh werden, denn dein Weg ist ein Weg, auf dem die Dinge ineinander übergehen. Der Erhabene segne deinen Pfad. Mehr als andere braucht dein Pfad den Segen des Erhabenen, denn er ist der Pfad der Königsgaukler.»

Die Lotosblume drehte und drehte sich. Zahllose Fäden kamen aus ihr hervor und klammerten sich immer fester und fester an den Boden der Erde, der mehr Dornen als Rosen trägt und auf dem Mantao nun leben und seinen Pfad wandern sollte.

Da neigte sich der Engel und nahm Abschied von Mantao, dem Königsgaukler.

Einer der vielen Fäden aber, die sich von der Lotosblume zur Erde spannen, zog Mantao zu seinem Elternpaar hin. Es waren arme Leute, und sie gehörten zur verachteten Kaste der Paria. Aber seine Mutter glaubte, daß sie einen Königssohn geboren habe.

«Als ich diesen Knaben gebar», sagte sie zu ihrem Manne, «war es mir, als sähe ich eine der Lotosblumen, in deren Schoß die Engel die Seelen der Kinder tragen, und mir war, als sei die Lotosblume dieses Kindes größer und schöner, als sonst die Blüten der Kinderseelen sind. Es ist ein Königssohn, den ich geboren habe.»

«Das meinen alle Mütter», sagte der Mann und lachte, «ich bin kein König und du bist eine Paria. Vielleicht wird er ein Gaukler werden an einem Königshof.»

Bald darauf kam die Pest in den kleinen Ort, in dem Mantaos Eltern lebten. Sie war ein grausiger Gast. Dürr und hager wie ein Gerippe ging sie mit hüpfenden Schritten durch die Gassen und rief die Menschen zum Totentanz mit ihrer wimmernden Flöte. Alles versteckte sich vor ihr, denn wen sie ansah aus ihren hohlen Augen, der mußte ihr folgen, bis er leblos niederfiel. Sie sah nicht alle an, denn auch sie ist ein Gesandter des Erhabenen und sieht nur jene, die sie sehen darf. Als ihr aber gar zu viele folgen mußten, da sammelten sich die letzten und verließen das Dorf und gingen hinaus auf die Landstraße, viele, viele Tage weit, um einen Ort zu suchen, durch dessen Gassen die Pest nicht tanzte. Unter diesen letzten waren auch Mantaos Eltern. Der Mann schob einen kleinen Karren vor sich her mit seinen wenigen Habseligkeiten, und die Frau trug das Kind auf den Armen, von dem sie glaubte, daß es ein Königssohn wäre. Aber die Pest tanzte ihnen nach und rief zuerst den Mann, bis er ihr folgte und leblos niederfiel. Da ließ die Frau den Karren stehen und ging allein weiter mit ihrem Kinde. Am Tage darauf aber sah die Pest sie an und sie setzte sich an den Grabenrand, um zu sterben. Sie drückte ihr Kind noch einmal an sich und bat die anderen, sie mögen es mit sich nehmen und pflegen. Aber alles fürchtete sich vor der Pest und der Frau, die sie gezeichnet hatte, und sie ließen die Sterbende allein mit dem Kind in ihren Armen.

Da streckte die arme Frau flehentlich ihre Hände der Pest entgegen und bat: «Nimm mich dem Kinde nicht weg, das ohne mich verhungert, laß mich leben.»

Die Pest sah plötzlich anders aus als sonst. Sie war kein dürres, hageres Gerippe mehr mit hohlen Augen – und sie neigte sich freundlich zu der Frau im Straßengraben.

«Das kann ich nicht», sagte sie traurig, «ich muß rufen, wie es mir befohlen wurde. Aber dein Kind wird nicht verhungern, du wirst es noch lebend einem anderen in die Arme geben. Dich aber werde ich dann rufen, so sanft wie ich noch niemand gerufen habe.»

Und die Pest neigte in Liebe und Frieden ihr Haupt und ging von dannen. Seht ihr, Leben und Tod haben oft ein verschiedenes Angesicht und die Pest war barmherziger als die Menschen. Als die Frau aber wieder aufsah, da erblickte sie auf jener Stelle, auf der die Pest gestanden hatte, einen alten Mann in der ärmlichen Kleidung der Bettelmönche und mit einem spitzen sonderbaren Hut auf dem Kopf, wie ihn die Lamas in Tibet tragen.

«Gib mir dein Kind», sagte er, «ich will es in meine Heimat, in die heiligen Berge von Tibet tragen und will es großziehen in aller Weisheit des Erhabenen.»

Da gab ihm die Frau ihr Kind.

«Es ist ein Königssohn», sagte sie.

«Das weiß ich», sagte der Mann aus Tibet.

«Wenn du das weißt, will ich dir gerne mein Kind geben», sagte die Frau, «und die guten Götter unseres Hauses mögen es schützen. Unser Haus ist verlassen, aber es waren freundliche kleine Götter, die darinnen lebten, und sicher sind sie mit uns gezogen und stehen neben meinem Kinde.»

«Siehst du nicht, daß ein großer, schöner Engel neben deinem Kinde steht?» fragte der alte Mann aus Tibet.

Aber die Frau hatte die Augen geschlossen und atmete nicht mehr. Die Pest hatte sie gerufen, ganz so wie sie es versprach, so sanft, wie sie noch niemand gerufen hatte.

Der alte Mann aber nahm das kleine Kind auf seine Arme und trug es so behutsam und vorsichtig, wie nur je eine Mutter ein Kind im Arm getragen hat, in seine einsame Heimat, in die heiligen Berge von Tibet.

Sie wanderten Tage und Nächte, und neben ihnen ging der Engel, der die Seele des Kindes über den Sternenteppich zur Lotosblume getragen hatte.

Und der alte Mann aus Tibet und der Engel redeten miteinander über Mantao, den Königsgaukler.

Die Königin der Ferne

Nun müßt ihr euch denken, ihr habet viele Jahre mit Mantao und dem alten Mann zusammen gelebt, oben auf der Hochebene von Tibet, die nur selten eines Menschen Fuß betritt. Es ist ein rauhes einsames Land, Eis und Schnee kommen und gehen auf ihm, und die wilden Winde singen ihre Klagelieder in seinen Klüften. In die kleine Hütte der beiden Menschen aber schauten keine Augen als die Augen der Sonne, des Mondes und der Sterne und keine anderen Gäste sahen sie um sich als die Tiere der Wildnis, die Mantaos Jungendgespielen waren. Die Bergziegen schenkten ihnen ihre Milch und die Waldbienen ihren Honig, aus Brüderlichkeit und um den Segen Brahmas. Keine Menschen hatte Mantao kennengelernt, aber in alle Tiefen der Natur hatte ihn der alte Mann aus Tibet eingeführt, er kannte den mühsamen Gang der pilgernden Käfer, deren schwachen Beinen ein Sandkorn groß und erhaben schien, und er kannte den Flug der Adler, die im gleitenden Schlag ihrer Schwingen die Berge umkreisten, so hoch, daß ihre Gipfel ihnen klein und gering vorkamen.

«Brahma ist in beiden», sagte der alte Mann aus Tibet und nahm seine sonderbare spitze Mütze ab vor den Käfern im Staube und vor den Adlern im Äther, «sieh, beider Weg mußt du kennen und lieben und beider Wege wirst du wandern auf dem Pfad deines Lebens: den Weg der Mühsamen und den Weg der Großen, die über den Bergesgipfeln kreisen. Denn du bist Mantao, der Königsgaukler, und wirst wandern den Weg des Erhabenen.»

Mantao schaute auf die Käfer und auf die Adler, und er sah, wie die Sandkörner klein waren und groß erschienen und wie die Berge groß waren und klein erschienen, und er lernte erkennen, wie die Dinge ineinander übergehen dem, der auf Großes und Kleines schaut mit den gleichen Augen der Andacht.

Als nun Mantao ein schöner Jüngling geworden war, ohne noch zu wissen, was Schönheit ist, und ohne noch zu ahnen, was es heißt, anders als ein Kind zu sein, da rief ihn der alte Mann zu sich und sagte zu ihm:

«Siehe, du bist nun groß und schön geworden, ich aber bin sehr alt und sehr müde. Es ist nun an der Zeit, daß du deinen Weg wanderst und daß ich von dir gehe.»

Da erschrak Mantao, denn er liebte den alten Mann über alles.

«Laß mich mit dir gehen», bat er, und zum erstenmal überkam ihn das Gefühl, was es heißt, kein Kind mehr zu sein. «Nimm mich mit dir dahin, wo du hingehst.»

«Dahin, wo ich hingehe, kann ich dich nicht mitnehmen», sagte der alte Mann, «denn, siehst du, ich gehe fort von dieser Erde.»

«Soll das heißen, daß du sterben mußt», fragte Mantao.

«Nein, ich muß nicht sterben», sagte der alte Mann und lächelte, «Sterben ist ein Wort der Täler, ich aber gehe in die Berge. Siehe, alle Namen der Berge um dich herum habe ich dich gelehrt in den Jahren deiner Kindheit – Brahma segne deine Kindheit, sie war ein Gnadengeschenk für mich alten Mann –, alle Berge haben wir miteinander gekannt und geliebt, wir haben die Stunden gewußt, wann die Sonne über ihren Riesenleibern aufging und wann sie sie im Sinken vergoldete. Wir haben die seltsamen Gestalten beobachtet, die das Mondlicht um ihre weißen Firnen wob, wir haben sie gekannt, wie wir die Käfer und die Adler kannten. Von allen Bergen aber kannte und liebte ich am meisten den Lischanna – nicht weil sein Gipfel einer Krone gleicht, nicht weil seine massigen Glieder schön sind wie ein Tempelgebäude, auch nicht weil er groß und keiner gewaltiger als er. Ich habe ihn gekannt und geliebt vor allen, weil ich wußte, daß ich einmal auf ihm den großen Heimweg antreten würde zum Erhabenen, von dem ich kam. Ich werde oben nicht sterben, sage das ja nicht, du, der auch nie sterben darf. Ich werde meinen alten müden Körper ablegen, wie ich es jede Nacht tat, wie ich es oft im Wachen getan habe, wenn mein Geist sich von seinen Fesseln lösen durfte und ich mit inneren Augen über Berge und Täler schaute und auf die wirren Wunder dieser Erde. Nun laß uns auf den Lischanna steigen, daß ich meinen Körper für immer ablege wie ein altes Gewand und den Erhabenen schaue von Angesicht zu Angesicht.»

Mantao schwieg. Der alte Mann aber streckte noch einmal seine Hände über die Halde aus, auf der seine Hütte stand, und segnete die Käfer und die Adler und die Bergziegen und Waldbienen, die ihn genährt hatten, mit dem Segen Brahmas. Dann ging er mit leuchtenden Augen seinen letzten Gang, und Mantao folgte ihm.

Auf halber Höhe des Berges blieb der alte Mann stehen und wandte sich zu Mantao.

«Siehe», sagte er, «unter dir die Täler im Abendsonnenschein, dahin mußt du nun gehen, denn jetzt ist dein Weg der Weg zu den Tälern der Menschen, bis du einst wieder zurückfindest auf deinen heiligen Berg. Diese Täler sind das heilige Land von Indien, das voll wirrer Wunder ist. Bunte Lampen brennen sie in den Tälern, aber es sind Lampen, die bald erlöschen. Du wirst ihnen fremd sein, den Menschen in den Tälern, sie werden dich vielleicht für einen Bettler halten, für einen Gaukler, du aber vergiß nicht, daß du ein König der Berge bist. Nun laß uns Abschied nehmen, Mantao, mein Königsgaukler, laß uns Abschied nehmen für dieses Leben – und ich danke dir für deine Kinderjahre, die meine Seele durchsonnt haben. Mir danke nicht, diesen Dank statte ab allem, was atmet, statte ihn denen ab, deren Lampen erlöschen. Der Erhabene segne dich, der du nicht mein Kind warst und doch mein Kind warst, das Kind meiner Seele und meines Geistes für eine Zeit, die nun zu Ende ist.»

Mit diesen Worten nahm der alte Mann seine Mütze ab, jene sonderbare spitze Mütze, die immer noch dieselbe war seit dem lange vergangenen Tage, da der alte Mann das kleine Kind auf der Landstraße in seine Arme genommen hatte. Die Mütze war um vieles schmutziger und unscheinbarer geworden in den vielen Jahren, aber Mantao erschien es, als wäre es eine Krone, die der alte Mann abnahm, um sein Haupt zum Abschied zu entblößen vor dem, den er als ein kleines Kind in seine Berge getragen hatte.

Am Ende des Regenbogens …

... – so ist es jedenfalls im Märchen – wartet ein gut gefüllter Geldtopf auf den glücklichen Finder.

Am Ende der Laufzeit – und das ist nun wirklich kein Märchen – wartet ebenfalls ein Vermögen. Auf den zufriedenen Pfandbriefsparer.

Da fiel Mantao, der Königsgaukler, in die Knie und weinte bitterlich.

Der alte Mann aber ging mit festen und geraden Schritten weiter auf seinen geliebten Berg Lischanna hinauf und sein weißes Haar flatterte im Abendwind.

Mantao sah ihm nach, bis er ihn nicht mehr sehen konnte. Da sank die Sonne über den Gipfeln der Berge von Tibet.

Nun schlief Mantao die letzte Nacht in der Hütte seiner Kindheit. Ihm war sie ein königlicher Palast gewesen, geschmückt mit den bunten Bildern seiner Kinderseele und der Seele des alten Mannes, der auch eine Kinderseele hatte und der nun von ihm gegangen war. Zum erstenmal sah Mantao, daß der königliche Palast seiner Kindheit eine ärmliche Hütte war, und er schlief einsam und traurig ein. Am anderen Morgen aber wollte er, wie es ihm der alte Mann zum Abschied gesagt hatte, von den Bergen in die Täler niedersteigen zu den wirren Wundern Indiens, zu denen seine Seele ihn zog, ohne daß er es wußte.

Um Mitternacht erwachte er, und da erschien es ihm, als seien die Wände seiner Hütte seltsam verändert, als seien sie feingliedrige Blütenblätter einer Lotosblume geworden, in deren Kelch die Sterne schauten. Von der Lotosblume aber spannen sich lauter feine, feste Fäden weit, weit hinaus und hinunter in die Täler Indiens – und ihm war, als müsse er diesen feinen Fäden folgen, mit denen er sich verkettet fühlte, er wußte nicht, wie.

«Das ist die Kette der Dinge», sagte eine leise Stimme, «ich will auf deine Kette der Dinge achten, wie ich es dir versprochen habe, Mantao, mein Königsgaukler.»

Es war die Stimme seines Engels, der zu seinen Häupten stand und auf ihn niederschaute. Mantao aber sah ihn nicht.

Mantao sah in die Sterne. Und ihm war, als formte sich vor seinen Augen aus dem blauen golddurchwirkten Schimmer der Nacht die Gestalt einer Frau von unsagbarer Schönheit – so unerreichbar göttlich und erhaben und doch so seltsam vertraut mit allem, was in ihm war, als sei alle Liebe, die er je empfunden für die mühseligen Käfer und die kreisenden Adler, für den alten Mann mit der spitzen Mütze und für die Bergziegen und Waldbienen, eins geworden in dieser Frauengestalt über den Sternen.

«Ich bin du, wenn ich auch jetzt von dir getrennt bin», sagte die

Frau über den Sternen und lächelte. «Siehe, meine weißen Glieder werden gebaut von deinen Gedanken, mein Gewand wird gewirkt von deinen guten Werken und alle Liebe und alle Sehnsucht, die in dir atmen, sind mein Diadem. Ich bin du, und einmal wirst du ganz mit mir vereinigt sein. Baue meine Glieder, wirke mein Gewand und durchleuchte mein Diadem mit den Edelsteinen deiner Liebe. Je mehr du mich schmückst, um so mehr werde ich dich lieben, Mantao, mein Liebster, mein Königsgaukler.»

«Wann werde ich mit dir vereinigt sein?» rief Mantao, und ihm war, als stünde sein ganzes Wesen in Flammen, die er noch nie gekannt.

«Wenn du ganz du sein wirst, Mantao, mein Liebster. Wenn du durch die Täler Indiens gegangen bist und durch ihre wirren Wunder, wenn du die Stadt der bunten Lampen kennst und die Stadt der erloschenen Lampen, wenn du wieder heimkehrst über den heiligen Berg in Tibet in das Königreich der Ferne. Denn sieh, ich bin die Königin deiner Ferne, die du suchen wirst auf allen deinen Wegen, bis du sie gefunden.»

«Wie aber soll ich das Königreich meiner Ferne finden und dich in ihm, Königin der Ferne?» fragte Mantao.

«Du mußt einen Schild, ein Schwert und eine Krone tragen, und die will ich dir geben. Dies Schwert soll dich schützen und die, für die du deinen Weg wanderst. Diesen Schild sollst du halten über allem, was atmet und dich um Hilfe ruft. Deine Krone aber wirst du unsichtbar tragen und niemand wird sie sehen auf dieser Erde. Deine Krone wirst du selbst erst sehen im Königreich der Ferne. Ein König wirst du sein mit einer unsichtbaren Krone, und sie werden dich für einen Gaukler halten. Der Erhabene segne dich, Mantao, mein Liebster, mein Königsgaukler. Denke an deine Königin der Ferne.»

Mantao schlief wieder ein, und als er am Morgen erwachte, lagen ein Schild und ein Schwert von einfacher Arbeit und ärmlichem Aussehen neben ihm. Eine Krone aber konnte er nicht an sich entdecken.

Da nahm er den Schild und das Schwert auf, segnete die Käfer und die Adler, die Bergziegen und die Waldbienen, nahm Abschied von der Hütte seiner Kindheit und stieg langsam die Berge hinunter zu den Tälern Indiens.

Der Kleine mit den Elefantenohren und das Äffchen

Als Mantao zu den Tälern Indiens gekommen war, da staunte er über die Pracht und den Reichtum an Leben, den Brahma über dieses Land der Wunder ausgegossen hatte aus seiner göttlichen Schöpferschale. Blumen von solcher Farbe und solchem Duft und Tiere von so seltsamer Gestalt hatte er oben in den einsamen Bergen Tibets nicht gesehen, und er ahnte nicht, daß viele dieser herrlichen Blüten ein tödliches Gift enthielten und manche dieser schönen Tiere wild und reißend waren. Er segnete sie mit dem Segen des Erhabenen, und die Giftblumen neigten ihre Kelche vor ihm, um ihm ihren tödlichen Hauch zu verbergen, und die wilden Tiere dankten ihm für seinen Segen und gaben ihm den Weg frei. Sogar die Schlangen rollten ihre schimmernden Leiber vor ihm zu gefälligen Mustern zusammen und der Tiger, Indiens Königskatze, schnurrte so laut, daß selbst seine Frau und die kleinen Tigerkinder einstimmig versicherten, so herrlich hätten sie ihn noch nie schnurren gehört, obwohl er ein Meister im Schnurren war wie nur sehr wenige.

Als nun Mantao die ganze Wildnis durchwandert hatte, da erblickte er eines Tages eine sonderbare Gestalt, die gerade auf ihn zukam und sonderbarer war als die Merkwürdigkeiten, die er bisher gesehen. Es war ein ganz kleines Männchen mit gewaltig großen Elefantenohren, und die Ohren waren so groß und das Männchen so klein, daß es ganz in den Ohren eingehüllt war. Ja, wenn es ging, so schleiften die Ohren noch ein wenig auf der Erde, und der Kleine nahm sie dann auf wie eine Schleppe, um sie zu schonen. «Heil dir, König Mantao», sagte der Kleine und neigte sich so tief, daß die Elefantenohren den Staub auf dem Erdboden aufwirbelten.

«Woher weißt du, wie ich heiße», fragte Mantao, «und daß ich ein König bin?»

«Ich habe das gehört», sagte der Kleine mit den Elefantenohren, «denn mit diesen Ohren höre ich alles.»

Er richtete sich wieder auf und ordnete die Ohren in hübschen Falten auf seinem Rücken wie einen Mantel.

«Ich kann mir schon denken, daß du mit diesen Ohren vieles hören kannst», sagte Mantao, «aber ist es nicht seltsam, daß ein so kleiner Mann solche großen Ohren trägt und noch dazu Elefantenohren? Ist es nicht sehr beschwerlich, solche Ohren zu tragen?»

«Sage das nicht», erwiderte der Kleine, «siehe, es ist eine gewaltige Gnade, daß ich diese Ohren habe. Der alte und weise Elefant Mammamutra hat sie mir geschenkt. Ich habe ihm einmal eine Wunde verbunden. Man lernt besser hören, wenn man anderen die Wunden verbunden hat, sagte der Elefant Mammamutra und gab mir aus lauter Gefälligkeit diese Ohren, die er, dank einem leichten Zauber, aus seiner eigenen Haut geschneidert hat. Er hatte viel Haut übrig, selten habe ich jemand gesehn, dem die Haut so in unzähligen Falten am Leibe hing wie Mammamutra, dem alten und weisen Elefanten. Er hatte es wirklich übrig, aber doch war es eine sehr große Gnade, denn seit ich diese Ohren habe – der Erhabene segne Mammamutra und seine Kinder und Kindeskinder –, seit der Zeit höre ich so leise Dinge, wie wenn der Keim einer Pflanze seine Hülle bricht im Schoß der Erde. Ich höre die Gedanken der Guten und die Ränke der Bösen, und so hörte ich, daß Mantao, der Königsgaukler, in die Täler von Indien gekommen ist.»

«Wie hast du das gehört?» fragte Mantao, «klingt nicht ein Schritt wie der andere, wenn er dir nicht seit Jahren vertraut ist?»

«Siehe, ich hörte eine Lotosblume wachsen», sagte der Kleine mit den Elefantenohren, «und ein Engel legte die Seele eines Kindes in ihren Kelch. Es war deine Seele, Mantao, mein Königsgaukler. Ich hörte, wie die Lotosblume sich drehte, und hörte, wie sich viele feine Fäden aus ihr spannen zu den Bergen von Tibet und den Tälern von Indien. Deine Schritte brauche ich nicht zu hören; denn du wandelst den Fäden nach, die dich zu sich ziehen.»

«Gehe ich denn nicht mit festen Schritten auf dieser Erde, wie ich will und wohin es mir beliebt?» fragte Mantao stolz und schlug an das Schwert an seiner Hüfte.

«Das hört sich so äußerlich für menschliche Ohren an», sagte der Kleine und raschelte vergnügt mit seinen Elefantenohren, «aber wenn man mit Mammamutras Ohren hört – der Erhabene segne ihn und seine entferntesten Verwandten –, dann hört man, wie die Fäden gesponnen werden, die die Schritte nach sich ziehen. Siehe, die ganze Erde ist mit solchen feinen Fäden durchwirkt. Von den einen bist du frei, die anderen ziehen dich an, und du folgst ihnen, ohne zu wissen, warum. Das ist die Kette der Dinge, und du bist mit ihr verbunden aus früheren Leben, da du schon in anderer Gestalt auf dieser Erde wandeltest, oder aus einem innersten Wesen heraus, das der Engel mit allem was du warst und sein wirst, in den

Kelch der Lotosblume senkte. So ist das ganze Leben wie ein Teppich, kunstvoll aus feinen Fäden gewoben, und du bist mitten darin, um sein Muster auszuwirken, Fäden zu lösen und zu verbinden, bis du frei bist von allen Fäden, die dich halten, und dein fertiges Muster heimtragen kannst in dein Königreich der Ferne.»

«Gerade in dieses Königreich der Ferne will ich», sagte Mantao, «seit ich meine Königin der Ferne sah in der letzten Nacht, die ich in der Hütte meiner Kindheit schlief. Kannst du, der alles hört, mir nicht sagen, wo jetzt meine Königin der Ferne weilt?»

«Deine Königin der Ferne ist in ihrem und deinem Königreich über den Sternen, und sie wartet darauf, daß du ihr noch heute einen Edelstein schenkst, den sie sich ins Diadem flechten kann.»

«Wie soll ich hier in der Wildnis einen Edelstein finden?» fragte Mantao.

«Geh und wirke deinen Teppich», sagte der Kleine mit den Elefantenohren, «wirke deinen Teppich, Mantao, mein Königsgaukler. Ich aber will mich in meine Elefantenohren hüllen und schlafen, denn auch dazu sind diese herrlichen Ohren gut. Wenn ich mich in diese Ohren wickle, so ruhe ich wie in einer Bettdecke, die mich wärmt und schützt, daß kein Schlangenzahn hindurch kann, kein nasser Regen und kein kalter Morgentau. Dank diesen Ohren, und der Erhabene segne Mammamutra und seine Kinder und Kindeskinder und die kleinsten Säuglinge seiner ganzen Elefantensippe.»

Mit diesen Worten wickelte sich der Kleine in seine Elefantenohren hinein, so daß er völlig darin verschwand, denn Mammamutra hatte diese Ohren überaus reichlich bemessen.

Mantao war seinen Weg weitergegangen und dachte darüber nach, wie er wohl den Teppich seines Lebens wirken könne und wie es ihm gelingen möge, noch heute einen Edelstein für das Diadem seiner Königin der Ferne zu finden.

Da hörte er, abseits von seinem Wege, ein schwächliches Klagen im Gebüsch, ähnlich dem Weinen eines kleinen Kindes. Er ging den Klagelauten nach und fand ein Äffchen, das wimmernd und jammernd neben seiner toten Affenmutter hockte und ihn flehentlich aus seinen Kinderaugen ansah. Mantao brachte ihm Früchte und Wasser, aber das Äffchen aß und trank nichts. Es blieb auf dem Boden kauern und jammerte.

«Sein Leib hungert nicht, aber seine Seele hungert», dachte Mantao, und er wußte nicht, wie er dem kleinen Geschöpf helfen sollte. Da hörte er eine Stimme neben sich reden.

«Denke an eine kranke Frau, die im Straßengraben starb», sagte die Stimme neben ihm, «es war eine Paria, und die Pest hatte sie angesehen aus ihren hohlen Augen. Sie hielt ein Kind auf den Armen, und sie flehte die Menschen an, sich ihres Kindes anzunehmen, aber niemand half ihr. Da kam ein alter Mann und nahm das kleine Kind in seine Arme und trug es in die Berge von Tibet. Denke daran, Mantao, mein Königsgaukler.»

Es war sein Engel, der neben ihm stand und redete. Mantao hörte seine Stimme, aber er sah seinen Engel nicht.

Da gedachte er der Königin der Ferne und seines Schildes, und er erhob seinen Schild und hielt ihn über dem kleinen Affen. Es war das erste Geschöpf, über dem Mantao, der Königsgaukler, seinen Schild hielt.

Der kleine Affe aber hörte auf zu jammern. Er ließ sich von Mantao aufnehmen und schlang die dünnen, schwachen, befellten Arme um seinen Hals.

Dieser Schild von einfacher Arbeit und geringem Ansehn muß eine seltsame Zauberkraft enthalten, dachte Mantao, und eine Ahnung stieg in ihm auf, welch eine heilige Aufgabe es ist, solch einen Schild zu tragen und ihn zu halten über allem, was atmet.

Nun hatte Mantao seinen Weggenossen gefunden, und er ging mit dem kleinen Affen seinen Pfad weiter.

Der Engel ging unsichtbar neben ihnen.

«Ein kleiner Affe ist dein Begleiter», sagte er, «siehe, nun werden die Menschen über dich lachen und sagen, daß du ein Gaukler bist, wenn du Schild und Schwert trägst und ein Affe dich geleitet. Laß es die Menschen sagen. Du bist doch ein König, größer als alle ihre Könige, Mantao, mein Königsgaukler.»

Über den Sternen reichten sich eine Menschenmutter und eine Affenmutter die Hände, ein alter Mann mit einer sonderbaren spitzen Mütze freute sich, und die Königin der Ferne flocht sich einen funkelnden Edelstein in ihr Diadem.

Mantao, der Königsgaukler, aber verließ die Wildnis und trat mit dem kleinen Affen hinaus auf die Straße des Lebens.

Die Stadt der bunten Lampen

Die Straße des Lebens, die Mantao, der Königsgaukler, betreten hatte, war staubig und häßlich für einen, der vom samtenen Pflanzenteppich der indischen Wildnis kam und von den schneegewaschenen Bergwegen Tibets. Zögernd setzte Mantao seinen Fuß auf den Pfad, den Tausende und Abertausende vor ihm gegangen waren und den er nun ging, selber nur einer von Tausenden. Fast sehnte er sich nach der reinen Einsamkeit der Berge, aber er war jung, und das Leben auf der Straße war bunt, lärmend und farbenfroh, und seine Jugend spann Fäden in dieses fremde Leben hinein. Das Äffchen lief neugierig und ein wenig ängstlich neben ihm her.

Immer bunter und gedrängter wurde die Straße des Lebens, je weiter die beiden Weggenossen wanderten. Sauberer und schöner wurde sie nicht, aber man gewöhnte sich nun allmählich daran. Unzählige Menschen, Männer, Frauen und Kinder, liefen durcheinander, alle verschiedenartig gekleidet und geartet. Es waren viele darunter von Mantaos Bronzefarbe, die still ihres Weges gingen und selten und leise sprachen, das waren die Menschen Indiens. Gelbe kleine Menschen mit kurzen Beinen und geschlitzten Augen waren dabei, die schrien und schwatzten, und schöne ruhige Gestalten von weißlich schimmernder elfenbeinerner Hautfarbe ritten auf geschmückten Dromedaren, deren Köpfe bei jedem Schritt nickten, so daß die kleinen silbernen Glocken am Halfter zusammenklangen. Das waren fremde Reisende aus den fernen Ländern um Samarkand. Zwischen all der schweigenden und schwatzenden Menge aber zog sich wie eine endlose Kette die Reihe von Ochsenkarren, die, mit allerlei Warenballen beladen, langsam und bedächtig die knarrenden und quietschenden Räder durch den Staub der Straße schoben. Einige trugen bunte Zelte mit flatternden Wimpeln, mit Teppichen verhangen, aus denen zuweilen ein verschleierter Frauenkopf hervorschaute, um schnell wieder zu verschwinden, oder ein Papagei mit einem Gefieder von grellem Grün, Gelb und Rot erschien und ärgerlich und erbost auf die Vorübergehenden schimpfte. Das freute das kleine Äffchen, so daß es grinste und sich die Hände rieb vor Vergnügen. Aber bald wurde es müde, und Mantao nahm es auf den Arm.

«Seht den Gaukler!» schrieen die Leute, «er trägt Schild und Schwert und einen Affen auf den Armen!»

Das waren die ersten Worte, die Mantao von den Menschen hörte.

«Seht den Gaukler, Gaukler, Gaukler!» kreischte ein bunter Papagei und wackelte spaßhaft mit dem Kopfe hin und her, wie ein Gelehrter, der seinen Tadel und sein Mißfallen zum Ausdruck bringt.

«Könnt ihr so genau Könige und Gaukler unterscheiden?» fragte Mantao und lächelte. Sein Lächeln aber war nicht das Lächeln eines Gauklers.

«Selten haben Gaukler so schöne Züge und so ebenmäßige Glieder», sagte eine Frau aus Samarkand und lugte aus ihrem Zeltteppich hervor.

«Er redet sonderbar, und er ist seltsam gekleidet, ähnlich wie die einsamen Weisen von Tibet», sagte jemand aus dem Volkshaufen, «laßt ihn in Ruhe seinen Weg wandern, vielleicht ist er ein Heiliger und sein Fluch kann euch treffen.»

«Mir scheint, er ist kein Heiliger», sagte die Frau aus Samarkand und zog den Teppich ihres Zeltes wieder zu.

«Ich fluche euch nicht», sagte Mantao, «wie soll ich euch fluchen, da ihr nicht wißt, ob einer ein König, ein Gaukler oder ein Heiliger sei? Aber sagt mir, wohin führt diese breite und staubige Straße, auf der sich so viele Menschen drängen, als gelte es, ein herrliches Ziel zu erreichen?»

«Fragst du, wo du doch selbst diese Straße wanderst?» rief ein Krämer, der seine reichbeladenen Ochsenkarren führte, du bist doch wohl ein Gaukler, daß du eine Straße gehst ohne Zweck und Ziel und ohne zu wissen, wohin dich dein Weg führt.»

«Viele glauben ein Ziel und einen Zweck zu haben, aber des Lebens Zweck und Ziel liegt nicht in deinen beladenen Ochsenkarren, viele glauben ihren Weg zu gehen und ihren Weg zu kennen und wandern doch nur dahin, wohin die Fäden sie ziehen», sagte ein armer alter Bettelmönch und murmelte Gebete vor sich hin.

Ein kleines Mädchen spielte mit einem Ball und warf ihn gerade vor Mantaos Füße.

«Es ist die Stadt der bunten Lampen, wohin wir wandern», sagte es.

Da tauchte ein violetter Schein ins verglimmende Abendrot, immer dunkler und dunkler hasteten die Schatten der Dämmerung über das Land, und in der Ferne der breiten Straße lohten die ersten Lichter auf von der Stadt der bunten Lampen.

Es war Nacht geworden, als sie in der Stadt der bunten Lampen anlangten. Aber in der Stadt der bunten Lampen feierte man keine Nachtruhe. Durch die krummen engen Gassen fluteten die Menschen mit festlichen Lichtern in den Händen, die sie auf hohen Stangen trugen, und hoch über der drängenden Menge schwankten Baldachine von Samt und Seide auf den breiten Rücken geschmückter Elefanten. Es war, als sei die ganze breite Straße des Lebens in einen wirren Knäuel zusammengeworfen worden und strahlte all die zuckenden Lichter ihrer vielartigen Wesenheit aus.

Vor den kunstvoll geschnitzten hölzernen Toren der Häuser brannten bunte Lampen in allen Farben, und aus den verhangenen Fensteröffnungen drang ein mattes verschleiertes Licht und der gedämpfte Klang leiser Saiteninstrumente.

Mantao irrte ratlos mit dem kleinen Affen im Arm durch all die unbekannte Wirrnis in der Stadt der bunten Lampen. Niemand beachtete ihn hier, und er wagte niemand um eine Herberge anzugehen, denn alle die Menschen erschienen ihm voller Unrast, er aber suchte Ruhe und ein Dach, unter dem Stille und Frieden war.

Schon wollte er die Stadt der bunten Lampen verlassen und draußen auf dem Felde schlafen, als er ein junges Mädchen erblickte, das vor seinem Hause unter einer bunten Lampe stand und ihn aus neugierigen Augen musterte. Ihre bronzenen Glieder waren mit goldenem Schmuck und zierlichen Ketten behangen, und im kunstvoll geflochtenen Haar trug sie einen Kranz von roten Blüten, die Mantao nicht kannte und die einen betäubenden Duft ausströmten. Der goldene Schmuck und die Ketten klirrten, wenn das Mädchen sich regte, und schon wollte Mantao sich abwenden und weitergehen, denn die Fremde erschien ihm so fremd wie die anderen in der Stadt der bunten Lampen. Da schaute er ihr in die Augen und sah, daß diese Augen, so laut auch alles um sie war, still und ruhig und tief waren, ähnlich den Bergseen in Tibet.

«Willst du mir eine Herberge geben?» fragte Mantao, «mir und dem Affen auf meinem Arm?»

«Gerne», sagte das Mädchen und lachte, «tritt ein in mein Haus. Ich bin Myramar, die Tänzerin, und habe nichts gelernt als lachen und die bunten Lampen in meinem Hause anzünden.»

«Einmal wirst du weinen lernen, und deine bunten Lampen werden erlöschen», sagte Mantao, «siehe, ich bin Mantao, ein König aus den Bergen von Tibet, aber die Menschen auf der Straße haben mich einen Gaukler genannt. Ich danke dir für deine Herberge, aber ich habe keinen Lohn dafür zu geben als den Segen Brahmas.»

«Ich will keinen Lohn von dir», sagte die Tänzerin, «denn ich liebe dich, Mantao, mein Königsgaukler.»

Da war es Mantao, als habe die Tänzerin etwas in ihm erkannt, was in ihm war, als sie ihn mit diesem Namen nannte, und er folgte ihr in ihr Haus. Seidenweiche Teppiche lagen darinnen ausgebreitet auf dem Fußboden, so daß man darüber hinwegschritt auf lautlosen Sohlen, Brot und Früchte lagen auf einem kleinen Tischchen aus vergoldetem Rosenholz, und an der Wand stand, von einem schweren Vorhang halb verborgen, eine purpurrote Lagerstatt, überstreut mit den gleichen roten Blumen, die das Mädchen im Haar trug. Über allem aber lag das matte Licht einer Ampel aus Alabaster.

«Willst du dem Affen die gleiche Herberge geben wie mir?» fragte Mantao.

Da lachte die Tänzerin, daß ihre weißen Zähne zwischen den dunklen Lippen blitzten, nahm den kleinen Affen auf den Schoß und fütterte ihn mit den Früchten von dem Tisch aus Rosenholz.

«Dafür will ich einmal meinen Schild über dir halten, wenn deine Lampe erloschen ist», sagte Mantao, der Königsgaukler.

«Rede nicht von erloschenen Lampen», sagte die Tänzerin, «siehe, dies ist die Stadt der bunten Lampen, und über sie herrscht Prinzessin Amaranth. Wir dürfen lachen, tanzen, und unsere bunten Lampen brennen Nacht für Nacht, aber wir dürfen nicht von erloschenen Lampen reden, das hat Prinzessin Amaranth verboten in ihrem Reich.»

«Einmal müssen alle die bunten Lampen erlöschen», sagte Mantao, «es ist besser, davon zu reden, als zu schweigen. Wohin gehen denn die von euch, deren Lampen erloschen sind?»

«Es gibt noch eine Stadt der erloschenen Lampen», sagte die Tänzerin, «aber Prinzessin Amaranth hat verboten, davon zu reden. Ich will auch nicht davon reden, denn meine bunten Lampen brennen, und ich will tanzen und lachen, denn etwas anderes habe ich nicht gelernt.»

Sie setzte den kleinen Affen mitten zwischen lauter seidene gestickte Kissen und begann zu tanzen, erst langsam, dann immer schneller und schneller, daß der goldene Schmuck und die feinen Ketten an ihren bronzenen Gliedern klirrten und die duftenden Blüten eine nach der anderen aus ihren Haaren fielen. Das Äffchen freute sich und schlug den Takt mit dem langen Schwanz dazu, den es wechselnd auf- und zusammenrollte, je nach den Klängen der Melodie. Die Melodie aber war die eines uralten indischen Liebesliedes.

Immer leiser und leiser wurden die Klänge des alten indischen Liebesliedes, das die Tänzerin vor sich hinsummte, und als es zu Ende war, da neigte sich Myramar und küßte Mantao, den Königsgaukler. Über ihnen brannte die Ampel von Alabaster, und um sie war die Nacht, Indiens weiche samtene Nacht mit ihren tausend Träumen und abertausend Wundern . . .

Gegen Morgen erwachte Mantao von einem Rascheln in der Ecke des Zimmers, wie wenn große Elefantenohren sich bewegen. Da stand der Kleine mit den Elefantenohren, bewegte seine Ohren hin und her und raschelte vernehmlich damit.

«Siehe», sagte der Kleine mit den Elefantenohren, «ich hörte mit meinen Elefantenohren – der Erhabene segne Mammamutra und seine Kinder und Kindeskinder –, ich hörte, wie deine Lotosblume feine Fäden spann zu diesem Mädchen in der Stadt der bunten Lampen. Es ist nur eine Tänzerin, keine Königsgenossin, aber sie hat dir Herberge gegeben aus Liebe, sie hat deinen kleinen Affen in seidene Kissen gebettet. Zerschneide ihren Faden nicht ganz mein Königsgaukler.»

Mantao schaute auf die schlafende Tänzerin.

«Ich will meinen Schild über ihr halten, wenn ihre Lampe erloschen ist», sagte er.

Der Kleine mit den Elefantenohren raschelte und verschwand auf die gleiche rätselhafte Weise, wie er gekommen war.

Die Sonne ging auf, und die Stadt der bunten Lampen erwachte zu neuem Leben.

Prinzessin Amaranth

Um diese Zeit begab es sich, daß Prinzessin Amaranth in ihren Zauberspiegel schaute, um zu erkunden, welche Fremdlinge wieder in ihre Stadt der bunten Lampen gekommen wären. Denn Prinzessin Amaranth war eine Zauberin, und den Spiegel hatte sie von ihrem alten Oheim geerbt, der ein so böser Zauberer war, daß er schließlich vor lauter Bosheit zerplatzt war und nichts mehr von ihm übriggeblieben war als nur dieser Spiegel. Der Spiegel aber war aus feinstem blankgeschliffenem Silber, mit allerlei seltsamen Zeichen versehen, und wenn Prinzessin Amaranth hineinschaute, so erblickte sie darin alles, was es Neues gab in der Stadt der bunten Lampen und was für sie wert war, es zu wissen oder gar zu besitzen. Das alles sah sie in kleinen scharfen Bildern und in allen Farben des Lebens.

Als nun Prinzessin Amaranth wieder in ihren Zauberspiegel schaute, sah sie alle die vielen Menschen, Dromedare und Ochsen, die in die Stadt der bunten Lampen gekommen waren, aber es war nichts darunter, was sie zu besitzen wünschte. Größere und klügere Menschen beherrschte sie als jene, die gekommen waren, und ihre Zugochsen und Reittiere waren schöner und edler als die anderen von Hindostan und von Samarkand. Schließlich aber erblickte sie Mantao, den Königsgaukler, in ihrem Spiegel. Sie sah ihn auf seinem purpurnen Ruhebett liegen, und neben ihm an die Wand gelehnt standen sein Schild und sein Schwert.

«Diese Waffen muß ich besitzen!» rief Prinzessin Amaranth und erblaßte vor Erregung. «Wenn ich diesen Schild habe, wird er nicht mehr über allem gehalten, was atmet, und seine Schützlinge gehören mir, und mit diesem Schwert weise ich selbst die letzten Engel hinweg von der Stadt der bunten Lampen. Wenn ich aber den Mann beherrsche, der beides trägt, dann will ich stolzer sein als alle Königinnen von Hindostan bis Ophir.»

Da rief Prinzessin Amaranth ihr Gesinde und sandte Boten aus, zu erkunden, wer jener Mann wäre, der im Hause der Tänzerin Herberge genommen und so kostbare Waffen führe.

Die Boten kamen wieder, lachten und berichteten, es wäre ein Gaukler mit einem Äffchen und seine Waffen wären schmucklos und einfach und keines Königs Wehrgehänge. Der Gaukler aber hieße Mantao.

Prinzessin Amaranth hatte diesen Namen schon lange in ihren geheimen Büchern gelesen und sie wußte seine Deutung.

«Narren seid ihr», rief sie, «es ist kein Gaukler, sondern ein König, und mit königlichen Ehren will ich ihn empfangen. Meine vornehmsten Ritter sollen ihn vor meinen Thron bitten, holt allen Reichtum meines Palastes, den seine Gewölbe bergen, herbei, ich will mich schmücken für ihn, wie ich mich noch niemals für jemand geschmückt habe!»

Da gingen die Ritter, um Mantao, den Königsgaukler, zu holen. Prinzessin Amaranth aber kleidete sich in ihr herrlichstes Gewand, das über und über mit Perlen bestickt war, und setzte sich ein Diadem von Opalen aufs Haupt.

Als nun die Gesandten Amaranths zum Hause der Tänzerin kamen, verneigten sie sich viele Male und baten Mantao, er möge ihnen zum Throne der Prinzessin folgen.

«Ich muß Abschied von dir nehmen», sagte Mantao zur Tänzerin, «Prinzessin Amaranth ruft mich zu sich an ihren Thron. Habe Dank für deine Herberge und deine Liebe.»

Da weinte die Tänzerin Myramar, die gestern noch gelacht hatte.

«Siehe», sagte Mantao, «ich darf keinem und keiner gehören. Ich bin ein Schildträger Brahmas und muß meinen Pfad wandern als ein Einsamer, um meinen Schild zu halten, über allem was atmet. Wir folgen alle den Fäden, bis wir sie gelöst haben. Aber den Faden, den deine Seele zu meiner Seele spann, will ich nicht zerreißen. Der Erhabene segne dich. Ich will meinen Schild über dir halten, wenn deine Lampe erlöscht.»

Da nahm Myramar, die Tänzerin, Abschied von Mantao, dem Königsgaukler.

Mantao aber nahm seinen Schild und sein Schwert, hob den kleinen Affen auf seine Arme und folgte den Gesandten zum Palast der Prinzessin Amaranth.

Als Mantao den Königssaal betrat, stieg Prinzessin Amaranth die Stufen ihres Thrones herab und neigte sich vor ihm.

«Noch niemals hat ein so königlicher Mann diesen Saal betreten», sagte sie, «aber mich dünkt, deine Waffen sind nicht eines Königs Waffen, sondern die Waffen eines Gauklers. Lege sie ab und wähle dir aus meiner Waffenkammer das, was dir am schönsten erscheint.»

Mantao sah um sich und erblickte zu seinen Füßen die herrlichsten Waffen, Schilde und Schwerter von solchem Glanz und von so kunstvoller Arbeit, wie er sie noch nie gesehen. Der kleine Affe aber wimmerte leise und verkroch sich unter Mantaos Schild. Mantao faßte seinen Schild und sein Schwert fester.

«Diese Waffen gebe ich nicht her», sagte er, «es sind heilige Waffen, wenn sie dir auch als eines Gauklers Waffen erscheinen.»

«Ich will mich gerne von dir belehren lassen», sagte Prinzessin Amaranth, «behalte deine Waffen, wie es dir beliebt, aber bleibe bei mir in meinem Königsschlosse und sei mein Gemahl. Alle Macht, die in meinen Händen ist, will ich dir schenken und dir dienen, und du sollst die Stadt der bunten Lampen noch bunter und lachender gestalten als jetzt.»

Die Minister machten noch dümmere Gesichter als sonst, als sie hörten, der Gaukler im seltsamen, ärmlichen Gewand solle ihr König werden. Nur ein Minister, ein häßlicher dürrer Mann mit einem einzigen Auge auf der Stirn, lächelte listig und wandte sich zu Prinzessin Amaranth.

«Es nützt dir nichts», flüsterte er, «wenn er auch dein Gemahl wird. Seine Waffen werden herrschen über dich und über die Stadt der bunten Lampen. Du mußt ihn von dem Affen trennen, über den er zuerst seinen Schild gehalten hat. Dann hast du ihn entwaffnet, und du wirst herrschen über ihn und über ganz Indien.»

Mantao sah die Königin an, und er sah, daß sie sehr schön war. Er wußte auch, daß es eine große Macht war, die ihm angeboten wurde.

«Siehe, wie ich mich für dich geschmückt habe», sagte Prinzessin Amaranth und lächelte demütig. «Mein schönstes Diadem habe ich für dich angelegt, und in mein herrlichstes Perlengewand habe ich mich gekleidet. So habe ich mich noch niemals für jemand geschmückt, Mantao, mein König!»

«Prinzessin Amaranth», sagte Mantao, «die Opale deines Diadems sind kalte Steine, in denen sich kein Sonnenlicht verfangen. Sie sind matt und schillernd wie Schlangenleiber. Ich habe schönere Diademe als dieses gesehn.»

Da nahm Prinzessin Amaranth das Diadem aus ihren Haaren und legte es vor sich in den Staub.

«Prinzessin Amaranth», sagte Mantao, «mir scheint, die Perlen deines Gewandes sind Tränen, die geweint wurden. Prinzessin Amaranth, du redest nur von einer Stadt der bunten Lampen. Gibt es nicht auch eine Stadt der erloschenen Lampen in deinem Königreich?»

«Ich weiß es nicht», sagte Prinzessin Amaranth und erblaßte, «aber wenn du die Stadt der erloschenen Lampen findest – siehe, sie soll dir gehören, wie die Stadt der bunten Lampen, und du magst sie so glücklich machen, daß sie wieder eine Stadt der bunten Lampen wird.»

Mantao zauderte und überlegte.

«Nur um eines bitte ich dich», flüsterte Prinzessin Amaranth, und ihre Lippen bebten, denn sie wußte, daß alles für sie von der Gewährung dieser Bitte abhing.

«Was ist es, worum du mich bittest, Prinzessin Amaranth?»

«Trenne dich von dem Affen. Siehe, es ist ein kleines häßliches Tier, und ich will nicht, daß die Gassenkinder meinem königlichen Gemahl nachlaufen, daß ihn das Volk einen Gaukler nennt und ihn verachtet.»

Mantao erblaßte bis in die Lippen. Er sah den kleinen Affen auf seinem Arm an, und dann schaute er Prinzessin Amaranth lange und tief in die Augen.

«Mir scheint, in des Affen Augen ist Brahmas ewiges Leben, das keine Verachtung kennt. Mir scheint, des Affen Augen sind schöner als deine Augen, Prinzessin Amaranth.»

So wandte sich Mantao, der Königsgaukler, und verließ den Palast der Prinzessin Amaranth und die Stadt der bunten Lampen. Und niemand wagte, ihn zu halten.

Prinzessin Amaranth aber raste vor Wut und Enttäuschung und sie bot ihr ganzes Heer auf gegen Mantao und seinen Affen.

«Bringt mir beide, den Gaukler und seinen Affen, tot oder lebendig, daß ich meine Schmach in seinem Blute abwaschen kann!»

Da brachen Reiter und Fußvolk auf und eilten Mantao nach und sie erreichten ihn in einer öden Gegend, die zwischen der Stadt der bunten Lampen und der Stadt der erloschenen Lampen lag. Es war Nacht, und die Trompeten Amaranths riefen gellend zum Kampf gegen den Gaukler und seinen Affen.

Da wandte sich Mantao, der Königsgaukler, und hielt seinen Schild über dem kleinen Affen. Sein Schwert aber erhob er zum erstenmal hoch über sein Haupt, und aus dem Schwert sprangen furchtbare Flammen, denen keiner zu nahen wagte. Ein namenloses Grauen ergriff das ganze Heer, und Reiter und Fußvolk jagten in wilder Flucht zurück zum Palast der Prinzessin Amaranth.

Mantao, der Königsgaukler, stand noch lange und ruhig und unbeweglich da. Er hielt seinen Schild über dem kleinen Affen, und die furchtbaren Flammen seines Schwertes lohten durch die dunkle Nacht.

Zur selben Stunde aber, als Mantao, der Königsgaukler, die Stadt der bunten Lampen verlassen hatte, erlosch die Lampe der Tänzerin Myramar.

Die Stadt der erloschenen Lampen

Mantao, der Königsgaukler, ging seinen Pfad weiter, und je näher er der Stadt der erloschenen Lampen kam, um so mehr Menschen gingen mit ihm den gleichen Weg. Es waren stille traurige Menschen, und in ihren Händen hielten sie erloschene Lampen.

«Wohin führt dieser Weg, den ihr alle so still und traurig geht?» fragte Mantao seine stummen Begleiter, aber niemand antwortete.

«Endlich gesellte sich ein kleines Mädchen zu ihm, das eine zerbrochene Puppe trug und leise weinte. Es deutete mit der Hand auf graue Tore und Mauern, die in dickem Nebel lagen, und sagte: «Das ist die Stadt der erloschenen Lampen.»

Da wußte Mantao, der Königsgaukler, daß er den richtigen Weg ging, wohin die feinen Fäden seiner Lotosblume ihn zogen.

Als sie nun in der Stadt der erloschenen Lampen angekommen waren, suchte Mantao eine Herberge für sich und seinen Affen. Eine solche war leicht zu finden, denn es war viel Raum in der Stadt der erloschenen Lampen, verfallene Paläste und Tempel, morsche Häuser und Hütten und tiefe, leere Kellergewölbe, in denen einstmals reiche Schätze gelagert haben mochten.

Mantao brachte sich und den kleinen Affen in einer alten Tempelhalle unter, deren Säulen morsch und geneigt dastanden, als trügen sie eine schwere Schuld vergangener Tage, und in deren dunkler Nische ein Bildnis Brahmas stand. Es war ein schönes vergoldetes Bildnis, aber das Gold war matt und verblichen und die Spinnen spannen ihre Netze um den Gott Indiens. Mantao störte die Spinnen nicht, denn Brahma selbst erlaubte es ihnen ja, ihre Silberfäden um das erloschene Gold seines Hauptes zu weben.

Keine Lampe brannte in der Stadt der erloschenen Lampen, still und traurig gingen die Menschen ihrer Arbeit nach, und bedrückt suchten die Tiere ihre wenige Nahrung. Auch sie waren ja mit ihren menschlichen Brüdern verbunden mit feinen Fäden, denn es ist alles verkettet in der großen Kette der Dinge und alles miteinander versponnen im Teppich des Lebens.

Mantao aber ging durch die erstorbenen Gassen und tröstete die stillen und traurigen Menschen und redete mit ihnen von ihren erloschenen Lampen und wie man sie einmal wieder zum Brennen bringen könne. Er redete auch mit den Tieren, er half ihnen ihre Nahrung suchen und erzählte ihnen von einem schönen Garten, in den sie einmal wieder kommen würden. Den Kindern aber fertigte er Spielzeug aus Scherben und kleinen Steinen und lehrte sie damit zu bauen.

Seit der Zeit wurde weniger geweint in der Stadt der erloschenen Lampen. Der kleine Affe aber wanderte getreulich mit Mantao und redete auch in seiner Weise mit den Menschen und Tieren, eifrig und mit erläuternden Bewegungen seiner Arme, seiner Beine und seines Schwanzes. Da geschah es, daß zum erstenmal wieder ein Kind lachte in der Stadt der erloschenen Lampen. Der Erhabene aber segnete Mantao, den Königsgaukler, um die verminderten Tränen und den kleinen Affen um ein wiedererwecktes Lachen. Denn es war beides eine göttliche Aufgabe.

Die Häscher der Prinzessin Amaranth aber durchzogen häufig die Straßen, quälten und peinigten die Menschen und drohten ihnen, daß sie ja nichts verlauten lassen sollten von ihrer Stadt und ihren erloschenen Lampen, daß ja keine Klagen und keine Tränen in die Stadt der bunten Lampen hinüberdrängen und zum Palast der Prinzessin. Wenn sie aber jemand fanden, von dem sie glaubten, daß er die Stadt der erloschenen Lampen verraten und die Kunde von ihr hinaustragen könne, dann banden sie ihn und warfen ihn ins tiefste Verlies, aus dem keine Tränen und keine Klagen mehr den Weg finden konnten. Denn es war ein Geheimnis um die Stadt der erloschenen Lampen und niemand sollte darüber reden.

Eines Tages aber geschah es, daß die Häscher wieder jagten, und sie hatten eine junge Frau ergriffen, die mit ihrer erloschenen Lampe durch die Gassen irrte, und wollten sie fesseln vor der alten Tempelhalle, in der Mantao mit seinem Affen lebte. Mantao trat herzu und hielt seinen Schild über sie, und die Häscher flohen.

Da schaute die Frau mit der erloschenen Lampe Mantao ins Gesicht, und der Königsgaukler erkannte sie.

«Nun ist deine Lampe auch erloschen, Myramar, meine kleine Tänzerin», sagte er.

«Meine Lampe ist erloschen, als du aus der Stadt der bunten Lampen hinweggingst», sagte die Tänzerin und neigte sich vor ihm.

Der kleine Affe aber rieb sich die Hände und freute sich sehr, denn er hatte es nicht vergessen, daß er vom Tische der Tänzerin gegessen und auf ihren seidenen Kissen geschlafen hatte.

«Sagte ich dir nicht, daß du weinen lernen würdest und daß deine Lampe erlöschen würde?» fragte Mantao. «Nun komm zu mir in meine Herberge, wie ich einmal zu dir in deine Herberge kam.»

«Ich will dir dienen», sagte die Tänzerin Myramar, und ihre Augen leuchteten.

«Mir kann keiner und keine dienen», sagte Mantao, «siehe, ich bin ein Schildträger Brahmas und ich darf keinem und keiner gehören. Diene nicht mir, aber diene mit mir meiner Aufgabe in der Stadt der erloschenen Lampen.»

Da reichte ihm die Tänzerin Myramar beide Hände.

Mantao, der Königsgaukler, aber küßte sie auf die Stirne und führte sie über die Schwelle seines verfallenen Tempels.

Seit jener Stunde kamen die Häscher der Prinzessin Amaranth nicht mehr in die Stadt der erloschenen Lampen.

Myramar, die Tänzerin, folgte von nun an Mantao, dem Königsgaukler, auf allen seinen Wegen zu Menschen und Tieren und abends, wenn die Schatten der Dämmerung die Halle des verfallenen Tempels füllten, kauerte sie zu seinen Füßen und hielt den kleinen Affen auf ihrem Schoß. Sie redeten im Dunkel miteinander, denn es brannte kein Licht in der Stadt der erloschenen Lampen.

«Mantao, mein Liebster, Mantao, mein Königsgaukler», sagte die Tänzerin, «werden wir immer im Dunkeln miteinander reden? Werden die Lampen niemals wieder brennen in dieser Stadt der erloschenen Lampen?»

«Siehe Myramar, meine kleine Tänzerin», sagte Mantao, «dies ist eine Frage, die du nicht mir, sondern deinen Gott fragen mußt. Brahmas Bildnis steht vor dir. Frage es.»

«Darf eine Tänzerin einen Gott fragen?» erwiderte Myramar.

«Es ist gleich, ob du eine Tänzerin oder eine Heilige bist, wenn du deinen Gott fragen willst», sagte Mantao. «Jeder darf ihn fragen, dessen Lampe erloschen ist. Ich aber will gehen und dich allein lassen in dieser Nacht, in der du deinen Gott fragen willst.»

Und Mantao, der Königsgaukler, nahm den kleinen Affen auf den Arm und ging von ihr und ließ sie allein.

Die Tänzerin aber kniete nieder vor Brahmas Bildnis und fragte ihren Gott. Stunde um Stunde verrann, doch es kam keine Antwort. Die Nacht wurde dunkler und immer dunkler, und ihre grauenhafte Schwärze verschlang das verblichene Gold auf dem göttlichen Bildnis, und die Tänzerin Myramar sah nichts als Finsternis um sich herum. Stunde um Stunde verrann in Nacht und Dunkel. Endlich aber fiel das Mondlicht in die verfallene Tempelhalle und enthüllte der Tänzerin ihren Gott.

Da schaute sie auf und sah, daß die Augen in Brahmas Bildnis zu leben begannen und daß seine Lippen lächelten.

Viele Jahre waren vergangen, und Mantao war alt und müde geworden. Auch der kleine Affe spielte nicht mehr wie sonst, durch sein braunes Fell zog sich das Silber des Alters, und seine Augen hatten einen matten Schein.

Da raschelte es in der Luft und vor ihnen stand der Kleine mit den Elefantenohren.

«Der Erhabene segne Mammamutra und seine Kinder und Kindeskinder», sagte der Kleine, «Mantao, mein Königsgaukler, du bist alt und müde geworden, und der Affe neben dir sehnt sich nach dem Paradies der Affen in Brahmas Schoß. Siehe, ich klappte meine gewaltigen Elefantenohren auf und ich hörte, wie die Fäden deiner Lotosblume sich sanft und leise zurückspannen von dieser Erde. Der Teppich deines Lebens ist ausgewirkt, gehe nun heimwärts auf deinen heiligen Berg, von dem du gekommen bist.»

Da atmete Mantao tief auf und dankte dem Kleinen mit den Elefantenohren für seine Botschaft.

«Ich will noch eine Nacht in der Stadt der erloschenen Lampen bleiben und Brahma für sie bitten», sagte Mantao, «morgen aber will ich mich aufmachen und meinen heiligen Berg suchen.»

«Siehe, ich hörte mit meinen Elefantenohren, daß du durch eine Wüste hindurchschreiten mußt, ehe du zu deinem heiligen Berge gelangst. Häßliche Dämonen hausen darin, höchst unangenehme und unerfreuliche Leute, und ich möchte nicht mit ihnen zu tun haben. Aber du bist ja stark, Mantao, mein Königsgaukler. Brahma sei mit dir und mit deinem Affen, wenn du die letzten Fäden am Teppich deines Lebens wirkst. Ich aber will mich in meine Elefantenohren hüllen und schlafen. Weich und warm sind diese Ohren – der Erhabene segne Mammamutra und seine Kinder und Kindeskinder, seine entferntesten Verwandten und die kleinsten Säuglinge seiner ganzen Elefantensippe!»

Mit diesen Worten verschwand der Kleine mit den Elefantenohren raschelnd in der Luft.

Am anderen Morgen aber nahm Mantao, der Königsgaukler, Abschied von der Tänzerin Myramar.

«Ich muß Abschied von dir nehmen», sagte er, «und es ist ein Abschied für dieses Leben. Denn ich muß auf meinen heiligen Berg wandern und die letzten Fäden am Teppich meines Lebens wirken.»

«Darf ich mit dir gehen?» fragte die Tänzerin.

«Deine Zeit ist noch nicht gekommen», sagte Mantao, «siehe, du mußt warten, bis deine Lampe wieder brennt, und mußt den vielen anderen in dieser Stadt von der Flamme deiner Lampe geben. Mich aber und meinen kleinen Affen wirst du einmal wiedersehen im Königreich der Ferne. Der Erhabene segne dich, Myramar, meine kleine Tänzerin und meine große Heilige.»

Das war das erste Mal, daß Mantao sie so genannt hatte, und er neigte sich zu ihr und küßte sie viele Male zum Abschied.

Dann nahm er Schild und Schwert, hob den Affen auf seine Arme und verließ die Stadt der erloschenen Lampen.

Von einem hohen Hügel vor der Stadt hielt er noch einmal seinen Schild über sie. Dann wandte er sich und verließ Indien, das Land der wirren Wunder, so wie er es einstmals betreten hatte: mit einem Schild und einem Schwert, mit einer unsichtbaren Krone und einem kleinen Affen auf dem Arm – und ging in die Wüste.

Die Tänzerin aber lag auf den Knien vor Brahmas Bildnis in namenloser Sehnsucht und weinte jammervoll.

Da lohte eine kleine, klare Flamme auf in der erloschenen Lampe der Tänzerin Myramar.

Das Königreich der Ferne

Als Mantao, der Königsgaukler, in die Wüste gekommen war, da heulte es grauenvoll in der Luft und drei scheußliche Dämonen tauchten vor ihm auf. Der erste hatte einen Riesenkopf ohne Gliedmaßen und glotzte mit hundert gierigen Augen nach allen Seiten. Der zweite hatte hundert Füße und hastete mit gräßlicher Geschwindigkeit über den Sand, der dritte aber hatte hundert Hände, die in die leere Luft griffen.

«Folge mir», sagte der erste, «dann siehst du alles, was im Himmel und auf der Erde ist.»

«Hundert äußere Augen sehen nicht das, was das innere Auge sieht», sagte Mantao.

«Gehe mit mir», sagte der zweite, «dann erreichst du alles, was deine Augen von ferne schauen.»

«Alle Füße wandern nur dorthin, wohin die Fäden der Lotosblume sie ziehen», sagte Mantao.

«Gib mir die Hand», sagte der dritte, «dann hast du hundert Hände und kannst alles greifen, wonach du begehrst.»

«Ich begehre nichts als eine unsichtbare Krone», sagte Mantao.

Da erkannten die Dämonen, daß es Mantao, der Königsgaukler, war und daß er die Geheimnisse des Lebens in sich trug. Und sie heulten vor Wut und vergruben sich in den Sand ihrer Wüste.

Nun war Mantao, der Königsgaukler, allein in der grenzenlosen Wüste mit seinem kleinen Affen und er kannte die Grenzen dieser Wüste nicht. Er wußte nicht, welchen Weg er nun gehen solle, eine unnennbare Einsamkeit war um ihn, und er senkte ergeben seine Waffen. Als er aber aufsah, um einen Weg zu suchen, erblickte er vor sich einen Engel – und zum erstenmal auf dieser Erde schaute Mantao, der Königsgaukler, seinen Engel von Angesicht zu Angesicht.

«Ruhe dich aus, Mantao, mein Königsgaukler», sagte der Engel, «du bist müde von einer langen Wanderung. Morgen ist dein letzter Tag auf dieser Erde und du mußt deinen heiligen Berg suchen.»

«Wie werde ich den Weg finden?» fragte Mantao.

«Ich werde dich führen», sagte der Engel.

Da legte sich Mantao, der Königsgaukler, auf den Sand der Wüste und schlief ein. Sein Engel stand neben ihm und hielt Wache bei ihm und bei dem kleinen Affen.

Aber im Traumbild dieser letzten Erdennacht schaute Mantao, der Königsgaukler, nach langen Jahren wieder zum erstenmal die Königin der Ferne.

Am anderen Tage führte der Engel Mantao und seinen Affen auf die Hochebene von Tibet und es war Abend geworden, als sie oben angelangt waren.

«Siehe, es ist Abend geworden, Mantao, mein Königsgaukler», sagte der Engel, «und du stehst wieder vor der Hütte deiner Kindheit. Sie ist zusammengesunken und verfallen im Wandel der Jahre, aber ich will gehen und sie dir oben über den Sternen wieder aufbauen.»

Damit schied der Engel von ihm.

Mantao aber neigte sich zur Erde Tibets und trank aus dem klaren Bergquell, aus dem er als Kind getrunken hatte, und der Affe mit ihm. Die Hütte seiner Kindheit war verfallen, aber der Quell seiner Kindheit rann so klar, so rein und unwandelbar wie einstmals von den Bergen Tibets.

Als Mantao sich satt getrunken hatte an der Quelle seiner Kindheit, da wandte er sich von dieser Erde und wanderte seinen heiligen Berg Lischanna hinauf, den gleichen Weg, auf dem er einmal dem alten Mann mit der sonderbaren spitzen Mütze das letzte Geleit gegeben hatte. Er stieg höher und immer höher, auf dem Gipfel des heiligen Berges aber lag Eis und ewiger Schnee und alles Land unter ihm war verhüllt im Nebel. Da fühlte Mantao, wie ihn die Kräfte verließen, und der kleine Affe in seinem Arm fror und jammerte leise.

«Nun wollen wir zusammen sterben, mein kleiner Bruder», sagte Mantao, «wie wir zusammen gelebt haben und zusammen gewandert sind auf dieser Erde.»

«Sterben ist ein Wort der Täler, ihr aber seid in den Bergen», sagte eine Stimme neben ihm.

Da raffte sich Mantao auf und hielt zum letztenmal seinen Schild über dem kleinen Affen.

Aus Schnee und Eis aber blühte eine große Lotosblume auf und umfing mit ihren weichen Blütenblättern Mantao, den Königsgaukler, und seinen kleinen Affen. Schmerzlos und lautlos sanken ihre irdischen Körper in den Kelch der Blume und wandelten sich in ihre Wesenheit. In neuen leuchtenden Leibern schritten die beiden über den Sternenteppich der Nacht, und ihre inneren Augen schauten hoch über allem, was lebt und atmet, die topasenen Tore und Türme der ewigen Stadt des Erhabenen.

Noch einmal blickte Mantao auf die verlassene Erde zurück. Da sah er tief unter sich die Stadt der erloschenen Lampen. Er hörte, wie die Menschen unten seinen Namen nannten, und er sah kleine, klare Flammen aufleuchten in ihren erloschenen Lampen. Am schönsten aber brannte die Lampe der Tänzerin Myramar und einer nach dem anderen entzündete seine erloschene Lampe an ihrer

Lampe vor dem Bildnis Brahmas. Auch die Tiere hatten kleine Lichtlein in sich, und es war, als trügen sie bläuliche Leuchtkäfer in Fell und Gefieder.

Da kniete Mantao, der Königsgaukler, nieder auf dem Sternenteppich der Nacht und betete den Erhabenen an.

Zwischen dem Sternenteppich der Nacht und der ewigen Stadt des Erhabenen aber tauchten leuchtende Ufer auf – das war das Königreich der Ferne. An seinem Eingang stand der Engel und baute Mantao die Hütte seiner Kindheit wieder auf, und ein alter Mann mit einer sonderbaren spitzen Mütze half ihm dabei. Eine Menschenmutter, die einst auf der Erde eine Paria war und mit der niemand Erbarmen hatte als die Pest, wartete auf ihr Kind – und eine Affenmutter winkte von der höchsten Spitze einer Palme.

Die Königin der Ferne aber harrte in unsagbarer Schönheit ihres Königs in einem heiligen Hain von Lorbeer und Rosen.

«Mantao, mein Liebster, Mantao, mein Königsgaukler», sagte sie, «du hast meine weißen Glieder mit deinen Gedanken gebaut, du hast mein Gewand mit deinen Werken gewirkt und hast mein Diadem mit Edelsteinen geschmückt auf deiner einsamen Wanderung. Nun sind wir vereint auf eine lange Zeit, bis du wieder einmal ausziehst, deinen Schild zu halten über allem, was atmet, und um wiederum zu mir zurückzukehren in Ewigkeit. Nun will ich dir deine unsichtbare Krone aufsetzen, die keiner auf Erden sah. Siehe, es ist meine Krone, die du geschmückt hast, denn ich bin du, Mantao, mein Liebster, mein Königsgaukler.»

Da lehnte Mantao seinen Schild und sein Schwert an den Altar Brahmas zwischen Lorbeer und Rosen. Die Königin der Ferne aber küßte ihn mit ihrer und seiner Krone. Die Tränen, die er gemindert, waren Diamanten darin, das Blut, über dem er seinen Schild gehalten, hing in roten Rubintropfen an seinem Diadem, und in ihm funkelten die Lichter der erloschenen Lampen, die er wieder angezündet hatte. Den schönsten Edelstein aber in seiner Krone hatte ein kleiner Affe gespendet, der wieder in junger Kinderfreude zu seinen Füßen spielte.

Da erfaßte Mantao, der Königsgaukler, was Seligkeit ist, und er barg das Haupt im Schoße seiner Königin der Ferne.

Seht ihr, das ist die Geschichte von Mantao, dem Königsgaukler. Es ist eine alte und feierliche Geschichte, und es ist viele, viele tausend

Jahre her, daß sie geschehen ist. Aber ihr müßt nicht denken, daß das eine lange Zeit ist. Ist es euch nicht, als wäre Mantao, der Königsgaukler, erst heute in einer Lotosblume geboren? Ist es nicht heute gewesen, daß er niederstieg von den Bergen Tibets in das Wunderland von Indien, in die Stadt der erloschenen Lampen – daß er sein flammendes Schwert erhob gegen das Heer der Prinzessin Amaranth und seinen Schild hielt über der Tänzerin Myramar und seinem kleinen Affen? Ist es nicht heute, daß ihm sein Engel die Hütte seiner Kindheit wiedererbaute über den Sternen und daß er sein Haupt barg im Schoß der Königin der Ferne?

Denn noch heute und immer wieder sendet der Erhabene seine Schildträger aus, daß sie ihren Schild halten über allem, was atmet, und den gleichen einsamen Weg wandern wie Mantao, der Königsgaukler.